© Hermann-Josef Emons Verlag
Alle Rechte vorbehalten
Umschlagzeichnung: Heribert Stragholz
Druck und Bindung: Clausen & Bosse GmbH, Leck
Printed in Germany 2004
ISBN 3-89705-327-6

www.emons.verlag.de

Karl Ramseger-Mühle

# Die Gräfin von Sayn

Roman vom Westerwald
aus der Zeit des Dreißigjährigen Krieges

Emons Verlag

Im Anhang finden sich ein Glossar, ein Text von Hildegard Sayn über Louise Juliane von Sayn, ein Text von Horst Ascheid über den Autor des Romans, Karl Ramseger-Mühle, ein Nachwort des Verlegers und ein Orts- und Namensverzeichnis.
Relevante Verlagsrechte früherer Veröffentlichungen konnten trotz gründlicher Recherchen nicht ermittelt werden. Etwaige Nachweise bitte an den Emons Verlag.

## Vorwort des Herausgebers

»Die Gräfin von Sayn« ist das Lieblingsbuch meiner Tante, die es in über fünfzig Jahren unzählige Male verliehen hat. Alle haben es ihr wieder zurückgegeben – stets mit den Worten, es am liebsten behalten zu wollen. Was macht dieses Buch, das fünf Jahrzehnte nicht erhältlich war, so wertvoll?

Der Autor, Karl Ramseger-Mühle, hat für seinen Roman die Zeit des Dreißigjährigen Krieges im Westerwald außergewöhnlich gründlich recherchiert, obwohl die von ihm benutzten Archivalien damals längst noch nicht den Erschließungszustand hatten und die Archive nicht die Findmittel anbieten konnten, wie dies heute der Fall ist. Ihm ist es gelungen, die Wirren des in Europa wütenden Krieges in einer kleinen Grafschaft des Westerwaldes miterlebbar zu machen. Es sind auch sprachliche Besonderheiten – mehrheitlich regionalsprachlichen, sprachhistorischen und dichterischen Ursprungs –, die der Handlung des Romans eine zusätzliche Authentizität verleihen.

Diese dritte Ausgabe des Romans erscheint hier wieder in seiner Originalfassung von 1932, nachdem die zweite von 1950 durch Auflagen der damaligen Besatzungsmacht modifiziert wurde. Auf eine Anpassung an heutige Sprachgewohnheiten wurde mit einigen Ausnahmen bewußt verzichtet. Dennoch können in einer Neuausgabe formale Veränderungen nicht vermieden werden. Sie wurden insbesondere bei Tipp- und Rechtschreibfehlern sowie Zeichensetzung vorgenommen. Einige wenige inhaltliche Korrekturen waren bei offensichtlichen Versehen des Autors notwendig.

Der Anhang mit einem Glossar historischer Betriffe, deren Bedeutung sich nicht aus dem Inhalt erschließt, einem Orts- und Namensverzeichnis, Artikeln über die Gräfin von Sayn und Karl Ramseger-Mühle sowie ein Nachwort des Verlegers macht das Buch zu weit mehr als einem Roman.

Ich danke allen, die mir bei der Verwirklichung meiner Idee, diesen Roman neu auflegen zu lassen, geholfen haben.

*Kaltenengers, im Februar 2004*
*Rolf W. Abresch*

## Vorwort des Autors

Dieser Roman entstand in seiner ersten Fassung 1932 in der alten Mühle zu Oberwambach.

Eine Zurückführung in die ursprüngliche Fassung und eine Umschreibung in geeignetere Form erfolgte 1948/49 in Oberlahnstein.

Von früher Jugend an hatte ich das Glück, von trefflichen, namhaften Lehrern in allen Dingen der Heimat geleitet zu werden. Nach langjähriger Arbeit in allen Archiven der Kirchspiele, Städte und Staaten, Anschauung der Landschaft und des Charakters des angestammten Volkes, formten sich die Einzelheiten bis zur vollendeten inneren Schau des gesamten Geschehens.

Der Leser mag empfinden, mit welcher Eindringlichkeit alle schönen, alle grausigen Bilder erstehen konnten, wie sie einmal wirklich waren. Er mag an der einfachen Gestaltungsform ihre Wahrhaftigkeit spüren.

*Hachenburg, im Februar 1950*
*Karl Ramseger-Mühle*

*Alle in dem Roman handelnde Personen haben gelebt. Zeit: 1624 bis 1670. Ort: Der Westerwald. Kernpunkte der Handlung sind die beiden alten saynischen Residenzen Hachenburg und Altenkirchen. Aber auch in vielen, heute noch blühenden Westerwalddörfern wie in jenen, die in dem großen Krieg untergegangen und längst vergessen sind, sehen wir den Ablauf grausiger und guter Geschehnisse sich abwickeln. Ebenso sorgfältig sind die großen Ereignisse der schreckhaften dreißig Jahre trefflich geschildert. Das Leben im Lager Tillys, das finstere Regiment Görtzenichs, die Gestalten des Kratz von Scharfenstein und des Obristen von Witzleben, Ankunft der Schweden auf Usedom, die Residenz Gustav Adolfs im Römer zu Frankfurt, sein Tod bei Lützen, die geheimen Beziehungen zum französischen Hof und Louis XIV. usw. Durch all dieses flicht sich das dramatische Leiden der Heimat zu einem traurigen Kranz von Martern. Verzweiflungskampf in der düsteren Leuscheid – Tod in der Katharinenkirche zu Hachenburg – Idyll im Lustschloß Schöneberg – Verrat im »Falken« zu Altenkirchen – Überfall auf die Farrenau – Das Gericht am Hundsgalgen – Abweisung in Friedewald – Kampf auf dem Friedhof zu Almersbach – Des Obristen Dormann Tod – Die Hungergräfin auf der Freusburg – Zug über den hohen Westerwald schildert der Autor in der Sprache jener Zeit.*

*Hauptpersonen: Louise Juliane, Gräfin von Sayn und Wittgenstein; Karl Wilhelm Dormann, Obrist des saynischen Kontingents; Ernst, Graf von Sayn und Wittgenstein; Ninon, Herzogin von Condé; Johannes Quast, Korporal im saynischen Kontingent; Johann und Werner, Grafen von Tilly; Görtzenich; Johann Jakob Neuhoff, Falkenwirt zu Altenkirchen; Gustav Adolf, König von Schweden; Oxenstierna, Kanzler; und viele andere – Westerwälder Bauern, Schultheißen und Schöffen, Posthalter und Wegelagerer, Fürsten und Herren, Kriegsvolk aller Herren Länder – Schweden und Kaiserliche.*

*Zu glauben, ein Volk sei eine Einheit nach der Sprache, ist Narrheit. Ohne Sinn zu sagen, die politische Bestimmung mache ein Volk. Mit Hilfe zoologischer Wissenschaften ein Volk nachzuweisen, müht sich der Scharlatan.*

*Weise zu ahnen, daß die Kultur ein Volk gebiert.*

reikönigstag 1624 läuteten die Wetterauer Glocken. Ein Zittern ging durch ihren Klang und setzte sich in die Herzen, denn es war Kriegszeit. – Schon sechs bange Jahre. Was aber ging es die Jugend an? Dreikönigslieder sang sie in den Dörfern und freute sich an altem, ewig jungem Brauch. Auf den weiten, hügeligen Fluren glitzerte der Schnee im rötlichen Licht des Abendmondes. Wie weit und fremd war der Krieg!

Düstern, Riesenschatten gleich, strebte die massige Stammburg derer von Erbach zum frostklaren Himmel. Hoch, hoch hinauf. Festlicher Lichterglanz zwang sich blank durch die kleinen Scheiben oben ins kalte Dunkel. Im Hochgemäuer des Bergfrieds begann das Nachtgevögel mit seiner schauerlichen Musik.

Im Rittersaal feierten sie die Ankunft des jungen westerwäldischen Grafen Ernst von Sayn-Wittgenstein, der um Louise Juliane, Tochter des Alten von Erbach und allerliebste Junggräfin, nach Herrenart zu werben gekommen war. Übermorgen würde er sie heimführen, gleichwie der junge Herr von Erbach am selben Tag die Schwester des Sayners zu ehelichen gedachte, die mit dem Grafen Ernst gekommen.

Da gäbe es eine Doppelhochzeit auf der alten Odenholzburg und eine Festigung zwischen zwei der mächtigsten Grafenhäuser im Westen, die man im katholischen Lager nicht gern sah, denn beide waren stockprotestantisch.

Im Saal eilten die Schenkknechte mit gefüllten Kannen von Tisch zu Tisch. Die Herren sprachen dem feurigen Rheingauer eifrig zu. Wetterauer wie Westerwälder verstanden ihn wohl zu trinken.

Es war ein Kreis befreundeter Herren aus alten westischen Grafenhäusern, der hier schon Vorfreuden genoß. Von seiten des Grafen Ernst zeugten die wiedischen und nassauischen Herren. Groß war der Anhang der Erbacher, die aus der Wetterau, dem Taunus und vom Rhein gekommen waren.

Die Gespräche gingen zumeist um den Krieg.

Nahe beim prasselnden Kamin stand die hohe, hagere Gestalt des Grafen Ernst. Er hielt sein Haupt leicht vornübergebeugt. Üppiges Schwarzhaar umrahmte sein schmales, bleiches Gesicht mit auffallend großen dunklen Augen und tiefer, senkrechter Stirnfalte. Trotz des mächtigen Feuers im Kamin, das eine wohlige Wärme verbreitete, bebten Frostschauer durch die mageren Glieder des Sayners. Fast teilnahmslos und wie aus weiter Ferne sah er über die festlich-frohe Gesellschaft hin, deren Mittelpunkt doch er sein sollte. Der Zug des Leidens um seinen Mund verschärfte sich. Mitunter kämpfte er mit Hustenanfällen.

»Ihr leidet, Herr!«

»Wie immer, Karl Wilhelm.«

»Laßt mich den Hofmedicus um ein Pulver nachsuchen!«

»Nicht doch, Karl Wilhelm, seht, wie der Medicus am Tisch meines Herrn Schwiegers lacht! Er hat scheint's des Weines schon recht viel genossen – es könnte ein falsches Pulver werden.«

Im Ton der Worte des Grafen schwang Verspottung und Verachtung seiner selbst. Karl Wilhelm Dormann von Widderstein, der junge Kornett im saynischen Ausschuß und Freund des Sayners, schwieg und sorgte sich im Stillen.

»Karl Wilhelm, wann sandtet Ihr den Kurier nach Altenkirchen zurück? – Nannte er nicht den Bruder des Tilly, als er berichtete?«

»Der Kurier verzog vor nahezu zwei Stunden. – Um den Werner von Tilly sorgt Euch nicht, Herr Graf, das Gerücht von seinem Zug zum Rhein hat sich als unsinniges Geschwätz erwiesen.«

»Als ich des äußerlichen Aussehens halber soeben vor den Spiegel trat, war mir's, als starrte mir aus ihm ein schreckhaft Bild entgegen, Karl Wilhelm – die Sorge war's – fast ist mir, als sei ich sie selbst.«

»Denkt Ihr nicht an Eure Jungfer Braut, mein Herr Graf? Gleich wird sie Euch nahen.«

Ein Schimmer huschte über die blassen Züge des Grafen.

Am offenen Fenster ihrer Schlafkammer, hoch im oberen Stockwerk stand Louise Juliane, die Junggräfin von Erbach. Der Heimat Abendglocken grüßten sie mit vertrautem Klang und versenkten sie ins Reich glückhafter Jugenderinnerungen. Als die Glocken anfingen zu scheppern und dann vollends verstummten, kamen ihr die Tränen.

Nun sind die Tage ihres Verweilens auf der Väter Burg bald gezählt. Das letzte war, daß sie mit den Mädchen drunten aus dem Dorf am Fuß des Odenholz den Maien feierte. Dann kam der große, blasse Graf von den Bergen des Westerwaldes und warb um sie. Es war ein banges Werben, weil er litt. Tiefes Mitleid für ihn hatte sie erfaßt, für ihn, den ihr der Vater zugedacht hatte. Mit der Zeit war das Mitleid in der Junggräfin Herz in starke Anteilnahme umgeschlagen.

Am Himmel löste sich ein heller Stern zu kurzer, leuchtender Bahn durch den Weltenraum.

Jungschöne Erbacherin, du bist klug und reif, eine schwere Last zu tragen! Keine andere kann es als du!

Nun fielen die Tränen, die warm an ihren langen Wimpern hingen, tief hinab. Der Winterwind stieß ihr frisch ins Gesicht und spielte mit ihren blonden Locken.

Louise Juliane kleidete sich in ihr Festgewand. Allein, ohne Kammerfrau und Zofe. So war sie es gewohnt.

Dann eilte sie in das große Frauengemach, wo die Mutter mit den Geschwistern und der doppelten Schwägerin wartete.

Im Festsaal mehrte sich der Weindunst.

Die Stimmen der Männer schwirrten schon lauter durch den Raum, als sich knarrend die Türe öffnete, die den großen Gang über Treppen und Stiegen zum Frauengemach von ihnen verschloß. Helles Frauenlachen schallte in den Saal.

»Herr Graf, hört Ihr Eure Schwester?«

»Und ob! Mein Gott, Karl Wilhelm, der junge Erbacher erhält eitel Sonne ins Haus. – Mir ist elend, Karl Wilhelm.«

Die letzten Worte sprach der Sayner schmerzvoll und mit schwacher Stimme, wie zu sich selbst.

»Nicht jetzt, Herr Graf! – Dort kommen sie! Eilt, Herr, geleitet Eure durchlauchtigste Braut!«

»Es geht nicht – das Herz hindert mich. Geht Ihr und – bringt sie mir!« Der Graf hatte mühsam nach den Worten gerungen. Dazu machten seine Arme Bewegungen wie die eines Ertrinkenden.

Schnell und besorgt glitt sein Blick über die wankende Gestalt seines Herrn, dann eilte der Kornett den eintretenden Frauen entgegen. Er hörte hinter sich das Ächzen seines geliebten gräflichen Freundes. Es tat ihm in der Seele weh.

Die Herren erhoben sich geräuschvoll. Teils sahen sie zu dem Sayner hinüber, der sich mühsam aufrecht hielt.

»Euer Gnaden Eidam scheint nicht von bester Konstitution zu sein«, erlaubte sich der Medicus dem Alten von Erbach ins Ohr zu sagen.

»Es geht um mehr, Doktor, es geht um vieles mehr als um die Gesundheit des Sayners. Es geht um unsern Herrgott selbst! – Da macht Ihr Pflasterschmierer Euch wenig Sorge drum!«

Die Erbacher Altgräfin führte als erste die Junggräfin von Sayn in den Saal. Sogleich nahm sie der junge Erbacher glückstrahlend in die Arme und führte sie zur Vorstellung an die Tische des Wetterauer Anhangs. Den westerwäldischen Grafen winkte sie lustig zu, was von diesen mit lautem Hallo erwidert wurde.

»Hoch, die schönste Junggräfin vom Rhein und Westerwald!«

Der Wied-Runkelsche rief es sehr vernehmlich.

»Hoch – hoch!« echote es aus dem Saal mächtig zurück. Der Bräutigam strahlte.

Nun wandten sich aller Augen wiederum zur Tür.

Louise Juliane, von ihren beiden jüngsten Brüdern geleitet, verzögerte ihre Schritte. Wo ist denn ihr Bräutigam? Spart er sich das Geleit? Das ist grob. Das ist doch gar nicht die Art des Sayners.

Da erblickte sie ihn am Kamin stehend, seinen Kopf in beide Hände haltend. Durch seine schmalen Finger quollen die Zipfel eines Tuches. Zucken sprang in anhaltender Regelmäßigkeit durch seinen Körper.

Ein dunkler Glanz überzog die Augen Louise Julianes, so wie er in den Augen von Müttern kranker Kinder steht. Er kann also nicht kommen. Der Anfall hindert ihn. Eine heiße Not stieg in ihr auf.

Doch – da kam der junge saynische Kornett mit schnellen Schritten auf sie zu. So groß war er wie sein Graf. Aber er war frisch und blond und blühend – stark. Des Kornetts blauer Blick senkte sich jetzt in den ihren. Tief und fein verneigte er sich.

»Gnädigster Jungfer zu dienen, sendet mich mein allverehrter Herr Graf als seinen Kornett Karl Wilhelm Dormann. – Ich biete der gnädigsten Jungfer meinen Arm.«

Wie fest Gemäuer war seine Stimme, festdunkles Gemäuer mit fein, ganz feinem Geranke. Wie eine große Trommel geht, so ging diese Stimme und ging dazu wie helleiser Flötenton.

»Dank Euch, Kornett! Führt mich zum Herrn Grafen Ernst!«

Zum andermal lagen ihre Augen ineinander, erstaunt und fragend. Lagen Blüten in dem Saal verstreut? Rankten Rosen an den Wänden und stand Resedenduft fast schwer im Raum? Ein großer, schöner Falter flatterte um sie und flocht eine schillernde Girlande in endlosen Windungen.

In die Blicke der beiden Menschen stieg aus der Tiefe das Erkennen – aus der Ewigkeit. Wunderbares Spiel göttlichen Menschentums.

Die Seelen der beiden neigten einander zu. Ob in Freundschaft, ob in Liebe, das war noch im Kommenden verhüllt.

Der Mann am Kamin mahnte mit leiser Stimme: »Verzeiht mir, Louise! Karl Wilhelm, ich danke Euch!«

Die junge Gräfin fühlte die heißen Lippen des Sayners auf ihrer Stirne brennen.

»Graf, ich sah Euch leiden und dachte, daß es doch höchst unklug von Euch war, den ganzen Tag über durchzureisen bei diesem kalten Wetter.«

»Es machte die Sehnsucht nach Euch, Gräfin.«

Verwirrt sah Louise Juliane zur Seite und traf zum drittenmal des Kornetts klare Augen. Sie war nach den Worten des Sayners errötet. Der Kornett schickte sich an, das gräfliche Brautpaar allein zu lassen, und wollte sich entfernen. Da stellte sich die tönende Stimme in den Weg:

»Kornett, Ihr seid von gutem Adel?«

Überrascht wandte er sich zu ihr hin.

»Gnädigste Gräfin wollen mich ohne Beschönigung sagen lassen, daß ich ein Bauer bin aus dem Dorfe Widderstein, nahe bei Altenkirchen. Aber mein Geschlecht ist so alt wie das meines Herrn Grafen. Adel? – Was ist der gute Adel noch?«

Seine Worte sind wie in die Erde gerammte Grenzsteine, dachte die Junggräfin.

»Ja, was ist Adel, Herr Dormann?«

Das mächtige Brustgehäuse des Kornetts dehnte sich noch mehr in die Höhe und Breite. Seine Stirn wurde vom Grimm kraus gezeichnet.

»Einst war er edelster Ausdruck starker Völkerstämme. Vielleicht noch vor tausend Jahren. Aber schon damals war er angefüllt vom unbändigen Drang nach Geltung, das heißt nach Untergang. Darum waren die Träger des Adels Gründer des Unheilvollsten – der Staaten.

Zur Zeit ist er in deutschen Landen ein Mummenschanz, mit dem sich Narren, Gierige und Wüteriche zieren und damit das Volk bedrängen und verderben. Ich glaube aber, daß einmal der König kommt, den das Bauernvolk gebiert und mit ihm zieht das Volk der Pflüger, das allein noch Adel ziert. Was dieser Adel ist, das wissen die gnädigsten Herrschaften sowohl wie Euer Liebden selber, daß ich mich darüber der Worte enthalten kann. Wie ich zu meiner Lust vernahm, seid Ihr selbst Eurem Volk sehr zugetan. So wißt Ihr ja, wo man unsere alten fränkischen Sagen erzählt, wißt, wo des Volkes schlichte Lieder erklingen. Wißt auch, wo die Tugend mehr gilt als das Laster: In den Bauernhütten! Gott gebe, daß Ihr als unsere zukünftige Frau von Sayn Euer bäuerliches Angebinde nicht verliert. – Aus einer Bauernhütte ist mein Stamm! Sagt, edle Jungfer, bin ich von gutem Adel?«

Beinahe hatten die leidenschaftlichen Worte des Kornetts im Schwang des Übermuts geendet.

»Kornett Dormann, Ihr seid ein stolzer Bauer!«

»Und der erste meiner Freunde, Gräfin, bedient Euch seiner, so Ihr Vertrauliches habt!«

Des Grafen ruhige Stimme und das ruhige Leuchten seiner Augen, in denen sich die Liebe zwiefach spiegelte, kündeten das Ende seiner Herzanfälle.

Nun aber riefen Pflichten zur Gesellschaft.

Die Wogen des Frohsinns schlugen über den beiden Brautpaaren, über allen zusammen. Stürmische Huldigungen wechselten mit sinnigen Trinksprüchen. Der Graf von Wied-Runkel schlug meisterhaft ein Saitenspiel. Zu seinem Verdruß tanzten die Wetterauer recht derb dazu. Es verstimmte ihn indes nicht allzulange. Immer kräftiger griff er in die Saiten, und immer ausgelassener tanzte das adelige Jungvolk.

Wie weit und fremd war der Krieg ...

Der Kornett Dormann hatte sich unbemerkt entfernt und war auf die Altane hinausgetreten. Lange sah er zum schimmernden Sternenhimmel auf und lauschte auf die geheimnisvollen Stimmen der kalten Wintermondnacht. Woher wohl kamen die leisen Seufzer und das verhaltene Schluchzen, das im Ostwind lag?

Einmal glaubte er eine Frauenstimme zu hören, die seinen Namen rief. Widerwillig ging er zurück in den Saal, wo das Fest des doppelten Hillig jetzt in höchsten Maßen ging. Als er kaum im Kreise der Fröhlichen angelangt war, holte ihn die Gräfin Louise Juliane heiter lächelnd zu einem Tänzchen. So geschah es, daß die Fröhlichkeit auch von ihm Besitz ergriff, und es zeigte sich, daß der Bauer von Widderstein nicht der schlechteste Festkumpan im erlauchten Kreis der gräflichen Herrschaften war.

Kurz nach Mitternacht zogen sich die Frauen so, wie sie gekommen, zurück. Das letzte von ihnen war das Silberlachen der saynischen Junggräfin.

Kurz danach verabschiedeten sich auch die meisten der Edlen aus der näheren Umgebung der Erbacher. Helläutend glitten ihre Schlitten in die Nacht.

Im Festsaal ließ der Trubel nach. Gegen das erste Morgengrauen brachen die vom Rhein und Taunus auf. In einer Runde zu viert kreiste zuletzt der silberne Humpen. Das waren der alte Erbacher, Graf Ernst, der Kornett und der junge Graf von Erbach.

Zwischen Hahnenschrei und Katergesang wünschten sich diese Herren zu guter Letzt auch noch eine gute Nacht.

»Karl Wilhelm«, sagte der Sayner auf dem Gang nach den Schlafgemächern zu dem Kornett, »Karl Wilhelm, als Ihr am Abend die Erbacher Jungfer zu mir führtet, sah ich mit Bewunderung, welch prächtig Paar Ihr mit ihr machtet.«

»Ihr saht es sonder Harm, mein Herr Graf«, erwiderte ruhig der

Kornett, »sonst wäre mir Euer Gnaden Befehl, der Gräfin das Geleit zu geben, ein zwiespältig Ding gewesen.«

*

Zwei Tage später feierten sie auf dem Odenholz die Doppelhochzeit. Es war ein beißend kalter Tag mit klarer Wintersonne. Graf Ernst hatte eine gute Zeit. Es schien, als sei sein Leiden von ihm genommen. Er trug ein heiteres Mienenspiel, und jeder freute sich darüber. Prächtig führte der Kornett Dormann die holde Louise Juliane zur Trauung in die Burgkapelle, wo sie der glückliche Sayner zu ewigem Bund in seine Arme nahm. Danach empfing der junge Erbacher die Schwester des Schwagers aus der Hand des Alten von Erbach, der es sich nicht hatte nehmen lassen, dem Sohn die sonnige Saynerin zuzuführen. Der lutherische Geistliche der Schloßgemeinde traute beide Paare zugleich. Drei Tage dauerten die Festlichkeiten. Die Schlittenreihen der fremden Herrschaften, die dazu geladen waren, wollten nicht abreißen. Am dritten Tag erschienen Abgesandte des Volks der saynischen Lande, Schultheißen und Schöffen aus den westerwäldischen Ämtern, die nach altem Brauch die Hochzeitsnacht ihres Herrn mit seiner Neuvermählten im Vorzimmer des gräflichen Brautgemachs, das von den hohen Brautleuten erst nach dem dritten Festtag gemeinsam benutzt wurde, überwachten. Geschworene zeugen, daß die jungen Ehegatten auch wirklich zusammen nächtigten und daß damit der erste Sproß nach Schwur und verbriefter Versicherung der Brautnachtwächter auch wirklich und wahrhaftig von edlem saynischen Blut sei.

Der alten Sitte fröhlich einverstanden, scherzte Graf Ernst mit seinen biederen Untertanen, und die Gräfin Louise Juliane bewirtete sie höchstselbst mit Lachen.

Sorglose Winterwochen waren in der alten Stammburg derer von Erbach auf dem Odenholz eingekehrt. Graf Ernst blieb weiterhin von den Anfällen seines tückischen Herzleidens verschont. Es war wie ein Wunder. Ob die Genesung in der Tat angebrochen war? Mit dem Kornett Dormann und dem jungen Erbacher durchstreifte er fast täglich den großen Odenholzer Forst. Wie mancher Keiler, manch anderes Wildbret wurde von den Treibern zur Burg geschafft! Die Frauen sorgten sich indes um die letzten Dinge der Aussteuer für die junge Gräfin von Sayn, die bald mit dem Grafen Ernst zum Westerwald ziehen würde.

Maria Lichtmeß brachte wiederum einen klaren Wintertag. Orangerot leuchtete der Schnee auf den Hügeln, und in den Triften schimmerte er violett. Der Ostwind schnitt vor Kälte, sang über den Dörfern ein rechtes Ofenlied und wehte den Pulverschnee vor den Gebückern auf hohe Jagdhaufen.

Ein kleiner Wagenzug strebte über die alten Höhenwege der Lahnberge dem Westerwald zu. Der Schnee schirpste unter den Huftritten und jaulte unter den Rädern. Der Zug war von einem Trupp saynischer Reiter unter des Kornett Dormanns Befehl eskortiert. Im vordersten, geschlossenen Wagen saßen die jungen gräflichen Herrschaften. Die übrigen waren mit Gegenständen der Mitgift Louise Julianes beladen. Weit griffen die Gezüge aus. In flotter Gangart ging es trotz tiefem Schnee und grimmiger Kälte vorwärts. Es galt, die Residenz zu Altenkirchen vor dem späten Abend zu erreichen. Es dämmerte bereits, als die Trödelsteine bei Emmerzhausen wie reisige Wächter des saynischen Landes ihren Grafen mit seiner jungen Gemahlin grüßten. Drei Freudenfeuer, auf jedem der wastigen Basaltkegel eins, leuchteten über die hohen Hügel des Westerwaldes und kündeten die Ankunft der regierenden Herrschaften.

Da standen Männer am Weg. Die Wagen hielten. Der Schultheiß von Daaden stand mit den Schöffen und Geschworenen des Oberamts vor dem geöffneten Schlag des herrschaftlichen Wagens. Des Schultheißen kurze, schlichte Worte waren getragen von dem Ton tiefster Ergebung und höchster Verehrung für den Grafen Ernst und seine schöne Gemahlin. Sonst hatte sich niemand – es war der Wille des Grafen – von den Bewohnern an der Landesgrenze eingefunden.

Nun war sie überschritten.

Es war dunkler geworden, und die Kälte hatte zugenommen. Weiter ging's. Die hohen Wasserscheiden waren überwunden, der Ostwind lag im Rücken der Gefährte. Mählich ging es talwärts, und sie rollten schneller. Vor der völligen Dunkelheit würde die Stadt

Altenkirchen erreicht sein. Lauter und in hellen Tönen knirschte der Schnee unter Rädern und Hufen. Die Rosse dampften, und des Kornetts sichere Kommandos hielten die Kolonne dicht geschlossen.

War den Bewohnern der Residenz von der Ankunft ihres Grafen und seiner jungen Gattin keine Kunde geworden? – So still war der abendliche Einzug in die Stadt. Nur der saynische Ausschuß unter dem Obristen von Salchendorf, dem in der ganzen Grafschaft mißliebigen Kommandeur, hatte vor dem Obertor Aufstellung genommen.

Zur Stunde preßte seine Linke fest den Degenkopf an den Oberschenkel. Nun würde er es bald satt sein, weiter den Wolf im Schafspelz zu spielen. War dieses Spiel nicht seiner unwürdig, war es nicht unmännlich und verachtenswert? In keiner Schlacht hatte er sich je gefürchtet, und nun soll er sich noch auf seine alten Tage ducken? Soll er nur auf dunklen Wegen …

Das gräfliche Gefährt näherte sich.

Unter dem Torbogen stand eine Gruppe später Passanten. Neugierige. Der Obrist suchte sie schimpfend, mit gezogenem Degen zu verscheuchen.

Die Leute aber kamen seinen wilden Drohungen nicht nach und blieben ruhig stehen.

»Weg da, Lumpengesindel! Hier gibt's nichts zu gaffen!« rief er wütend.

»Halt's Maul, alter Hexer! – Hinterlistiger Schuldenmacher! – Zechpreller! – Bezahl deine Saufschulden beim Falken! – Feiger Heuschoberstürmer! – Paß auf deine Soldaten auf! – Der Widdersteiner wird's ihm noch geben! – Er schuldet dem Widdersteiner sein Saufgeld!«

Das riefen ihm die Leute zu. Es saß so gut, daß der Obrist seine Scheuchversuche aufgab, klein wurde und sich wieder seinem Ausschuß zuwandte.

Beim Grafen Ernst stand er ebenfalls nicht sonderlich gut im Ansehen. Wahrscheinlich wäre der Obrist schon längst seiner hohen Stelle enthoben, hätte man ihm nicht die Verdienste seiner Vorfahren um das gräfliche Haus angerechnet.

Dicht vor ihm hielt jetzt der Wagen mit den regierenden Herrschaften. Tief verneigte er sich vor dem gräflichen Paar. Als er kurz aufsah, gewahrte er auf der anderen Wagenseite, dicht neben der jungen Gräfin, den Kornett Dormann, stolz und hoch zu Roß. Eine Giftwelle fuhr über sein verschmitztes Gesicht.

Dreimal gottverfluchter Günstling! Die Worte saßen ihm im Hals. Er würgte sie in sich hinein. Alle Linien in seinem Antlitz vereinigten sich zu einer einzigen Haßgebärde.

Der Haß des Obristen gegen den Kornett wuchs aus dem Schatten seiner Schuld, erbärmlichster, niedrigster Schuld. Sie war entstanden aus einer Summe Geldes, die der alte Dormann dem Obristen auf die Fürbitte des Kornetts am Tag einer Begehung der Landesgrenzen, deren Abschluß nach altem Herkommen in Dormanns Haus zu Widderstein, dem Familiensitz der Landeshauptmänner, festlich begangen wurde, zur Deckung peinlicher Schulden, ausgehändigt hatte.

»Genausogut hätte ich's in die Wiedbach werfen können«, hatte der alte Dormann später zu seinem Sohn gesagt. Entsetzt hatte dieser den Vater beschwichtigt. Wie man nur so etwas denken könne. Der alte Dormann wußte, was er sagte. Er behielt recht. Am Tag der Rückzahlung schickte der Obrist statt des Geldes ein Schreiben mit dem Inhalt, er werde »es« beim Avancement des Herrn Sohnes gutmachen. Da begruben die Widdersteiner die Sache bei sich.

Den Obristen aber plagte von da ab das unehrliche Gewissen, das ihn zuletzt zum Haß zwang. Das war es.

Irgendwie aber war der Vorfall durch des Obristen irre Reden am Schanktisch doch in der Leute Mund gekommen. Er schob es allerdings auf den Kornett. Und wäre der junge Widdersteiner nicht der Freund des Grafen Ernst gewesen, längst wäre er nicht mehr der saynischen Kompanien Kornett.

Noch hielt der Wagenzug. Der Graf sprach aus dem Wagen mit dem Stadtschultheiß, der zufällig dazugekommen war.

Der Obrist war nach kurzem Rapport wieder vor den Ausschuß getreten.

Die Gräfin wandte sich dem Kornett zu: »Hasset Euch der Obrist, Kornett? – Ich sah, wie er bei Eurem Anblick davon ergriffen ward. Sagt mir's geradeheraus.«

Der warme Ton ihrer vertraulichen Anteilnahme bestimmte ihn zur Offenheit.

»Gnädigste Frau Gräfin, es ist nicht wert darüber zu reden.«

»Ich sah das Flackern der Schuld in des Obristen Augen, Herr Karl Wilhelm Dormann.«

»Euer Liebden sehen scharf. Niedriger Handel ist's. Man besudelt sich leicht selbst daran. Mein Vater beglich seine Schulden – er ist arm – und bedeutete ihm, er möge vorderhand das Geld behalten. Es hat ihn scheint's verletzt.« Wäre es Tag gewesen, so würde sie bemerkt haben, wie er sich schämte, den Obristen so ungeschickt in den Schutz einer Lüge gestellt zu haben.

»Natürlich kränkt das den Obristen, es ist begreiflich. Er soll Eurem Vater das Geld einfach überbringen. Euer Vater darf es nicht zurückweisen.« Lag dunkler Vorwurf in ihren Worten?

Der Kornett dachte, daß er nun doch mit der Wahrheit heraus müsse. Wie ein Tollpatsch hatte er sich benommen. Er ärgerte sich über sich selbst. Aber solch Gespräch zu dieser Stunde! Es war ihm widerlich. Nun schnell reinen Tisch.

»Frau Gräfin, Ihr mögt nunmehr wissen, wie die Sache richtig steht. Der Obrist hat dem Vater geschrieben, den Schuldbetrag dem Avancement des Sohnes – mir – zugute kommen zu lassen. Daß der Obrist seine Schuld nicht abtragen kann, hat uns nicht so sehr gekränkt. Aber daß er meine Person gefrevelt hat, das hängt wie ein Mühlstein in der Altstube zu Widderstein!« – eine ungeheure Erregung sprang aus den Worten des Kornetts. »Und nun ist alles unter das Volk gekommen – auch das schreibt er uns zu – doch hat er es selbst entstellt im Wirtshaus ›Zum Falken‹ vor allem Volk verplaudert.«

Die junge Gräfin saß eine Weile still. Sie dachte, daß der Empfang in Altenkirchen gar kein guter sei. – »Wie heißt der Obrist?« Wie leise stellte sie die Frage!

»Von Salchendorf.«

»Also vom Adel. Ich denke jetzt an unser Zwiegespräch, Kornett, als Ihr mir vom Adel spracht, an jenem festlichen Abend auf dem lieben, alten Odenholz. Merkwürdig, Kornett, daß Ihr meine erste Sorge seid im Land Sayn.«

Salchendorf war das Gespräch zwischen der Gräfin und dem Kornett nicht entgangen. Er fühlte, daß es sich um ihn selbst drehte. In seiner Seele ballte es sich zusammen aus Gift und Galle.

Der Stadtschultheiß trat vom Wagen zurück.

Auf einen Wink des Grafen ließ der Kornett den Zug durch das Tor gleich in den Schloßhof schwenken.

Die Stadtgasse belebte sich nun doch noch trotz Kälte und Dunkelheit mit eiligen Bürgern, denen spät Kunde von der Ankunft des gräflichen Paares geworden war.

Als die Wagen im fackelbeleuchteten Schloßhof hielten, traten die drei jungen Stiefbrüder des Grafen Ernst aus dem Portal und kamen auf den Wagen der jungen gräflichen Eheleute zu. Graf Ernst entstieg ihm und reichte den Junggrafen in herzlicher Weise beide Hände zum Gruß. Dann führte er sie zur Frau Gräfin Louise Juliane, ihrer neuen Schwägerin. Der jüngste der drei Grafen, Christian, kletterte behend zu ihr in den Wagen. Sie zog das gesprächige Bürschchen liebreich zu sich und küßte es herzhaft. Wie konnte sie ahnen, daß der kleine Christian von Sayn-Wittgenstein einmal ihr Erbfeind sein würde! Die beiden ältesten der Junggrafen erwiderten die freundliche Begrüßung seitens der Schwägerin kühl und zurückhaltend. Louise Juliane war nicht überzeugt davon, daß diese Kühle persönlich war. Sie fühlte vielmehr die Regie einer dunklen, bösen Macht in den Herzen der jungen Stiefschwäger walten.

Im Festsaal des schönen Schlosses wurde dann das Paar von der Altgräfin Wilhelm, Stiefmutter des Grafen Ernst, empfangen. Louise Juliane war erschrocken von der inneren Erstarrung, die ihr aus den grauen Augen der kalten, fremden Dame, die ihre Schwiegermutter sein sollte, entgegentrotzte. Dennoch ergriff sie deren fast feindselig zaudernde Hand, küßte sie und verneigte sich tief vor ihr.

Als sie sich wieder aufrichtete und ihre Augen zu der Altgräfin erhob, erstarb das letzte hoffende Leuchten in ihrem lieblichen Antlitz, so grausam herzlos war das Lächeln, das sich auf der Wittib Zügen wie eine schmutzige Lache verbreitete. Louise Juliane hörte mit geistigen Ohren, wie ein schwerer Vorhang zur Seite rauschte, der ihr für Sekundenlänge die Sicht in ihr zukünftiges Dasein frei machte. Sie sah ein traurig-düsteres Bild und spürte, wie ihr der Gatte heimlich die Hand drückte.

Entgegen dem Willen des Grafen Ernst waren keine Anstalten getroffen worden, das junge Paar zur Nacht im Schloß zu behalten. Da es der Wittumssitz der Altgräfin war, gab es keine Handhabe, deren bösen Willen zu brechen und den nächtlichen Aufenthalt mit Gewalt zu bewerkstelligen. Also mußte noch an diesem Abend das ohnehin zur einstweiligen Residenz bestimmte Schloß zu Hachenburg erreicht werden.

Ohne die kleinste Wohltat, ohne ein einziges Gutwort verabschiedete die eitle Wittib das regierende Grafenpaar wieder in die klirrend kalte Januarnacht. – Draußen saß der Kornett Dormann noch mit seinen Mannen fest im Sattel.

Als der Wagenzug wieder aus dem Schloßportal auf die Gasse bog, richteten die späten Hochrufe der braven Altenkirchener, denen man die Ankunft ihres Grafen mit seiner jungen Gräfin mit Bedacht vorenthalten hatte, das vornübergesunkene Köpfchen wieder auf. Und das war gut.

Schwer arbeiteten sich die Pferde über die tief verschneite Hohe Straße, die von alters her die großen Städte Köln und Frankfurt miteinander verbindet. Gegen Mitternacht ward das untere Stadttor von Hachenburg passiert. Düster lagen die Gassen. Keine Menschenseele hatte sich zum Empfang eingefunden, denn niemand in Hachenburg ahnte etwas von dem nächtlichen Ereignis. Verstörte und verschlafene Gesichter mochten hier und da verwundert aus dunklen Fensterhöhlen auf den seltsamen Wagenzug um Mitternacht schauen.

Aus den Wänden des großen weißen Schlosses geisterte schauerlich schweigender Hohn. Als die Gräfin, von ihrem Gemahl und dem Kornett geleitet, die Stufen der Treppe zu den ungeheizten Wohngemächern emporstieg, mochte sie wohl an ihres Lebens junge Zeit auf der väterlichen Burg zu Erbach denken, solche Trauer war in ihren Augen. Als sie dem Kornett den Gutenachtgruß sagte, hingen schwere Tropfen an ihren Wimpern.

*

Die gräfliche Wittib in Altenkirchen und ihr Anhang hatten dem jungen Paar wahrhaftig keinen würdigen Empfang bereitet. Aber die Frühlingssonne, die hinterm Nauberg über der Nister hervorkam, vergoldete prächtig das weiße Schloß zu Hachenburg und lag in froher Tändelei auf allen Wegen des schönen, duftigen Parks. Das junge Paar war mit dem Lenz ins Glück gekommen. Louise Juliane waltete in wiedergefundener Heimat. Die schlichtsinnigen Westerwälder paßten ihr so gut wie einst ihre Wetterauer. Wie vordem dort, so ging sie jetzt auch hier in die Höhendörfer und tröstete, linderte, schlichtete – just wie es sich traf. Im Hachenburger Land war die »junge Frau vom Schloß« sehr bald der Liebling allen Volks. Aber auch in Altenkirchen füllten sich die Herzen mit freudigem Stolz, sobald der Gräfin Name genannt wurde. Die Spuren des Krieges zu tilgen, war sie am ehesten bestrebt. Um so freudiger ging sie an all und jedes Notwerk, je mehr es schien, als entferne sich die Kriegsfurie immer weiter von der Grafschaft. Graf Ernst sah mit Zufriedenheit und Wohlgefallen auf das Tun seiner Gattin, die ihm auch in Staatsgeschäften unentbehrliche Ratgeberin wurde. Wie mancher ihrer klugen Gedanken ward Dokument an des gräflichen Geheimschreibers Aktenbündel.

Nur die Wittib in Altenkirchen verfolgte alles Tun Louise Julianes mit schlimmen Augen. Es verbitterte ihre Seele, mit anzusehen, wie der schönen Schwiegertochter alle Herzen zuflogen. Auf ihre Weise vorsorglich ging sie jeder persönlichen Begegnung mit der jungen Gräfin aus dem Weg. Sie hintertrieb von vornherein alle Möglichkeiten auch der unbedeutendsten Gemeinsamkeit. Und das war ihre Abneigung gegen die Hachenburger.

Niemals hatte sie an eine Heirat ihres Stiefsohnes, des Grafen Ernst, ernstlich geglaubt. Dafür wähnte sie ihn zu leidend und zu schwach. Nun dieses dennoch geschehen, hoffte sie insgeheim, daß seine unheilbare Krankheit den vorzeitigen Tod Ernsts nach sich ziehen würde. An einen Leibeserben war bei seiner Konstitution wohl nicht zu denken. Wenn nun den Hachenburgern dennoch ein leiblicher Sohn beschert würde? Was würde dann mit ihren drei Söhnen? Der Gedanke daran brachte sie außer sich. Nein! Die Grafschaft ihren Söhnen!

Der Vertraute all dieser Überlegungen und Erwägungen von seiten der Wittib war der Obrist und Kommandeur im saynischen Ausschuß zu Altenkirchen, der Intrigant und Feind des Kornetts Dormann: von Salchendorf ...

Über den Wiedhöhen lag ein Frühsommer in starker Blüte. An den Rainen und Wegrändern leuchtete der Ginster weit in die Täler. Von den Behängen trieb warme Luft den herben Duft der Eichenlohe in die Dörfer. Von den Altdrieschen görrten die Ersttiere nach den Bullen.

Die Härnstöcke gingen schon in den versteckten Höfen, von deren Dächern die Moosplätze tiefgrün und silbergrau schillerten. Die Mittagssonne stach den Ringelblumen in die gelben Köpfe, daß sie an den Stielen baumelten.

Am Zollstock auf der Hohen Straße bei Gieleroth lehnte verschlafen der Zöllner und blinzelte mit halbgeschlossenen Augen einem Irrwickel nach, das am blauen Himmel in rascher Folge irre Weisen von einem wirren Knäuel sang. Da fuhr er zusammen. Von der Wahlerother Höhe her klang Hufschlag und Wagengerassel. Sackerlot – ein gräfliches Gefährt! Ehe er sich's versah, waren die Gräflichen heran. Als ob ihm eine Wespe im Nacken säße, so emsig zog er den Schlagbaum hoch. Zog, daß seine Knochen in allen Gelenken ächzten. Dann stand er ein wenig verdattert zur Seite und wußte nicht, wie ihm geschah, als aus dem zwölfbeinig bespannten Wagen das schönste Weibsbild, das er je gesehen, herauslugte und ihm zunickte, lächelte und winkte. Wären die bärbeißigen Reiter nicht so böse daneben geritten, der Tausend, er hätte zurückgewinkt. Aber schon waren Wagen und Reiter vorüber.

»Dat wor de Gräfin«, murmelte der brave Mann vor sich hin, »Gott wahl-es, dal-er der Graf ble-ift!«

Einer der Reiter neben dem Wagen war der Graf Ernst selbst.

Unterhalb Gieleroth, wo sich die Straße in die Poststraße, die über den Dorn führte, und die Neue Straße, die sich sanft zu Tal neigte, teilte, ritt der Graf nahe an den Wagen.

»Seht, Louise, drüben, wo die Wied wie ein Bändel in der Sonne glitzert, steht nahe am Fluß unseres Kornetts Dormann altes Vaterhaus.«

Die Augen der Gräfin folgten dem weisenden Arm. »Ach, jenes große Balkenhaus neben der zerfallenen Burg?«

»Burg Widderstein, Louise.«

Karl Wilhelm Dormanns Vaterhaus! – Sie leuchtete mit ihren Augen hinüber. Sie hatte ihn lange nicht gesehen, den Kornett von Widderstein, der zu Altenkirchen unter dem Obristen von Salchendorf stand.

Die Neue Straße senkte sich jetzt steil hinab. Die Pferde ruckten zurück.

Kaum hatte der Wagen mit der Reiterei die Furt durch die Wied unterhalb Michelbach durchfahren, da ging auch schon das Horn des Altenkirchener Turmwächters.

»Sie passen gut auf, unsere Altenkirchener«, sagte der Graf.

»Auf uns besonders gut, scheint's«, antwortete die Gräfin.

Am Obertor salutierte die herausgetretene Wache unter dem Gewehr. Der gräfliche Wagen hielt. Durch den Torbogen war zu sehen, wie sich die Bürgerschaft zur Huldigung aufstellte. Aus dem Schloßhof kam zu Pferd der Obrist von Salchendorf und näherte sich im Trab den regierenden Herrschaften. Graf Ernst ritt ihm im Schritt entgegen. Der Obrist machte Anstalten, vom Pferd zu steigen.

»Bleibt im Sattel, Obrist!« Der Obrist verwunderte sich über die Schärfe des Befehls.

»Herrn Grafen zu dienen! Im Namen der gnädigsten Frau Gräfin-Wittib und des gesamten Ausschusses biete ich Euer Gnaden untergebenst allerherzlichstes Willkommen!«

Der Graf hatte sein Pferd gewendet. Salchendorf setzte sich links neben ihn. So näherten sich die beiden Reiter wieder dem Wagen. Der Obrist grüßte die Gräfin mit gesenktem Haupt und Degen. Kaum merklich, grüßte sie mit feinem Nicken zurück. Sie horchte auf das Gespräch der Herren.

»Dank Euch, Obrist! – Was aber bewegt meine Beamten und Honoratioren – den Amtshauptmann und Bürgermeister, den Schultheiß und die Schöffen, die Präzeptoren und die Geschworenen, nicht zum Empfang zu kommen? – Und wo ist mein Kornett Dormann?«

»Euer Gnaden bin ich von der gnädigen Frau Wittib bestellt zu sagen, daß alle Altenkirchischen Beamten von höchstselbiger Wittib zu Beratungen über Notwendigkeiten an der gnädigen Frau Wittib Wittümer geladen sind.«

Die flatternden Worte des Obristen verrieten dem aufmerksamen Zuhörer die Lüge. Der Graf hatte sie noch nicht herausgehört, wohl aber die schweigende Frau im Wagen.

»Und wo sind meine Stiefbrüder?« fragte der Graf weiter.

»Die erlauchten Jungherren sind mit dem Kornett in dessen väterliche Wälder zur Hirschjagd.« Weil er hier die Wahrheit sagte, hob der Obrist seine Augen. In die des Grafen kam der Ausdruck der Niedergeschlagenheit.

»Obrist von Salchendorf«, fuhr der Graf zu fragen fort, »kanntet Ihr die Botschaft, die unsere Durchfahrt durch die Stadt auf dem Wege zum Konsistorium im Almersbacher Kirchlein ankündigte?«

Der Graf war blaß geworden. Er erwartete die Antwort wie ein schweres Urteil.

»Ich übergab die Botschaft Euer Liebden selbst dem Bürgermeister zur Übermittlung an die Honoratioren.« In den Augen des Obristen blitzten triumphierende Lichter.

Graf Ernst blickte seitwärts. Auf seine Stirn gruben sich schmerzliche Falten. Man wollte also die Zwietracht. Es war offensichtlich. Louise Juliane hatte das Gespräch aufmerksam verfolgt und zuletzt des Obristen höhnisches Gesicht wohl wahrgenommen. Empörung jagte ihren Puls. Wie weit ging das Maß der Unverschämtheit in Altenkirchen? Jetzt würde der Graf wohl ein Gewaltwort reden. War es denn möglich, daß er wortlos, wie ein gestraftes Kind verharrte? Ausgehend von des Grafen Willenlosigkeit brach etwas über sie herein, füllte sie mit Unbehagen und Scham: die Schmach. War er denn ohne Manneswillen und ohne die Würde des Herrschers? Vielleicht durch sein Leiden? Sah er nicht, wohin der Widerstand der Altenkirchener führte? Wie weit wollte er ihn gedeihen lassen? Man mußte handeln, das Übel zu beseitigen.

Sie sah, wie sich der Graf fast vor ihr schämen wollte, so erriet er ihre Gedanken.

Darum ging er jetzt den Obristen hart befehlsmäßig an: »Obrist von Salchendorf, schafft die Gasse frei!« Des Grafen Stimme zitterte.

In dieses Zittern stach mit überlegenem Hohn die Antwort des Obristen: »Euer Gnaden zu dienen, sie ist frei! Meine Musketiere haben ein gutes Reglement!«

Ohne Entschluß und mit Blicken eines Geschlagenen sah der Graf zu der Frau im Wagen hinüber – hilfesuchend.

Da traf ihn ein harter Strahl aus ihren blauen Augen und warf ihn weit in den Alltag zurück. Es war etwas Neues, Fremdes an ihr, dieser Strahl, der um ihn fiel wie die Brünne einer Walküre. Dann kam das Überraschende, in dem sie sich zur alleinigen Gebieterin über Land und Leute und alle Dinge in Sayn machte. Louise Juliane nahm den harten Blick von dem Gatten und richtete ihn noch härter und mit großer Strenge auf den Obristen. Ihre Stimme ward erzen wie Sturmglockenton:

»Obrist von Salchendorf, ich kenne Euch! – Ich halte Euch nicht der letzten Hingebung für uns fähig und zähle Euch mit Bedacht und ohne Anstand zu den Gegnern der anständigen Pflicht. Mit wem Ihr in diesem auch verbündet seid, kündet den Verborgenen, daß *wir* regieren! – Zu heute abend aber, bei unserer Rückkehr von Almersbach, steht Ihr mit dem gesamten Ausschuß unseres saynischen Kontingents angetreten vor uns, wie es sich vor Regierenden geziemt. Sodann übermittelt Ihr sämtlichen Beamten unsern Befehl, auf den Abend ebenfalls zu debütieren. Der Kornett Dormann aber, mein Herr Obrist von Salchendorf, den unser Herr Graf Ernst mit dem heutigen Tage zum Rittmeister im Altenkirchener Ausschuß zu ernennen geruhte, ist auszurüsten, daß er uns nachher nach Hachenburg begleite und dort als inständiger Kommandeur unserer Reiter und der Musketiere sowie als Botschaftsoffizier zwischen Hachenburg und Altenkirchen verbleibe. Und nun nehmt des Herrn Grafen Pferd bis zum Abend in Eure Obhut, alldieweil des Herrn Leidenszustand es erfordert, mit mir im Wagen zu reisen!«

Der eskortierenden Reiter Mienen strahlten ob der Worte ihrer Herrin. Der Graf aber war fast erstarrt über ihre Kühnheit. Trotz des aufkommenden Gefühls des Widerstrebens verspürte er doch eine wohlige Geborgenheit, die aus der Gewißheit kam, nicht nur ein liebendes Weib, sondern auch einen Kameraden und Anführer in allen Sachen sein Eigen nennen zu können. Insgeheim erschauerte er vor der mächtigen Klugheit seiner Ehegemahlin und ihrem durchsichtigen Blick. Auch der Obrist mochte fühlen, daß jetzt eine erschreckend starke Hand über ihm waltete. Sein Gesicht war so weiß geworden wie eine frisch gekälkte Wand. Aber doch blitzte unverhohlener Unwille in seinen Blicken, mit denen er unmutig und scheu die Gestalt des Grafen streifte, als wolle er ihn zum Widerstand gegen die junge Herrin verlocken.

»Der Gräfin Worte sind mein Befehl, Herr von Salchendorf!« Das war nun doch die Antwort auf die aufbegehrenden Blicke des Obristen.

Er winkte zwei der Reiter herbei, die das Pferd des Grafen hielten, während dem dieser abstieg, und es dann fortführten. Nachdem der Graf neben Louise Juliane Platz genommen hatte, zogen die Pferde an. Die Altenkirchener umdrängten den Wagen. Hochrufe erklangen. Die Menschen ergriffen die Hand der Gräfin und drückten sie.

»Lang lebe unsere edle Frau!«

»Es lebe unser Graf Ernst!«

»Gott schenke ihm Gesundheit!« So riefen sie und schwenkten Tücher und Hüte.

In geziemendem Abstand gab der Obrist den Herrschaften bis vor das Untertor sein persönliches Geleit.

Dann ritt er voraus, durch seine Ehrenbezeugung seine Umkehr anzuzeigen.

Als sei nichts vorgefallen, so erwiderte die Gräfin seinen Gruß. Der Graf machte nur eine kurze Handbewegung.

Gaßaufwärts galoppierte der Obrist. Funken stoben aus den Hufschlägen seines Pferdes. Die Gassengänger machten sich schleunigst aus dem Staub. Nahm der Salchendörfer die Gasse im Galopp, dann saß ihm eine Laus im Pelz. Dann schlug er mit der Reitpeitsche, wen immer sie erreichte. Bei der Ankunft im Schloßhof dampften Roß und Reiter.

Inzwischen rollte der gräfliche Wagen gemächlich auf Almersbach. Das graue Kirchlein grüßte schon von der alten Stätte auf dem Mühlberg über der Wied. Willkommen, riefen die Glocken oben im Zwiebelturm. Willkommen, dem hochgräflichen Paar! Graf Ernst nahm der sinnenden Gattin Hand in die seine, neigte sein Haupt darüber und küßte sie. Sie ahnte den Kampf in seiner Seele und fühlte es noch mehr, als er den Arm leicht über ihre Schultern legte.

»Ich werde sie alle dämpfen, die gegen uns sind«, sagte er.

Du kannst es ja gar nicht, dachte sie schmerzlich. Traurig ruhten ihre Augen kurz auf ihm. Er erriet wohl ihre Gedanken und versuchte, sich kraftvoll aufzurichten.

»Ich werde an die Altgräfin, meine Stiefmutter, ein Staatsschreiben richten. Sie soll wissen, daß ich ihr Tun nicht billige. Ich werde ihr Einschränkungen ankündigen, wenn sie weiter meine und des Landes Interessen so ungeziemend zu schädigen gedenkt. Diesmal wird sie meine Warnung nicht leichtfertig übergehen, soll sie doch aus meinem Schreiben ersehen, daß meine Rücksichtnahme nun zu Ende ist.«

»Sie wird darüber lachen«, antwortete leise Louise Juliane.

»Dann wäre gar kein Gutes mehr in ihr.«

Sie spürte, wie der Druck seines Armes zunahm. »Louise, Ihr seid gut und stark!« Seine Blicke suchten ihre Augen.

Sie sah, daß die seinen feucht waren. Sie strich mit beiden Händen zärtlich über seine Wangen und hatte tiefes Mitleid mit ihm.

»Warum das mit Karl Wilhelm?« fragte er sie leise. »Was soll es?« Lag ein heimliches Bangen in seinen Worten?

Da faßte ihn die Gräfin bei der Hand: »Weil der Kornett ein Starker ist, deshalb soll er unser Vertrauter sein und unser Verbündeter gegen deine Feinde, die heute die meinen wurden. Nun begegnen wir ihnen!«

»Es ist gut, Louise.«

Willkommen! Willkommen! Auch den geistlichen Herren!

Die Glocken von Almersbach läuteten nahe. Die Glocken von Almersbach haben einen ewigen Ton. Der summt mit allen Stimmen des Himmels und der Erde nach. Manchmal kommen Worte aus dem Glockenschall, die alle Menschen verstehen können. Der schönen saynischen Gräfin riefen die Glocken laut zu: Du hast einen schweren Weg vor dir, doch schreite, schreite zu!

\*

Der Obrist von Salchendorf hatte seinem Stallknecht eben die Zügel seines Pferdes zugeworfen, als ihm schon der Diener einer die Aufforderung der Wittib überbrachte, sofort vor ihr zu erscheinen. In Eile hastete er die steinerne Wendeltreppe empor und über die Gänge des oberen Stockwerks. Die Wittib erwartete ihn im roten Gemach. Sie saß vorgebeugt auf erhöhtem Polstersessel. Als der Obrist eintrat, erhob sie sich mit ungeduldiger Gebärde. Er legte Hut und Degen beiseite und verneigte sich anmaßend vertraulich. Eine Handbewegung der Wittib lud ihn zum Sitzen. Dann nahm auch sie wieder Platz. Sie hatte Mühe, zu Wort zu kommen, so tobte Erregung in ihr.

»Salchendorf, wie ihr das Volk zujubelte!« Zorn, Wut und Angst zitterten an ihren Lippen.

»Euer Liebden ergebenst zu sagen: Sie hat das Volk für sich!« Laut und hitzig sagte es der Obrist. »Sie geht in höchsteigener Person in die armseligsten Hütten und übt die Wohltäterin. Das ist das wenigste. Mehr ist, daß sie das Regiment über Euren Grafen-Stiefsohn hat. Sie befiehlt über ihn!«

Die Wittib erblaßte.

»Was war der Aufenthalt unten? Erzählt, Salchendorf, gebt mir Kunde über alles!«

»Euer Liebden Abneigung gegen das junggräfliche Paar hat sie klar erkannt. Mich dünkt, sie wittert auch, was der Beweggrund Euer Liebden dazu ist. Und wenn es ihr gelingt, den Dormann für sich zu haben, dann ist bedachte Vorsicht zu üben an Euer Gnaden und uns allen hier. Wenn mich nicht alles täuscht, gibt es eine Günstlingswirtschaft mit ihm.«

»Ist etwas Besonderes mit dem Kornett?«

»Nun, sie hat den Dormann zum Rittmeister ernannt und nach Hachenburg befohlen. Er soll den Abend schon gleich mit den Regierenden dorthin.«

Das Antlitz der Altgräfin wurde klein vor Blässe.

»Und weiter? Was war weiter unten, Salchendorf?«

»Euer Liebden hätten meinem Rat folgen mögen, die Hachenburger untertänig und mit Pomp zu empfangen.«

Nun erzählte der Obrist schnell alle Vorgänge bei der Ankunft des regierenden Paares. Der Wittib Augen fieberglänzten und hingen an seinen Lippen, verschlangen jedes Wort. Als er zu Ende war, war es zuerst still in dem roten Raum. Die Nachmittagssonne strahlte voll durchs Fenster und überzog die roten Seidentapeten und die feuerfarbenen Möbel mit glühender Lohe.

Höllisches Satansgemach.

»Habt Ihr etwas in der Angelegenheit der Wittümer erfahren, Salchendorf? Gab der Kanzleidirektor Euch Einblick in die Niederschriften?« Die Spannung in ihrer Stimme hatte gewechselt.

»Der Direktor nicht, Frau Gräfin, aber einer seiner Schreiber verschaffte mir ihn um einige Taler. Graf Ernst gedenkt zu Anfang des Geschriebenen seines Leidens und sieht seinem möglichen vorzeitigen Tod entgegen und gibt dieses getrost in die Hand des Ewigen. Dann hat er diktiert, daß bei seinem Tod das Schloß zu Friedewald der Wittumssitz der Erbacherin sei. Zu ihrem Lebensunterhalt ist das Kirchspiel Daaden und der freie Grund mit Selbach und Burbach verzeichnet.«

Die Spannung in der Frau löste sich. Die Blässe auf ihrem Antlitz ließ nach.

»Ich danke Euch, Salchendorf! – Also die Ämter Altenkirchen, Hachenburg, Freusburg und das Kirchspiel Schöneberg frei! Wißt Ihr, Obrist, bei seiner schwachen Brust wird er nicht manches Jahr mehr hinter sich bringen. Friedewald als Wittum der Erbacherin! So könnte man es ohne Anfeindung belassen bis zum ersten Kind. – Meinen Söhnen ist die Hoffnung auf die Nachfolge noch lange nicht genommen. Eigentlich brachtet Ihr mir keine schlechte Nachricht, Obrist von Salchendorf!«

»Euer Liebden tun gut, sich vor solcher Zuversicht etwas zu hüten. Daß sie den Dormann zu sich nimmt, trübt allemal meinen Sinn, wenn ich daran denke. Der störrische Bauer im Bunde mit der Hachenburgerin ist ein häßlich Hindernis und eine böse Dämonie. Beide sind sie gegen uns. Der Graf heißt ihr alles gut.«

»Sagt, Obrist, wart Ihr nicht unklug, dem Kornett stets Eure Feindschaft zu zeigen, obwohl Ihr ihm eigentlich doch dankbar sein müßtet?« Lauernd, wie ein Geheimnis zu hüten, spann die Wittib ihren Faden. »Ich meine wegen der blanken Taler, die Ihr von dem Alten nahmt, wie Ihr mir gestandet, als Ihr um Erhöhung Eures Gehaltes bei meinem Stiefsohn einkamet. Was schuldet Ihr? Ich geb's Euch, damit Ihr vor allem frei seid vor dem Kornett.«

Mit süßbitterer Miene heuchelte der Obrist den verlegenen, braven Mann. Und die Wittib wußte, daß er heuchelte.

»Euer Liebden sind sehr gütig. Unsereins hat viele Pflichten, die das Geld verschlingen. Gnädigste Gräfin wissen, daß zur Zeit der Offiziere Dienstgeld sehr bescheiden ist.«

»Ich weiß es gut, Salchendorf, wieviel ist's?«

»Es waren – es sind einhundertundfünfzig Taler.« Die wilde Freude verschlug dem Obristen fast die Stimme.

Die Wittib erhob sich und trat vor einen kleinen, metallenen Wandschrein, zog ein Geheimfach und entnahm ihm eine Schatulle. Aus ihr zählte sie dem Obristen die blanken, schweren Münzen auf den Tisch. Seine Augen glühten vor Begehren.

»Zählt nach, Salchendorf!«

»Ich zählte mit, Frau Gräfin, es ist die Summe.«

Rasch barg er die glitzernden Stücke in seinen Taschen.

In die Stille des roten Gemachs tickte die alte Standuhr merkwürdig laut.

Der Obrist dachte, daß sie jemand riefe. Ach so …

Judas – Judas – Judas.

»Salchendorf, ich wähne, Ihr bleibt mir ferner so vertraut wie heuer. – Nun geht und überbringt den Ämtern und Stellen meinen Befehl zu einer glänzenden Huldigung vor den jungen Herrschaften bei ihrer abendlichen Rückkunft von Almersbach!«

Der Obrist verneigte sich tiefer als sonst und verließ das rote Gemach. Schwer drückte ihn das Silber, aber sein Sinn ward leicht davon und sein Mienenspiel zufrieden.

Zufrieden war auch die gräfliche Wittib. Jetzt durchmaß sie das rote Gemach mit sicheren Schritten, als ginge sie einem Ziel entgegen. Wenn sie gut zusieht, wird sie den Söhnen die Grafschaft noch erkämpfen.

Schon zu Lebzeiten des Grafen Wilhelm, ihres Gatten, hatte sie immer wieder versucht, dem Sohn Ernst aus ihres Gatten erster Ehe den dereinstigen Platz auf dem Grafenthron zu entwinden. Immer und immer wieder führte sie dem Gatten vor Augen, wie nachteilig die schweren Geschäfte der Regentschaft für Ernst bei dessen Leiden seien.

Und daß Ernst auch darum nicht scheel sehen würde, wenn ihrer eigenen Söhne einer der Nachfolger des Regierenden würde. Aber nie hatte sich der Graf Wilhelm darauf eingelassen.

»Die Ordnung, die Gott fügt, soll nicht durch Menschen verwirrt werden. Er richtet alles gut aus.« Das war seine stete Entgegnung.

»Sorgt mir dafür, Gräfin, daß aller Kummer von Ernst bleibt. Gram und Herzeleid sind angetan, ihm bei seiner schwachen Gesundheit ein frühes Grab zu schaufeln. Helft ihm, sein Leid tragen, und erzieht Eure Knaben zu seinen echten Brüdern!« So waren die letzten Worte des Grafen Wilhelm auf seinem Sterbelager. Aber die Familie von Sayn-Wittgenstein hatte in der Krankheit und in der Schwäche Ernsts auch eine Gefahr für den Bestand der Grafschaft gesehen und stets gemahnt, zur rechten Zeit den rechten Nachfolger zu haben.

Seit dem Tode des Grafen Wilhelm lebte Ernst, der Sohn und Nachfolger, ganz zurückgezogen auf Friedewald und Hachenburg. Zeitweilig wohl auch – wenn die Regierungsgeschäfte es erforderten, in Altenkirchen. Seine Güte und Nachgiebigkeit wurde mit dem ersten Tag seiner Regierung von fast allen mißbraucht, die mit ihm zu tun hatten. Das saynische Volk liebte und bemitleidete ihn. Das alles wußte die Wittib sehr wohl. Wußte auch, daß Ernst mit ihren drei Söhnen, seinen Stiefbrüdern, nie ein sonderliches Aufheben gemacht hatte. Sie waren ihm zu jung, zu wild – zu gesund und vielleicht für die Zukunft auch zu gefährlich.

Einmal an einem Tag, als Ernst sehr schwere Herzanfälle hatte, war sie in ihn gedrungen, die Nachfolge von sich aus zu regeln. Da hatte er sie zuerst angesehen wie ein todwundes Wild, so weh. Und dann verächtlich.

Von der Stunde an war der Haß gegen ihn da. Und nun, seitdem er die schöne Erbacherin heimgeholt hatte und er also leicht mit einem selbeigenen Sohn die Nachfolge ihrer drei Söhne gefährden konnte, steigerte sich der Haß mehr und mehr.

Die Erbacherin hatte auch schon gezeigt, daß sie regieren wollte und könnte, mit dem Grafen oder ohne ihn. Jetzt erhob sie sich gar noch über sie selbst – die Altgräfin.

Aber mit dem Kornett – das ist vielleicht ein zweifach Ding. Vielleicht – vielleicht läßt sich da eine Waffe draus schmieden. Der große, stattliche, blühende Kor... nein, Rittmeister Dormann – haha, hm, hm.

Kampf, Kampf dem schwachen Grafen und der Erbacherin! Platz für ihre starken Söhne! Platz! Platz!

Der Altgräfin Herz erzitterte. Ein Gedanke war ihr gekommen, ein Gedanke, herrlich und grauenhaft, verlockend und gefährlich.

Wie, wenn sie sich heimlich mit den Kaiserlichen ins Einvernehmen setzte, ihr gegen den Grafen Ernst um jeden Preis zu helfen?

Sie durchrannte jetzt das rote Gemach, das die sinkende Sonne in eine tiefglühende Flamme verwandelt hatte.

Ja, das war die Lösung, das Einzige, Sichere. Sie tanzte vor Erregung und breitete wie irr die Arme. Mein Gott, welcher Fingerzeig zum nahen Glück!

Salchendorf mußte ihr einen zuverlässigen Boten besorgen.

Als der Obrist von der Besprechung mit dem Amtsverwalter und Bürgermeister wegen der abendlichen Huldigung zurückkam und eben das Wachtlokal am Obertor betreten wollte, kamen durch dasselbe die drei Söhne der Altgräfin mit dem Kornett Dormann zu Pferde und in leichtem Trab von der Jagd daher. Sie ritten in den Schloßhof, nicht ohne den Obristen mit Anstand zu grüßen. Im Schloßhof saßen die vier Reiter ab. Die Junggrafen verabschiedeten sich artig von dem Kornett und eilten in den prächtigen Toreingang zum Wohnflügel. Indes war der Obrist hinzugekommen. Er winkte dem Kornett, noch zu warten. Karl Wilhelm Dormann wunderte sich nicht wenig über des Obristen – sonst so selten – frohes Gesicht. Er reichte dem Kornett die Hand.

»Ich bringe dem Herrn Rittmeister Dormann meine Glückwünsche zum Avancement!«

»Rittmeister? – Ich?«

»Ich empfahl Euch dem Herrn Grafen für den Posten als Kommandeur des Hachenburger Ausschusses!«

»Ihr, Herr Oberst? – Beim Herrn Grafen Ernst?«

»Ist's Euch unfaßbar, Rittmeister? – Die Herrschaften hielten vor Stunden Durchzug auf dem Weg zum Konsistorium in Almersbach. Da habe ich Euch, als die Rede darauf kam, vorgeschlagen. Ist's nicht zu Euren Wünschen?«

»Ihr verpflichtet mich, Obrist –«

»Nicht doch, Rittmeister! Es ist noch nicht alles. Ihr werdet Euch bei der Rückkunft der Herrschaften denselben anzuschließen haben, gleich mit ihnen nach Hachenburg zu reiten.«

Karl Wilhelm Dormann wußte nicht, wie ihm geschah. Da ist ihm eine Erfüllung gekommen, danach sein Herz sich nicht zu sehnen wagte. An der Seite des gräflichen Freundes, unter den Augen der jungen Herrin wird, er spürte es in der Seele, wird das Werk seines Lebens nahe rücken. Sein Denken eilt zurück. Das Erlebnis des Tages auf dem Odenholz, da er die Junggräfin zu seinem Grafen führte, stand hell in seiner Seele. Einzeln tönten ihre dunklen Worte durch sein Denken. Eine Freude stieg aus seinem Innern und zeichnete sein Antlitz.

»Die junge Gräfin erkundigte sich nach Euch mit gütigen Worten.«

Erriet der Obrist des jungen Dormanns Gedanken?

Karl Wilhelm übersah das listige Blinzeln in des Obristen Augen. Freimütig ergriff er die dargebotene Hand.

»Ich danke Euch, Herr Obrist von Salchendorf!«

»Kein Dank, Rittmeister! – Aber hört mich, nun ist's wohl an der Zeit, Euch meine Geldschuld abzutragen. Nehmt also jetzt die hundertfünfzig Taler in Eure Hände!«

»Bei allem guten Willen, Herr Obrist, mich dünkt, es ist ein schlechter Handel hier auf dem Pflaster des Schloßhofes. Gebt's meinem Vater, wann es Euch gefällt.«

In des Obristen Fuchsgesicht flackerte verlegene Enttäuschung, denn er hatte mit der Schenkung des Geldes durch den jungen Widdersteiner gerechnet. Karl Wilhelm erkannte das böse Flackern und ahnte plötzlich das finstere Spiel, das der Obrist mit ihm trieb. In der

Tat, der Obrist dachte nicht daran, seine Schuld zu begleichen. Er wollte das Geld geschenkt haben, zum Lohn, weil er den Kornett zum Rittmeister beförderte. Welche Schmach! –

Der Obrist – ihn zum Rittmeister gemacht? Der Salchendorfer? Der Feigling?

Niemals! Alles war Lüge, war Schein und Betrug.

Karl Wilhelms klarer Bauernsinn durchblickte die unlauteren Gespinste des hinterlistigen Mannes.

Wenn wirklich Salchendorf seine Hand im Spiel hatte, so würde er lieber um seine Entlassung einkommen, als eine Beförderung unter dem Walten der Hand des Obristen annehmen.

Aber nein, die Herrin war's, die ihn zum Rittmeister machte, niemand sonst als sie.

Ohne den Obristen noch mit einem Blick zu würdigen, machte der junge Dormann eine scharfe Wendung und schritt seinem Quartier zu. Hinter ihm loderten höhnisch des Obristen böse Blicke, girrte sein krampfhaftes und wütendes Lachen. Der Bauer von Widderstein hatte im Ernst geglaubt, er, der Obrist, wolle im Ernst das Geld zurückgeben.

Dieser Tölpel erlaubte sich auch noch obendrein, den Hochmut zu zeigen.

Wartet nur, wartet ihr alle, der Salchendorf rächt sich für all eure Schmähungen! Der Salchendorf hat starke Verbündete! –

\*

Als am Abend der Wagen mit den gräflichen Herrschaften und den angeschlossenen Pfarrherren, Kaplänen und Inspektoren das untere Stadttor passierte, wogten hohe Wellen eitel Jubels der Altenkirchener und der Bewohner der umliegenden Ortschaften um die Einziehenden. Auch das Altenkirchische Militär unter dem Obristen von Salchendorf paradierte in glänzender Hochmontur. Die Honoratioren entschuldigten den Fehlschlag vom Mittag durch allererbietigste Huldigung. Am Marktplatz stand der Amtsverwalter mit den Schultheißen und Schöffen. Auf den Rat Louise Julianes ließ der Graf halten. Freude und Verehrung leuchtete den Beamten und Dienern aus den Augen. Unter dem Tor zum Schloßhof hielten hoch zu Roß die drei Stiefbrüder Ernsts und sahen den Anfahrenden heiter entgegen. Sie ritten den Wagen der Regierenden an und machten artig ihre Ehrenbezeugungen. Der kleine Graf Christian ritt dicht an die Seite Louise Julianes, die sich ihm entgegenneigte.

»Meine Frau Mutter-Gräfin grüßt meine Frau Schwägerin aufs herzlichste und läßt ihr sagen, daß sie im Schloß erwartet wird.«

Unschlüssig sah Graf Ernst zu Louise Juliane herüber. »Die vorgerückte Stunde erlaubt es nicht, noch zu verweilen, daher entbieten wir Eurer Frau Mutter besten Gruß und lassen uns durch Euch entschuldigen, mein Schwager Christian.«

Während die Gräfin noch mit dem Junggrafen redete, dröhnte vom Schloßhof her erneuter Hufschlag. Karl Wilhelm Dormann kam ritterlich, auf stolzem Rappen, in bester Ausrüstung, in scharfem Trab daher. Sein Gewaffen glänzte in der Abendsonne. Eine Pferdelänge hinter ihm folgte der Reitknecht. Fürwahr, ein glänzend Reiterbild.

Die Menge geriet in Bewegung.

»Seht den Dormann!«

»Er reitet mit nach Hachenburg!«

»Der Dormann hoch!«

Die Rufe mehrten sich und wurden zum Geschrei.

Da umdrängten sie ihn, daß er das Roß zügeln mußte. Die Leute hatten ihn gern, wie die Dormanns von Widderstein schon immer in des Volkes hoher Achtung standen. Die Dormanns taten je und je viel für die Armen. Auch der Kornett war nicht aus der Art geschlagen. Man wußte, daß er sein ganzes Dienstgeld für das arme Volk ausgab. Gar mancher armen Fronknechtsfamilie hatte er zu einem Hüttlein verholfen!

Ausrüstung, Reitpferde, Unterhalt für Reitknecht und Leibburschen bestritt er aus eigener Tasche. Die Dormanns waren von alters her reiche Leute. Man munkelte sogar, daß diese Familie schon manch gräflichem Regierenden mit blanken Talern unter die Arme gegriffen habe. Weil aber die Dormanns so ungemein freigebig, wohltätig und allen Ständen hilfsbereit waren, stand ihnen der Reichtum trefflich an und wurde ihnen immer mehr zum Segen.

Was Wunder, daß die Altenkirchener dem jungen Dormann zujubelten. Just als ihm das alte Gesindemütterchen aus dem Schloß zum Abschied ganz nahe kam, schwang er sich vom Pferde und drückte ihm die Hand. Das brachte ihm einen Sturm von Beifallsrufen ein.

»Herr Dormann, vergeßt uns nicht!«

Als Graf Ernst seinen Jugendfreund so erblickte, ging die Freude groß durch seine Seele und strahlte blank aus seinen Augen.

Louise Juliane hatte eine glückliche Stunde. Die glücklichste, seitdem sie die Burg der Väter zu Erbach verlassen hatte. Als sie gewahrte, wie das Volk um den Dormann jauchzte, stand die Erinnerung wie Traum in ihren Augen, und sie gedachte des Volkes ihrer Wetterauer Heimat, das so sehr um sie gewesen war wie dieses um den jungen Rittmeister.

»Seht, Ernst, welch trefflichen Freund Ihr habt!«

Ja, das war eine gute und gesegnete Tat gewesen, daß der Graf sich den Widdersteiner zum Freund erkoren hatte. Ein starker und ergebener Freund, dem Grafen und ihr selbst.

Das dachte die Gräfin, und ihre Gedanken gingen weit, als suchten sie etwas, irgendwo im Raum.

Da ging dicht neben ihr die schon vertraute Männerstimme, die sie aus weiten Fernen heimholte: »Immer bin ich froh, Euer Liebden und meines Herrn Grafen Diener zu sein!«

»Jetzt seid Ihr ganz unser, Herr Rittmeister Dormann!«

Aus ihren Worten brach etwas wie Lindenblüte, versteckt und duftend, das ging durch das Gemüt des Dormanns von Widderstein und blieb darin.

Graf Ernst reichte dem jungen Offizier über den Kopf der Gräfin hinweg die Hand. Dann gab er dem Führer der Eskorte das Zeichen zum Aufbruch.

Als das Obertor passiert war, zerstreuten sich die Wagen der geistlichen Herren nach den Richtungen der Kirchspiele. Der gräfliche Wagen rollte zur Hohen Straße hinauf und war den begeisterten Altenkirchenern schnell aus den Augen.

Der Rittmeister Karl Wilhelm Dormann ritt dicht neben dem gräflichen Paar im Wagen. Auf der Höhe von Gieleroth sah er noch einmal auf die Türme der alten Residenz zurück.

Die Dämmerung hüllte die heimatlichen Höhen in einen zart-
blauen Schleier. Das alte Gebück zog sich wie eine dunkle Borte
zwischen Abendhimmel und Erde über die hohe Wasserscheide zwischen Herpteroth und Oberwambach nach dem Erbelskopf, der seine basaltene Kuppel wie eine Riesenfaust gen das Firmament erhob,
von der man im Dorfe Fluterschen, am Nordhang des Erbelskopfes
gelegen, erzählte, sie sei die Faust eines Riesen mit Namen Er.

Auf den Hochheiden wippten die Spitzen der Wacholderbüsche
im leichten Spiel mit dem Abendwind hin und her, und der Ginster
leuchtete noch schwach. Westlich, über den Rheinbergen, lag der
letzte Sonnenschimmer eines schönen Tages.

Der Zug der Gräflichen nach Hachenburg ging unter im Zauber
sommerabendlichen Schweigens. Die Herzen der Menschen betteten sich wohlig in den Schoß des Friedens. Ob Fürstenkind oder
Reiterknecht, menschliche Urgedanken und die waltende Allmacht
schälten sie aus der Hülle des Namens und des Ranges heraus und
machten sie alle grau und gleich.

er 6. August 1623, der Tag, an dem der kaiserliche Feldherr Tilly bei Stadtlohn den protestantischen Christian von Braunschweig besiegte, also vor noch nicht ganz einem Jahr, lag immer noch lähmend über dem Westfalenland.

Die Tillysche Armee war nach ihrem Sieg im Land geblieben und lagerte schon monatelang und wer wußte, wie lang noch, im Lennetal. Weit talauf und weiter talab flackerten an den Abenden die Lagerfeuer. Weit talauf und weiter talab leuchteten tagsüber die weißlichen Zelte in der Sommersonne. Im spärlichen Grün der mageren Auen lag viele Meilen im Umkreis das Land wie tot. Die Kontributionsabteilungen zogen ungeheure Kreise. Ärmer ward das Land und öder. In den Abenden lag unendliches Elend, leise flüsterte das Weh im Wind, und mit den Winden zog die Schuld. Die Flüche und die Gebete der Völker Europas schwirrten durch das Lager. Laut die Gebete, lauter die Flüche. Wehe, wenn der Schwarze, der Tilly, sie vernahm!

Tillys Zelt unterschied sich äußerlich nicht von denen der Kriegsknechte. Nur, daß ein Muttergottesfähnlein über ihm hing. Innerlich wohl, denn es war einfacher und strenger eingerichtet als das des niedersten Reiters.

Am rohen Tisch, auf hartem Schemel saß der Tilly allein in seinem Zelt. Durch einen schmalen Spalt in der Leinwand des Pfortenlakens starrte er düster ins Lager. Sein scharfkantiger Kopf stach leicht nach vorn. Starke schwarze Brauen umbuschten seine graugrünen Augen. Die mächtige, scharf gebogene Nase war die des Habichts. Die gelbe Haut seines Gesichts bildete einen merkwürdig häßlichen Kontrast zu dem tiefschwarzen, weißbestickten Feldrock.

Eine ungeduldige Steilfalte stand senkrecht auf seiner Nasenwurzel und verlor sich auf der hohen Stirn.

Wie lange soll er noch hier liegen? Will der Kaiser warten, bis sich die protestantischen Heere aufs neue zusammengerottet haben? Er wird handeln! Bald wird er handeln, wenn die kaiserlichen Kuriere weiterhin ausbleiben. Das Land hier gibt nicht mehr den Unterhalt für sein Heer, Menschen und Tiere. Aufbruch ist geboten, baldiger Aufbruch, wenn es nicht eine Hungerflucht werden soll. Er wird ziehen und Feinde finden und Pfründe für die Seinen. Nach Südwesten wird er ziehen, dem Rheine zu.

Das dachte noch der Tilly, während sich ein Wachtposten mit schweren Schritten dem Zelteingang näherte. Das Pfortenlaken ward von roher Faust beiseite gerafft. In der Luke erschien die Gestalt des Postens.

»Der Obrist Witzleben vom ligistischen Regiment mit einem fremden Söldner begehrt Einlaß!«

Blitzschnell erhob sich Tilly.

»Eintreten!« befahl er kurz und barsch.

Der Obrist von Witzleben betrat zuerst das Zelt und neigte kurz das Haupt. Tilly winkte kurz. Sein Falkenblick durchbohrte schier den folgenden Fremden. Der Kommandeur der Ligister wollte reden. Des Schwarzen Rechte schnitt die Rede nach der ersten Silbe ab. Dann herrschte er den Fremden an, dessen Tracht mit dem stehenden Löwen im roten Wappenfeld ihm gänzlich unbekannt war.

»Wer seid Ihr?«

Auf dem Antlitz des Angeredeten zeichnete sich die Erschöpfung wie von einem langen Marsch. Blässe wie von einem tiefen Schrekken lag darauf. Seine Lippen zitterten.

»Johannes Quast, Korporal im saynischen Kontingent zu Altenkirchen!«

Grober Spott zuckte um die Mundwinkel des schwarzen Feldherrn.

»Ihr seid also Untertan des weiland zu Sayn regierenden Grafen Wilhelm von Sayn und Wittgenstein? – Also Protestant?«

»Seit einem halben Jahr regiert Seiner Gnaden Sohn, mein gnädiger Herr Graf Ernst. Der verstorbene Herr Graf Wilhelm …«

»Was habt Ihr?« riß der Tilly den Bericht des Saynischen ab.

Umständlich, mit zitternden Händen zog der Korporal eine verhüllte Papierrolle unter seinem Wams hervor und reichte sie dem Schwarzen, der sie mit raschem Griff an sich brachte und sofort das Siegel brach.

»An den siegreichen Feldherrn und General Johann Tserclaes, Graf von Tilly …«

So lautete die Anschrift des riesigen Pergaments. Eilig hasteten die Augen Tillys darüber. Als er den Inhalt durchgelesen hatte, nahm er seinen Platz wieder ein. Einem der zu beiden Seiten des Saynischen stehenden Wachen befahl er, den Korporal abzuführen und ihm Verpflegung und Ruhe zu geben. Noch als dieser sich zum Gehen wandte, herrschte ihn der Schwarze in fast noch strengerem Ton als zuvor an: »Wie lange seid Ihr geritten, Korporal?«

»Einen und einen halben Tag, Herr!«

»Ihr bleibt bis zum Aufbruch des Haufens und geleitet denselben dann in Euer Land!«

Der Tilly gewahrte nicht die tiefe Bestürzung, die plötzlich die Gestalt des biederen saynischen Korporals überfiel, den kalten Schweiß, der auf seiner Stirn perlte, und das Schlottern seiner Knie.

»Der Kratz von Scharfenstein und mein Brudersohn sollen kommen!« Mit diesem Befehl Tillys verschwand auch die zweite Wache aus dem Zelt des Feldherrn.

Erneut griff er zu dem Schriftstück und las darin. Der Kommandeur der Ligister stand schweigend. Der Schwarze beachtete ihn nicht mehr. Doch wartete der Obrist von Witzleben vergebens auf ein Zeichen Tillys, sich entfernen zu dürfen.

Nach einer Weile näherten sich draußen schnelle, sporenklirrende Schritte. Die Gerufenen erschienen. Kommandos erschallten, die Platzwachen wurden verstärkt.

Zuerst betrat ein noch junger, in reich verzierter Kroatenuniform gekleideter, höherer Offizier, von kleiner, gedrungener Gestalt mit verlebten Gesichtszügen ohne Mienenspiel, das Zelt.

Werner Tserclaes, Graf von Tilly, der Neffe des Schwarzen.

Ihm folgte der ungezügelte und rohe Kratz von Scharfenstein, der Anführer eines berüchtigten, wirr zusammengewürfelten Haufens, mit viel kurkölnischem Kriegsvolk darunter.

»Werner Tserclaes, Ihr werdet in drei Tagen mit Eurem Haufen und denen der beiden hiesigen Herren Kratz und Witzleben – das gesamte Kontingent steht unter Eurem Oberbefehl – werdet also zu der westerwäldischen Grafschaft Sayn aufbrechen, um der Altenkirchischen Altgräfin-Wittib zu Willen zu sein. Sie bittet mich, sie in der Anfechtung und Eroberung des Grafenstühlleins zu Gunsten ihrer Söhne insoweit zu unterstützen, daß ich durch Entsendung von Truppen dem regierenden Stiefsohn, ein armer, leidender Tropf, Kummer bereite. Also er dann wohl seiner schwachen Beschaffenheit wegen bald dem saynischen Thron entsagen würde. Die Wittib bietet freien Unterhalt für Truppen und Troß und bittet immerhin, des Landes protestantisches Volk zu schonen.«

Des Schwarzen seltenes, furchtbares Lachen füllte den Raum, daß selbst seine beiden Unterführer erschraken.

»Also teilt mir die saynische Wittib mit! – Vergeßt nicht, stets mit uns zu fühlen und fleißig Kuriere zu senden! An Geplänkel habt Ihr dort nichts zu fürchten, da des dortigen Ausschusses Obrist des Namens von Salchendorf, dieses Schreibens Mitunterfertigter, die Friedlichkeit seiner Streitmacht garantiert. – Ha – ha – ha –! Die Wünsche der simplen Wittib sollen uns willkommenen Vorwand geben. Im übrigen kümmert sich niemand von Euch Herren um den saynischen Grafenstuhl! – Werner Tserclaes, Ihr bleibt noch!«

»Treibt's nicht zu arg in Sayn, Werner, Ihr wißt, daß bis heute Seine Römische Majestät das Land nicht zu den Feinden zählt! In allem sonstigen sind der Kratz sowohl wie der Witzleben nicht unbekannt dort, sie haben schon einmal das Land durchzogen. – Der Wittib Botschafter, ein saynischer Korporal, wird Euch geleiten. Nun geht und bereitet den Aufbruch vor!«

*

Der Wachtposten hatte den saynischen Korporal in ein ligistisches Musketierzelt geführt. Die Musketiere, wilde, wüste Kerle, empfingen ihn mit erstauntem Schwadronieren.

Ihre weißen Feldmonturen waren vor Schmutz und Dreck vielmehr schwarz. Die Ligister suchten ihren neuen Zeltkameraden, so gut sie konnten, zu bewirten. Johannes Quast aß und trank wenig und nur, um die Musketiere nicht zu beleidigen, trotzdem er doch großen Hunger haben mußte. Still und apathisch lehnte er an der Leinwand und sann vor sich hin. Je mehr er sann, desto verstörter blickten seine Augen, von denen ihm Schuppen gefallen waren, als der Tilly ihm befohlen hatte, oder besser, den anderen befohlen hatte, ihn bis zum Aufbruch des Haufens, den er, Johannes Quast, zum Westerwald geleiten solle, im Lager zu halten.

Was hatte das zu bedeuten?

Wie eine heiße Feuersflamme war eine fürchterliche Stimme in ihm emporgelodert: Johannes Quast, du hast den Grafen verraten!

Und dann stand alles klar vor seinen Augen.

So war es gewesen, daß er auf einen Tag – das waren erst drei oder vier Tage her – vor den Obristen Salchendorf befohlen worden war. Ob er in allen Teilen wahrhaftig verläßlich sei, hatte ihn der Salchendorf gefragt, und ob er seinem Grafen Ernst auch wirklich treu und unverbrüchlich Untertan sei? Darauf er, Johannes Quast, daß er wohl seinem geliebten Grafen Ernst und der jungen Gräfin Louise Juliane aufs innigste und gehorsamste zu dienen bemüht sei. Der Obrist darauf, nun, der Graf habe ihm aufgegeben, einen zuverlässigen, wohlgedienten Mann aus dem Ausschuß auszusuchen, der eine wichtige Nachricht schnell und sicher zu dem Tilly ins kaiserliche Feldlager im Sauerländischen-Westfälischen bringen solle und könne. Es sei wegen der Vorzeigung eines kaiserlichen Schutzbriefes, der den Erlaß enthalte, daß das Land Sayn zur Freundschaft des Kaisers gehöre, daher nicht mit Durchmärschen, Quartieren und Kontributionen zu plagen sei. Der Schutzbrief sei durch den Rittmeister Dormann von Hachenburg persönlich gebracht und in der Altgräfin Hände gelegt worden. Nun harre er der eiligen Weiterbeförderung.

In die Hände der Altgräfin …

Was hatte die Wittib mit Staatsgeschäften zu tun? Der Korporal Johannes Quast hatte es zuerst wohl überdacht. Ging nicht in den Dörfern das Gerede von dem Haß der Altgräfin-Wittib gegen das junge Grafenpaar über die Maßen? Merkwürdig – es war doch wohl anders.

Warum aber hatte die Herrschaft keinen Offizier zur Überbringung beordert? Zu einer so wichtigen Sache – da wäre doch der Herr Dormann gerade recht zu solchem Werk. Je nun, der Obrist hatte ihn eben nachher zum Boten bestimmt, und er, der Quast, war zuletzt doch mächtig stolz darum gewesen. Im großen Saal zu Altenkirchen hatte ihm die Altgräfin mit eigenen Händen die Pergamentrolle gegeben. Die drei Junggrafen, ihre echten Söhne, und der Salchendorf, hatten als Zeugen der Übergabe beigewohnt. Hatte der Quast nicht die Unehrlichkeit in der Altgräfin Mienen gelesen? Nicht das hämische Flackern in des Obristen Augen? War das nicht merkwürdig, daß ihm die Wittib nach glücklich vollbrachter Tat eine hohe Belohnung versprochen? »Denkt an Euren Herrn Graf Ernst, denkt an die junge Herrin!« hatte sie ihm zum Abschied gesagt.

Was war ihm wohl in den Sinn gekommen, daß alles falsch, alles Trug, alles List sei. Doch alle Zweifel, das drückende Unbehagen war bei den Worten der Altgräfin von ihm gewichen. Fast wohlgemut war er geritten.

Und nun? – Und jetzt?

Der Schwarze wollte einen Heerhaufen gen Sayn schicken!

So hatte die Altgräfin und der Salchendorf ihn also darum gebeten in dem Papier, und er, der Korporal Johannes Quast aus Stürzelbach, hatte den entsetzlichen Verrat in der Pergamentrolle durch alle Fährnisse hindurch säuberlich überbracht und vermittelt. Hätte er es nicht im voraus wissen müssen, daß da nicht alles mit rechten Dingen zuging? Wäre der Dormann nur in Altenkirchen gewesen! Dem Dormann hätte er sich natürlich anvertraut und gute Weisung bei ihm nachgesucht. Was hilft es, da nun alles zu Schaden ist!

Armer Herr Graf Ernst! Arme, gute Frau Louise Juliane!

Der Quast bringt Tod und Verderben!

Mein Land Sayn!

Die ligistischen Musketiere waren erschrocken, als plötzlich der stille, fremde Korporal beide Hände über das Gesicht breitete und so tief aufschluchzte, als erschüttere ein Orkan sein Innerstes.

Langsam senkte sich der Abend über die Lenne und floß dunkel ins Tal. In der Zeltstadt wurde es stiller. Die allabendlichen Lagergeräusche waren dem Tillyschen Kriegsvolk zu geläufig, als daß man sich sonderlich was dabei gedacht hätte. Man hörte sie nicht einmal mehr, so gewohnt war man sie.

Vielleicht die Rufe der Platzwachen, die die Pestlosung weitergaben; die Zahl der Tagestoten und Neuerkrankten, bis sie der Wachhabende in das Zelt des Schwarzen durchgab.

Vielleicht das Stöhnen der Kranken selbst oder das Rumpeln der Leichenkarren und das Fluchen der Angerknechte.

Vielleicht die Notschreie einer jungen Bäuerin, die sich Reiter des Kratz ins Zelt geholt hatten und der während ihrer Schändung der Knebel entfallen war.

Vielleicht der Tumult um eine Marketenderin, die nun mal nicht zwei Leiber hatte.

Vielleicht der Wehruf eines Landmannes, den der Profoß der Pappenheimer auf das Rad flechten ließ, weil er seine letzte Kuh vor den galizischen Exekutoren versteckt hatte, und noch spät, aber desto unbarmherziger malträtiert wurde.

Vielleicht das Lachen des Schwarzen, wie wohl selten, so bellte es durch das Lager wie das grauenhafte Todesgemecker eines kreisenden Schakals …

An diesem Abend, da der saynische Korporal Johannes Quast von Stürzelbach aus dem Lager floh, war gänzliche Stille. Das soll nicht gerechnet sein, daß dann und wann ein Pestbefallener nach Wasser lechzte.

Es war eine jener Nächte, in denen die Sterne weit sind und matt blinken. Ein Musketier im weißen Feldrock, der aus eigener Kraft, von Schmutz, nicht dazu im Stande war, verräterisch zu leuchten – immerhin, ein heller Fleck war's doch, stahl sich, weiß Gott, wie lautlos, aus der ligistischen Zelte einem. So behutsam, darum schier unhörbar, schlich er durch die stillen Zeltgassen.

Johannes Quast wollte heim.

Die Qual über den furchtbaren Verrat der Altgräfin und des saynischen Obristen brannte in seiner Seele. Der Schmerz über die ihm angetane Schmach verzehrte sein Gewissen.

Heim, nur heim, seinem Grafen zu Füßen! Ihn zu warnen, gutzumachen, zu sühnen, was er unwissentlich verbrochen.

Um leichter zu entkommen, hatte er seine blaue Montur mit der weißen eines der fest schlummernden Musketiere vertauscht.

Großer Himmel! – Schon war er fast bis an den Rand der Zeltstadt gelangt.

Dort drüben grasten Pferde. Der Korporal hielt den Atem an. Sie gingen lose in niederem Gestrüpp, bewacht von berittenen Posten, die sie hin und wieder umkreisten. Das alles konnte er unterscheiden.

Er mußte ein Pferd haben!

Johannes Quast steckte sich hinter mannshohes Buschwerk. Ganz in der Nähe knabberte ein aufgezäumtes und gesatteltes Tier an jungem Eschenausschlag. Es war gewiß ein Postenpferd. Wozu war es sonst gesattelt? Der Gaul kam näher. – Jetzt! Der alte Korporal war mit einem Satz, einem gewaltig weiten Satz, vorwärts gesprungen.

Schnell griff er das Pferd am Zügel. Den rechten Fuß hoch – da – Herr Jesus! – Er spürte den scharfen Stich einer Hellebarde im Rücken.

»Pferdestehler, das Tier los – oder ich stoße noch mal tüchtig.«

Verloren! Im Augenblick hatten einige der Posten den Korporal umringt.

»Was will ein Ligister – auch noch ein Musketier – mit einem Pferd zur Nachtzeit, he?«

Johannes Quast stutzte trotz des Wundschmerzes – er hörte die Worte in der Sprache der Heimat. Da heißt's, nur immer schweigen, sonst merkt der Kerl gleich, was die Uhr geschlagen hat.

»Er ist gewiß ein Flüchtiger.« Das hörte noch der Quast, kurz, ehe er in Ohnmacht fiel.

Im Lager erregte der eingefangene Ligister kein Aufsehen. Deserteure gab es alle Tage. Sie wurden auch meist nicht sonderlich hart gestraft. In der Regel mußten sie etliche Tage hungern und wurden dazu dreimal am Tag durch die Rutengasse gejagt.

Erst als im Zelt die blaue Montur ohne den fremden Korporal gefunden wurde und eine weiße Musketiermontur fehlte, brachte man die Sache vor den Witzleben. Dieser befahl nur kurzerhand, den verwundeten Sayner bis zum Aufbruch des Haufens in die Kranken-Wagenburg zu bringen und den Kordon fest zu schließen.

Als der Quast nach Mitternacht zu Sinnen kam, vernahm er zunächst das Stöhnen der Pestkranken um sich herum. Zeit um Zeit sah er, wie die Angerknechte die Toten fortschafften. Niemand beachtete ihn, der immer noch in der vertauschten Montur stak.

Ein tollkühner wie grauenerregender Plan reifte in dem bereits Fiebernden.

Herz und Sinne hielt er in seinen Fäusten, als ihn ums Morgengrauen die rohen Knechte packten und ihn für tot – als einen an der Pest Gestorbenen – hinaustrugen und auf den Totenkarren luden. Große Mühe hatte er, sich in dem Karren, der hoch auf mit Pesttoten beladen wurde, stets unbemerkt obenauf zu halten.

Entsetzlicher Geruch verschlug ihm fast das Denken.

Endlich zogen die Pferde an. Auf deren eins schwang sich ein Gespornter.

Langsam holperte das Fuhrwerk aus dem Lager.

Nach einer halben Stunde Fahrt, beim Teufel stand's, zu welchem Grab sie führte, mitten im Wald – Reiter und Fuhrmann dösten vor sich hin – richtete sich Johannes Quast auf den toten Leibern hoch, trotz Fieber, Schmerz und Mattigkeit, kroch auf Händen und Füßen nach vorn, glitt mit katzengleicher Gewandtheit hinab, bis die Füße Grund auf dem Karrenbaum fanden. Eine Mannslänge trennte ihn noch von dem Reiter. Mühsam unterdrückte er den leis' pfeifenden Atem – seine Sehnen strafften sich – ein Sprung …

Ehe der nichtsahnende Reiter argwöhnisch wurde, saß der Quast hinter ihm, auf dem Pferd – krallten sich seine Finger um den Hals des Vordermannes. Der bäumte sich hoch auf, das Pferd ging auf die Hinterbeine, die ineinander verkrampften Mannsleiber fielen auf die Erde und wälzten sich dort. Jeder kämpfte um sein Leben, das der Tillysche bald aushauchte, denn der Korporal kämpfte noch außerdem für seinen Grafen und für die Rettung der Heimat. In ungezügeltem Galopp ritt er kurz danach durch grüne Wälder und blühende Auen der Heimat zu …

\*

Sonntag, mitten im alten Westerwald. Die Glocken der Katharinenkirche riefen hell zum Gottesdienst, dem die Hachenburger in fleißigen Haufen zuströmten. Die Bänke füllten sich prall mit gläubigen Reformierten. Als die Turmuhr zum ersten Schlag sieben rollend und krächzend ausholte, traten aus dem Spalt des Vorhangs, der den Aufgang zur Schloßstiege verdeckte, die Regierenden. Zuerst Graf Ernst, dann Louise Juliane, die, obwohl streng lutherisch, die sonntäglichen Staatsgottesdienste mit dem Gemahl teilte. Das gräfliche Paar nahm in der vordersten Bank des herrschaftlichen Stuhls, gegenüber der Kanzel, Platz. In dem Chorgestühl hatte der Landadel und der Rittmeister Dormann mit den Hachenburgischen Offizieren Platz genommen.

Trotz der Frühe lag eine drückende Schwüle im Kirchenraum. Strahlend war die Sonne über den hohen Basaltbergen im Osten aufgegangen. Bald aber hatte sie ein bleierner Vorhang eingehüllt. Schwere schwarze und gelbe Wolken waren daraus geworden. Ein Frühgewitter grollte in der Ferne. Die Menschen in der Kirche fühlten seine Last. Auf den schlicht weißgetünchten Wänden standen drohend seine Schatten. Nicht so klangvoll wie sonst schallte das Eingangslied durch die Kehlen der Andächtigen. Als der Inspektor Franz die Kanzel betrat, ging draußen dumpfes Rollen durch das All. Mächtig hallten die Worte des beliebten Predigers durch den Raum, als wollten sie die gewittrige Spannung auflösen. Der Inspektor Franz verstand zu predigen. Aus seines Herzens stetem Überfluß formten seine Lippen gar gehaltvolle Worte. Stärker grollte der Donner. Blitze zuckten. Der Raum versank in dunkles Brausen. Da – tönte nicht Hufschlag draußen auf dem holprigen Pflaster der Gasse? Was war das in so früher Sonntagsstunde? Die Offiziere richteten sich auf. – Poltern an der Kirchentür – sie kreischte in den Angeln. Schwere unregelmäßige Tritte unter der Empore – sie kamen näher. Der Inspektor hielt in seiner Predigt ein. Aus den Bänken, wo das Volk saß, schallten Rufe. Die Gräfin erhob sich, und die Offiziere verließen das Chor – denn dort, auf dem Gang zwischen den Bänken im Längsschiff torkelte ein Betrunkener – Gott, war das denn möglich – ein Witzlebenscher Musketier von den Kaiserlichen – torkelte einher, auf den Altar zu. Was war denn? Was hatte das zu bedeuten? Waren sie im Land, die ligistischen Rohlinge? Jesus, man hatte die Weißröcke noch in böser Erinnerung von ihrem letzten Zug durch die Grafschaft.

Der Schwankende hatte die Altarstufen erreicht. Aber weiß Gott – betrunken war er nicht. Sein Taumeln war grenzenlose Erschöpfung. Schaum stand dem Ligister um den Mund, seine Augen waren blutunterlaufen. Im Rücken hatte er eine tiefe Stichwunde. Auf dem schmutzigen Weiß seiner Uniform hing schwarzrotes, verkrustetes Blut.

Schnell hatten die Offiziere den wunden Fremdling umringt. Der Inspektor hatte längst aufgehört mit der Predigt und war von der Kanzel herabgestiegen.

Draußen tobte das Frühgewitter, das vordem so schwer auf allen lastete. Der menschliche Zwischenfall aus Not und Schrecken hatte das sonst ängstigende Naturdrama weit in den Hintergrund gedrängt.

Das Volk stand auf den Bänken. Zu der Gruppe vor dem Altar war jetzt auch das gräfliche Paar getreten. Und bevor irgend jemand etwas hätte sagen oder handeln können, löste es sich wie ein Schrei von des Rittmeisters Dormann Lippen: »Quast – Korporal Quast – was soll das?«

Der also Angeschriene begegnete dem entsetzten Blick des Rittmeisters mit dem mildtraurigen Auge des todwunden Wildes auf der Hochheide. Dann aber erkannte der Rittmeister etwas in den Blikken des langjährig bewährten Untergebenen: Ich will und muß etwas Schreckliches sagen! – Das erkannte er darin.

Mit einem schweren Donnerschlag bäumte sich in der Seele des Dormanns ein dumpfer Nachhall auf.

Altenkirchen! – Was war in Altenkirchen vorgegangen? Tausendfach kehrte diese Frage wieder und formte in seinem Innern ein verschwommenes Bild von Niedertracht und Trauer.

Als er die fragenden Augen des Grafen Ernst und Louise Julianes auf sich gerichtet sah, trat er näher zu den Herrschaften. Leise fragte ihn der Graf: »Kennt Ihr den Kaiserlichen, Karl Wilhelm?«

»Und ob! – Ein Kaiserlicher ist er nicht. Er ist Euer Gräflichen Gnaden allzeit getreuer Diener, der Korporal Quast aus Stürzelbach im Altenkirchischen, von der Altenkirchischen Reiterei.«

Der Gräfin entfuhr ein leiser Ruf der Überraschung. Graf Ernst kämpfte mit der Erregung seines Herzens. Noch leiser als zuvor stellte er die zweite Frage: »Aber wie kommt er in diese Montur?«

»Das ist noch zu ergründen, mein Herr Graf!«

Auf das Geheiß des Rittmeisters trugen Männer den Ohnmächtigen durch den Grafenstieg auf das Schloß in des Rittmeisters Quartier, zogen ihm die Montur aus, reinigten seine Wunde und betteten ihn auf ein Polster. Dann gingen sie, den Medicus zu holen.

In der Kirche sprach der Inspektor Franz nur noch ein kurzes Schlußgebet. Dann drängten die Menschen aus der Kirche. Louise Juliane bat den Rittmeister an ihre rechte Seite. So verließ er mit den Herrschaften das Gotteshaus durch den verdeckten Gang.

Draußen ging strömender Gewitterregen nieder.

Die Gräflichen nahmen den Rittmeister Dormann mit sich in das Staatszimmer. Im Verfolg schlimmer Vorahnungen erlitt der Graf schlimme Herzbeschwerden.

»Karl Wilhelm, geht zu dem Korporal und hört seinen Bericht, ehe es zu spät ist!« bat er. Dem Zwang seines Leidens folgend, legte er sich auf das bereitstehende Ruhebett. Mit matter Stimme bat er die Gräfin, ihn allein zu lassen und, zu dem Rittmeister gewandt, ihm später Bescheid zu geben. Louise Juliane winkte aus dem Vorgemach den Leibdiener herbei und bedeutete ihm, den Grafen während seiner Beschwerdezeit nicht zu verlassen und für seine Wünsche alle Aufmerksamkeit bereitzuhalten. Dann verließ sie mit dem Rittmeister das Zimmer. Müden Blickes sah ihnen der Graf nach, hörte ihre Schritte verhallen und war es so zufrieden.

In des Rittmeisters Dienstkabinett lag der Quast in wilden Fieberträumen. Was irgend zu Gebot stand, tat ihm der Medicus zur Linderung an. Als Gräfin und Rittmeister das Kabinett betraten, legte der Medicus dem Korporal eben ein wasserkühles Laken auf die Stirn.

Er war ohne Besinnung. In kurzen Stößen pfiff dem Verwundeten der Atem aus der Lunge.

»Wie geht es ihm?« forschte die Gräfin.

Der alte Hof- und Stadtmedicus schüttelte besorgt sein erfahrenes Haupt.

»Es steht nicht zu hoffen, daß er's überwindet, gnädigste Frau Gräfin.«

»Ist die Wunde so arg?«

»Die Wunde nicht, Euer Liebden, aber – die Pest!«

Louise Juliane fuhr verstört zurück und taumelte fast. Auch der Dormann stand erschrocken. Dennoch, als sie sich gefaßt hatten, traten beide ohne Zittern an das Lager. Der Medicus mahnte sie dennoch zur Vorsicht und knüpfte ihnen Atemtücher um Mund und Nase. Der Korporal hielt die Augen immer noch geschlossen. Unruhig wälzte er sich hin und her. Laute der Angst und des Grauens lösten sich von den weißtrockenen Lippen. Aus den Lauten wurden wirre Worte, irre Satzstücke.

»Der Tilly kommt – hört ihr, der Schwarze – ich war bei ihm in seinem Zelt – seht, wie er lacht, mein Herr Graf – ich bin kein Treuloser – sie sandten mich mit der Botschaft zu ihm – die Frau Altgräfin und der Obrist – ich wußte nicht, was sie geschrieben hatten – nichts von Schutz – sie haben ihn gerufen, den Tilly – die alte Gräfin lacht – die drei jungen Herren lachen – ich bin ein Verräter – wo ist der Rittmeister – helft mir, die Weißröcke jagen mir nach – ich habe den Fahrer tot – der Wagen ist voller Toter – Herr Gott, hilf – ach –«

Dann kamen wieder wirre Worte, unartikulierte Laute, Hilferufe.

Dann wieder umfing eine Ohnmacht den sterbenden Quast von Stürzelbach. Aufs neue kühlte der Medicus seine Stirn. Louise Juliane und der Rittmeister hatten den Worten des Fiebernden atemlos gelauscht. Solch Ungeheures hatten diese Worte um sie herum, bis über sie hinaus, aufgeschichtet, daß ihre Augen wie von einer Schuld gebannt an der Erde hafteten. Eine unerklärliche Macht verhinderte es, daß sich die Blicke der beiden Menschen begegneten.

Die Macht der dunklen Ungewißheit. Außer dem Stöhnen des Korporals unterbrach kein Geräusch die Stille. Quälender Gedanken voll, starrten sie auf den Sterbenden. Der Medicus nahm das genäßte Tuch von seiner Stirn. Des Quasten Atemzüge wurden kürzer, röchelnd. Da, Wunder, schlug er voll die Augen auf. Der Glanz des Fiebers war aus ihnen gewichen.

Große Tränen blinkten dafür darin. Brave Soldatentränen mit dem Glanz der Treue bis über den Tod hinaus.

Klar und eindeutig war seine Rede.

»Rittmeister – Frau Gräfin – Herr Medicus! Jetzt ist so schnell mein Ende gekommen. Verzeiht mir, sie haben mich betrogen und zum Verräter gemacht. – Euer Liebden Schwiegermutter hat den Tilly durch mich rufen lassen. – In einem Tage ist er mit einem bösen Haufen in der Grafschaft. – Der Obrist Salchendorf weiß um den Verrat und die drei Jungherren in Altenkirchen. – Mein Rittmeister, nehmt meinen jungen Sohn zu Euch, in den Ausschuß! – Herr Medicus, ich brauche Eure Dienste nicht mehr!«

Nach diesen mühevollen Worten brach des Quasten Herz.

Nach einer Stunde schon begruben sie den Pesttoten in einem stillen Winkel des Schloßgartens. Auf dem Grabhügel ward zum Mal und Kennzeichen eine rohe Säule von Basalt aufgerichtet. So wollte es der Dormann, damit dereinst das Grab zu finden sei. Die Hachenburger erzählten sich wunderliche Dinge um den verwundeten Witzlebenschen, der den Gottesdienst in der Sankt Katharinenkirche gestört hatte und nun im Schloß gefangensaß.

An diesem Sonntags Abend saßen die Regierenden mit dem Rittmeister Karl Wilhelm Dormann in einem der gräflichen Wohngemächer, schwere Entschlüsse zu fassen. Wie war des Schicksals Wind so ungestüm in ihre Welt hereingebrochen! Welch schwere Stürme dieser Wind noch im Gefolge hatte – oder ob doch bald die echte, rechte Friedenssonne scheinen würde …

Louise Juliane hatte ihrem Gatten von allem, was vorgefallen, schonend Kenntnis gegeben. Es war schmachvoll für sie, dem Gatten von der Niedertracht und Schändlichkeit der Verwandten in Altenkirchen zu berichten. Ein Beben lag in der Stimme der jungen Gräfin. Es war die Stunde in ihrem Leben, wo sie das erste und einzigste Mal der Mut verließ, die bislang keine Schicksalsschläge kannte. Den Grafen befiel ein lähmendes Schweigen.

Was war zu tun? Die Augen Louise Julianes gingen leidvoll suchend durchs Gemach und fanden die festen Karl Wilhelm Dormanns. Ein stummes Flehen lag in denen der Gräfin: »Hilf du jetzt!«

Und Karl Wilhelm Dormann, der Bauer von Widderstein und saynische Rittmeister, ward der Stamm, an dem sich die verzweifelten gräflichen Ehegatten aufrichteten.

Langsam kamen seine ruhigen Worte und waren doch wie aus Erz. Hart, fast vorwurfsvoll kamen sie, als er die Nachgiebigkeit des Grafen gegenüber den Altenkirchenern behandelte.

»Lange genug haben sich Euer Gnaden von dem Altenkirchener Komplott auf alle erdenkliche Weise maßregeln lassen. Nun haben Euer Gnaden den Lohn: Schimpflichsten Verrat! Nun ist es allerhöchste Zeit, ohne jede Rücksicht durchzugreifen. Die Zeit drängt furchtbar. Euer Gnaden Stiefmutter und Euer Gnaden Stiefbrüder müssen eisern zurechtgewiesen werden! Den Obristen von Salchendorf aber muß man wie einen Blutegel von der Ader reißen. Er darf keinen Tag mehr der Obrist und Kommandeur Euer Gnaden Ausschusses sein! Jedweder Musketier oder Reiter schämt sich seiner Befehlsgewalt, seiner ungezügelten Moral halber. Daß er nun in diesem seine Hand im Spiele hat, soll Euer Gnaden bewegen, ihn mit Eifer noch in dieser Nacht festnehmen zu lassen und ihn wegen seiner ehrwidrigen Umtriebe und Geschäfte halber aller Ehren verlustig zu erklären. Daß er aber Verrat geübt, den braven Quast zu Schanden mißbraucht, ihn ohne sein Wissen zum Helfer höchstschändlichen Landesverrats entwürdigt hat, soll ihm den Tod am Galgen einbringen!«

»Karl Wilhelm, es ist zu hart, was Ihr wollt. Wie könnte ich gegen die gräflich-saynische Wittib, die meine Stiefmutter ist, wie gegen meine jungen Stiefbrüder also vorgehen! Denkt an die mächtigen Verwandten der Wittib! Auch der Salchendorf hat viele Herrenfreunde. Es geht nicht, Karl Wilhelm, sagt ein milderes Urteil!«

Auf des Grafen Stirn stand der Schweiß in tausend Tropfen. Der Dormann aber schlug kräftig zu.

»Als Euer Hochgräflichen Gnaden stets ergebenster Diener und Freund kann ich nichts weiter tun, als um meine Entlassung aus dem Ausschuß zu bitten!«

»Rittmeister Karl Wilhelm Dormann, das könnt Ihr tun?«

»Das muß ich tun!« Die Worte des Dormanns saßen wie ein in Fels gerammter Markstein.

Louise Juliane sah bedrängt und besorgt wechselnd zu den beiden Männern hinüber und wog die Mienen ihrer Gesichter. Gequält und voll geheimer Bangigkeit das ihres in Zweifeln und Ängsten sich windenden Gatten – fest, undurchdringlich, klar und voller Entschlossenheit das des Dormanns. Und es geschah, daß sie sich, wie schon manches Mal, zu dem Rittmeister bekannte, wiewohl sie gern den Gatten gestützt hätte. Sie ward inne, daß ihr zweier Männer Seelen in die Hände gegeben waren, sie wert zu halten. Ein Zwiespalt war dennoch in ihr, mit dem sie nicht fertig ward. Sie verspürte in dieser bedrängten Stunde: des einen Weib war sie und des anderen ... Die Worte des Rittmeisters zwangen sie dazu, die Entscheidung zu bestimmen. So brach sie das gefährliche Schweigen zwischen den beiden Männern. Aus ihren Augen brach just derselbe Strahl, der vor Wochen bei der Durchfahrt durch Altenkirchen dem Grafen ihren Willen aufgezwungen hatte, da sie den Dormann zum Rittmeister machte.

»Folgt dem Rittmeister!«

Die Worte Louise Julianes lösten Erregung in dem Grafen aus.

»Wie aber können wir dem Anrücken der Kaiserlichen begegnen?«

In seiner Frage lag schon das Nachgeben. In harter Entschlossenheit antwortete der Dormann: »Unsern gesamten Ausschuß aufbieten und ihnen entgegenwerfen!«

»Es wird nutzlos sein und eine Niederlage, Rittmeister!«

Da holte der Dormann weit aus:

»Sehen Euer Gnaden nicht, wie dieser Krieg Hammerschläge Gottes auf das hundertfetzige ›Heilige Reich Deutscher Nation‹ sind? – Dieses unmögliche Gebilde ohne Geschlossenheit und ohne Seele, gleichsam wie ein Klumpen vielerlei fehlgegossenen Eisens, immerdar auf dem Amboß liegend – nie durchgeglüht, nie gleichmäßig kalt. Saust auf diese Seite der Hammer, so springt auf jener ein Stück ab. So hausen in diesem Irrgarten des düstersten Schicksals Mächte seit jenem Tag, da der große Kaiser Karl sein herrliches Reich so unglücklich unter seine Söhne teilte. Jetzund seufzen die kleinen Völker, verstoßen und verwaist, unter den Schlägen der Kaiserlichen wie unter denen der Brandenburger, Sachsen und anderer protestantischer Großen. Der König von Frankreich, der allein das Urrecht besitzt, die westlichen Länder unter seine Fittiche zu nehmen, weil er allein der Herr des unteilbaren karolingischen Erbes ist. Allein er wartet des deutschen Possenspiels zu lange ab. Allein er läßt die Stunde der Heimholung der altfränkischen Ostmark in die falschen Regenten der kaiserlichen und nordländischen Sequester versinken. Louis XIII. ist ein kindlicher Spieler, und der Kardinal Richelieu geht seine eigenen seltsamen Wege. Ich hörte, daß er mit der Königin gut paktiert. Anna von Österreich ist eine Habsburgerin und die Base Kaiser Ferdinands. Ach, sie treiben ein leichtfertiges Spiel zu Paris? Wenn es sich wendet, ist's zu spät.

Das, mein Herr Graf, ist nun nicht zu ändern. Aber soll darum der freiheitliche Geist in rheinischen Landen an uns zu Schanden werden? Wie immer er wirkte und webte, zur Stunde zwingt er uns Saynischen das Schwert in die bahnenden Hände. Was hat Sayn, was haben die Rheinischen mit den kaiserlichen Völkern aus dem Süden und dem Osten zu schaffen? Was mit den Protestanten des Nordens und den Preußen und Slaven aus der Ferne? Sayn darf sich von keiner dieser Parteien ohne Kampf verschlingen lassen, mein Herr Graf! Einmal wird das Volk des Westens groß sein, einmal wieder in der alten Glorie erstehen. Vielleicht ist die Zeit nahe. Alle Länder gegen Abend werden aufgehen im großen Reich des Westens. Es wird sich dehnen von der Wasserscheide zwischen Rhein und Elbe bis zu den Meeren des Südens und des Westens, und der Rhein ist die Schlagader seiner Ostmark. Das Volk wird die Verstümmelung des Christentums erkennen und seinen Urglanz erneuern. Gottes Walten liegt gütig im Geist der Gemeinschaft zur Auferstehung der vereinigten Abendländer. Wir Saynischen wollen gute Vorläufer sein.«

Des Dormanns Augen glühten in die mattglänzenden des Grafen.

»Sind wir als Protestanten nicht doch den gleichgläubigen Großen des Nordens mehr verpflichtet, Karl Wilhelm?«

»Sind wir nicht Menschen, Euer Gnaden?«

»Nicht Protestanten, Rittmeister?«

»Unter Eurem Vorfahr gezwungene, mein Herr Graf, jetzt überzeugte. Vielleicht. – In Euer Gnaden Oberamt schwenken sie jedoch heimlich die Weihwedel und wollen wieder papistisch werden. Was tut's? Ein jeder mag es halten, wie er will. Wer Augen hat zu sehen, der sehe – sagt der Herr. Die Kriegsleute fragen heuer die Leute nicht mehr nach der Konfession. Solcherlei Gegensätze haben sich längst bei ihnen abgeschwächt. Sie quälen ohne Rücksicht auf das Glaubensbekenntnis ihre Opfer.

Nein, über der Buhlschaft der Konfessionen ging das Christentum vor die Hunde. Das christliche Reich – Euer Gnaden – das große Abendland, ging mit den Karolingischen unter. Die Franzosen hielten den Kern und wurden feste Nation. Wir kleinen rheinischen Völker wurden zwar Beute der deutschen Kaiser, aber man verzieh uns nimmer unser Frankentum, darum sind wir verwaist und verstoßen. Ohne die Grundlagen einer nationalen Zuständigkeit schwanken wir dahin in ewigem Zerwürfnis.

Wir sind Protestanten, jawohl. Aber Euer Gnaden dürfen meiner Darstellung unumwunden besten Glauben schenken. Nach uns kommt es einmal, daß der kaiserliche Hof zerbrochen ist. Daß Deutschland als das Heilige Römische Reich zu ewiger Verderbnis und Kraftlosigkeit verurteilt, das Spielwerk der Fürsten wird, denen jedoch Frankreich zu verderben immerdar verbleibt. Sie werden es freilich oftmals versuchen und uns am Rhein dabei zertreten. Sie werden uns nicht fragen: Seid ihr Katholiken oder Protestanten?«

»Karl Wilhelm, Ihr redet wie einer, der es weder mit den Kaiserlichen noch mit den Lutherischen hält.«

»Wie einer, der weiß, daß Christentum und Freiheit heilige Geschenke Gottes sind, erblich und unteilbar. Das Reich ist zu einer Hexenküche – zur Teufelsschmiede geworden, auf deren Amboß es liegt gleich einem Klumpen Heckeneisen. Von selben Klumpen, Euer Gnaden, ist diese Grafschaft ein armseliger Fetzen. Er mag zum Glühen kommen, so er für sich erwärmt wird – und gut zum Verschweißen.

Mein Herr Graf, kehren wir also zu uns selbst zurück! Wehren wir uns, weil es nicht anders sein kann. Allemal gibt's bösen Markt, so der Trommelschlag der einbrechenden Feinde den Landesfürsten ruhend findet! Kämpfen, mein Herr Graf Ernst, kämpfen! Wer kämpft, tut's nie vergebens – nie!«

Jetzt sprühte ein Feuer aus den Augen des Rittmeisters, und ein Glanz stand um ihn.

Rotes Abendsonnengold flutete durch die Fenster in das lauernde Schweigen.

In starrer Erwartung sah der Dormann nach dem Grafen hinüber, der noch das Haupt gesenkt hielt.

Louise Julianes Busen wogte. In banger Erwartung ging ihr Blick mit dem des Rittmeisters.

Plötzlich richtete sich der Graf mit einem energischen Ruck hoch auf. Er faßte den Dormann fest ins Auge.

»Karl Wilhelm – es ist gut so, wie Ihr's meint! Es kann nicht anders sein. – Ich erteile Euch, Rittmeister Karl Wilhelm Dormann, alle Vollmacht zum Oberbefehl über unsern gesamten Ausschuß! – Seht fürs erste zu, daß Ihr den Salchendorf fangt und festsetzt! Gebt alsdann der Frau in Altenkirchen Kunde von unserm Wissen um die Mission des Korporals Quast und bedeutet ihr, daß sie sich jetzt fein hüten möge. Am Ende wird sie wissen, was hierzulande auf Landesverrat steht – die Auspeitschung und das Brandeisen, danach der Galgen. Was Ihr gegen die anrückenden Tillyschen zu tun gedenkt, überlasse ich Euch – nur, daß Ihr uns nicht in allzu große Ungelegenheiten bringt!«

Die Gräfin hatte sich erhoben. Solche starken Worte waren noch nie von ihres Gatten Lippen gekommen. Hatten ihn die Geschehnisse des Tages gehärtet? So war's eine Freude bei all der Traurigkeit.

Sie ging zu ihm hin und küßte ihn auf den Mund.

Der Dormann verneigte sich vor seinem Herrn und ergriff dankbar die dargebotene Hand. »Es ist also keine Zeit mehr zu verlieren, mein Herr Graf.«

»Keine Zeit, Karl Wilhelm!«

Da – huschte nicht der Schatten der Reue über das Gesagte, über das Befohlene durch des Grafen Züge? Kein Zweifel – der Dormann sah, wie der eigene Entschluß den Grafen wankend machte. Aber da zwang ihn der Anfall nieder. Qualvolles Stöhnen rang sich aus seiner Brust.

Die Luftbeklemmungen machten ihn zu einer Elendsgestalt. Louise Juliane nahm das zuckende Haupt des Grafen auf ihren Schoß.

Karl Wilhelm Dormann verließ leise das Gemach. Als er sich grüßend vor der sich um ihren Gemahl sorgenden Frau verneigte, gewahrte sie zwei Dinge bei ihm: Sorge in seinen Augen, Wille um seinen Mund.

Während der Graf noch reglos und erschöpft auf dem Polster lag, umhegt von Louise Juliane, schallten unten die Kommandos des

Rittmeisters über den Schloßhof. Nach einigen Minuten zeigte schwindendes Hufgetrappel den Auszug eines Trupps der Hachenburgischen Reiterei an.

Darüber kam der Graf wieder zum Bewußtsein.

Blitzschnell erhob er sich, seine Augen waren schreckhaft geöffnet. Wie matte Hilferufe waren seine Worte.

»Der Rittmeister Dormann ... wo ist er?«

Die Gräfin wußte, daß jetzt wieder die alte Schwachheit in ihm war. Gott sei Dank, der Rittmeister war mit seinen Reitern jetzt schon weit.

»Der Rittmeister ist wohl schon außerhalb der Stadt. Hört, von der Hohen Straße tönt noch schwacher Hufschlag!«

Der Graf sank entkräftet auf sein Lager zurück.

Meldereiter jagten durch die abendliche Dunkelheit zu den Standorten der saynischen Truppen, die kommandierenden Offiziere noch zur Nacht nach Altenkirchen zu beordern.

Der Rittmeister Dormann aber galoppierte mit fünfzig seiner Reiter die Straße über Höchstenbach entlang auf Altenkirchen zu.

*

In der Wirtschaft »Zum Falken« in Altenkirchen sammelten sich allabendlich die Bauern und Bürger, die Beamten und Offiziere der Residenz zum Spättrunk. Der »Falke« war das älteste Wirtshaus der Stadt. Es hieß, der Kaiser Friedrich Barbarossa sei gar darin zu Gast gewesen.

Der alte Falkenwirt Johann Jakob Neuhoff verstand sich auf guten Wein. Jung und alt holte bei ihm in allen Dingen Rat. Bei Städtern und Landleuten war er gleichermaßen beliebt und geehrt. Für alle seine Gäste hatte er stets passende freundliche Worte, außer für einen, den er beim besten Willen gar nicht ausstehen konnte – den Kommandeur des gräflichen Ausschusses, Obrist von Salchendorf. Eben der bequemte sich mit einigen jüngeren Offizieren und Beamten der saynischen Verwaltung bei Bier und Tabak just den ganzen Abend im Hinterstübchen, oder, wie die Vornehmen sagten, in dem Honoratiorenkämmerchen, das nur durch eine halbe Wand von der großen Gaststube getrennt war. Der alte Neuhoff kannte sehr wohl alle seine

Gäste. Des Salchendorfs unehrliches Herz erfüllte ihn mit Abscheu. Zumal, da er ihn des öfteren geringschätzig von dem jungen Grafenpaar hatte sprechen hören, dieses vornehmlich in Gegenwart der jungen Offiziere, die er immer an seinen Tisch verpflichtete und denen er in den letzten Tagen auffallend häufig und viel spendierte.

Die Runden an den Tischen waren vollzählig versammelt. Nur am Tisch der Ratsherren war noch ein Schemel unbesetzt. Der Bürgermeister fehlte noch, der sonst immer einer der ersten war. Ob was Besonderes war, daß er sich den Abend so lange forthielt? – Amtsgeschäfte? Kaum denkbar. Unmöglich heute, am Sonntagabend. Der Falkenwirt konnte sich mit des Bürgermeisters Fehlen schlecht zurechtfinden. Daß dieser noch in später Stunde den wundersamen Erzählungen eines eben von Hachenburg zurückgekehrten Stadtschreibers zuhörte, konnte niemand wissen.

Da knarrte die schwere Tür. Der Erwartete trat ein. Er setzte sich jedoch nicht an seinen Platz, sondern ging geradewegs ins Hinterstübchen, wo Salchendorf mit den Offizieren zechte. Er war baß verwundert, als das Stadtoberhaupt neben ihm Platz nahm – so dicht neben ihm.

»Wißt Ihr was Neues von Hachenburg, Obrist?«

Salchendorf erschrak vor dem strengen, fordernden Ton in des Bürgermeisters fragender Stimme.

»Was es da wohl Neues gibt! Was aus den Flitterwochen? – Es soll ja schon ein Erbe unterwegs sein, klatscht das Volk. Ist's das, Bürgermeister?«

»Das kann schon sein. – Nein, dies ist etwas anderes. Da sitzt die Herrschaft und das Hachenburger Volk heute morgen fromm in der Kirche und hören des Herrn Franzens gute Christenlehre, kommt da plötzlich ein Kaiserlicher mitten in die Andacht hereingehumpelt, blessiert und halb ohnmächtig. Gleich im ersten Tumult hat ihn der Dormann ins Gesicht genommen und – erkannt. Den Gottesdienst haben sie abgebrochen und den Ligister – ein solcher ist der Kaiserliche gewesen – ins Schloß getragen. Darauf hat man nichts mehr gehört, außer, daß vor dem Abend die Reiter des Dormanns in Häuflein hinausgeritten sind in alle vier Winde. Das hat etwas zu bedeuten.«

Erst lachte der Obrist. Dann, während der weiteren Worte des

Bürgermeisters ward er mehr und mehr unruhig, um zuletzt mit farblosem Gesicht und leicht bebenden Gliedern vor dem Bürgermeister zu stehen.

»Was redet Ihr da, Bürgermeister?«

»Was sonst als die Wahrheit? – Mich wundert's nur, daß Ihr von alledem nichts wißt!«

Der Falkenwirt war hinzugetreten und sah, wie sich auf des Obristen Antlitz die Angst breitmachte, grenzenlose Angst, die es greulich entstellte. Er ahnte, daß hinter dieser Angst Salchendorfs ein Schurkenstreich steckte, vielleicht, daß er sich bereits in diesem Augenblick verraten glaubte. Der alte Neuhoff wußte noch nicht, wie recht er damit hatte. Als er des Obristen umgestürzte Bierkanne mit Bedacht vom Tisch nahm, traf ihn dessen heisere Stimme:

»Kein Bier mehr, Falk – nichts mehr!«

Blitzschnell war Salchendorf zu der Überzeugung gekommen, daß der Quast in kaiserlicher Montur aus dem Lager Tillys entwichen und zurückgekommen sei.

Schnell verdichtete sich diese Überzeugung in ihm. Folgerichtig dachte er die tatsächliche Widerwärtigkeit zu Ende. – Dem Grafen Ernst treu ergeben, war es dem Quast gelungen, zu fliehen und dem Grafen argböse Post zu bringen, dem Grafen, und was noch schlimmer war, dem – Dormann. Jetzt war Eile höchstes Gebot, die Altgräfin zu warnen und sich in Sicherheit zu bringen – wenn das überhaupt noch anginge.

»Laßt mich hinaus!« stieß er gequält empor.

Durch den verqualmten Gastraum stürzte er ins Freie.

Des Bürgermeisters Kunde hatte unter den Runden der Zecher im Falkenwirtshaus helle Bestürzung ausgelöst. Die Gäste bestürmten ihn mit Fragen, der selbst wenig wußte. Die Offiziere verließen nach ihres Obristen fluchtartigem Verschwinden ebenfalls beunruhigt das Wirtshaus und begaben sich in die Quartiere.

Im Falken gingen die erregten Stimmen hoch durcheinander. Schließlich verschaffte sich die kräftige des alten Neuhoff die Oberhand.

»Es stimmt was nicht mit dem Obristen! Und kurz und gut, er ist nicht lauter und gar unpassend im Kreis der Herren!«

Da schlugen die Stimmen um in ein Flüstern und Murmeln, in dem ein drohendes Unheil umging.

Das war das Ende des Sonntags im Falken.

*

Der Obrist von Salchendorf eilte die Gaß hinauf zum Schloß. Vor dem offenstehenden Schloßtor stutzte er. Berittene näherten sich von der Hohen Straße her. Da sprang er wie gehetzt über das holprige Pflaster des Schloßhofes dem Eingang des Herrenflügels zu. Ächzend stürmte er die Treppe hinauf zum Wohngemach der Altgräfin, riß die Tür auf und stand mit zitternden Gliedern. Verstört blickte die Altgräfin mit ihren sie umringenden Söhnen auf den mit seinem Atem kämpfenden Eindringling.

»Der Quast ist zurück – alles ist verraten!« Mit zerbrochener Stimme teilte er der Altgräfin mit, was er im Falken von dem Bürgermeister gehört hatte, dabei mit seinen Befürchtungen nicht hinter dem Berge haltend.

»O Gott, Obrist, da ist keine Zeit zu teuer! – Wir müssen hier weg! – Heute noch! – Jetzt sofort! – Bereitet sofort alles vor, Salchendorf, ehe man uns hier findet!«

Im Schloßhof ward es lebendig. Hufgetrappel, Kommandostimmen.

Der junge Graf Christian trat keck ans Fenster.

»Es sind Hachenburger Reiter unter einem Leutnant! – Der Dormann ist nicht dabei!« Der Junggraf machte eine beschwichtigende Handbewegung.

»Geh, mein Sohn, halte sie auf! Der Dormann wird wohl in der Nähe sein.« Das fahle Gesicht der Altgräfin verriet ihre Gewissensangst, dennoch blieb sie ihres Tuns gegenwärtig. »Ihr andern rüstet mit dem Obristen die Wagen!«

Die beiden ältesten Söhne der Gräfin-Wittib zeigten nicht übel Lust, die Befehle der Mutter zu mißachten. Was ging sie diese Wirtschaft hier an? Ihr Groll gegen den regierenden Grafen Stiefbruder war bei weitem nicht so groß. Er ließ sie frei leben, jagen und reiten. Das war genug. Doch die Mutter drängte.

Der junge Christian eilte hinunter in den Schloßhof.

Der Leutnant trat ihm entgegen.

»Heda, was gibt's so spät, Leutnant?«

»Wir suchen den Obristen Salchendorf! Sofern er im Schloß ist, soll er sich stellen! – Niemand darf das Schloß verlassen!«

»Wer befiehlt das?« fragte der Knabe spöttisch zurück.

»Unser Rittmeister Dormann auf des Herrn Grafen Ernst Unterweisung!«

»Wo ist der Widdersteiner?«

»Mit zehn Reitern in das Wirtshaus ›Zum Falken‹, dort nach dem Obristen zu sehen! – Euer Liebden wollen der gnädigen Frau Mutter ausrichten und sie ersuchen, den Herrn Rittmeister noch an diesem Abend persönlich zu empfangen!«

»Der Widdersteiner wird sich ein Weilchen gedulden müssen, meine Frau Mutter hat sich schon zur Ruhe begeben. Sie wird sich's aber dennoch keinesfalls nehmen lassen, dem Dormann noch am Abend gegenüberzustehen. – Wartet also gefälligst hier auf meine Nachricht!«

Christian verschwand nach dieser meisterlichen Lüge und Verstellerei, die seinem späteren Namen schon im voraus alle Ehre machte, wieder im Schloß.

Mit großen Worten teilte er der Mutter sein Stücklein mit und dazu, daß es um den Salchendorf ginge, nicht um sie.

»Was des Salchendorfs ist, ist das Meinige, mein Sohn. Der Dormann haßt uns gleichermaßen. Sicher ist er zum wenigsten von den Hachenburgern mit dem Befehl über den gesamten saynischen Ausschuß beauftragt. – Den Salchendorf will er festsetzen, mich will er im Verein mit den Hachenburgischen gänzlich ohne Macht und Kraft sehen! – Was ich tat, mein Sohn, tat ich für euch! Und weiterkämpfen will ich für euch! – Für dich, mein Sohn, Christian! In Berleburg wartet man schon lange auf uns. Dort wird man uns helfen – dir – mein Sohn – zur Grafenwürde über Sayn!«

*

Als Karl Wilhelm Dormann mit seinen Reitern das Obertor erreicht hatte, hieß er den Leutnant mit vierzig Reitern in den Schloßhof galoppieren, seinen Anweisungen gemäß zu handeln. Er selbst trennte sich mit zehn Reitern vom Haupttrupp, das Falkenwirtshaus zu umstellen. Er kannte des Salchendorfs abendliche Gepflogenheit und gedachte, ihn in des Falken Hinterstübchen festzunehmen. Um unnötige Auffälligkeiten zu vermeiden, stieg er mit seinen Zehn ab und übergab die Pferde. Später würde er dann im Schloß Ordnung schaffen.

So schritt er mit seiner Schar gaßabwärts. Vor dem Falken hielten sie an. Karl Wilhelm Dormann erteilte flüsternd die letzten Instruktionen zur Umstellung des Falken. Sodann schritt er mit den Männern zur Tat. Unauffällig besetzten die Reiter ihre Positionen. Bei des Salchendorfs bekannter Listigkeit mußte man auf alles gefaßt sein.

Karl Wilhelm betrat das Wirtshaus durch den Haupteingang. Leise streifte er mit der Stirn den über der Haustüre baumelnden, kunstvoll geschmiedeten Vogel, von dem das Haus seinen Namen hatte.

Als der junge Rittmeister die Gaststube betrat, verstummten jäh die Bierreden der Tischrunden in dem rauchschwangeren Raum. Zaghaft erwiderten sie seinen stummen Gruß. Karl Wilhelms Augen flogen suchend durch die Reihen der Runden von Tisch zu Tisch. Dann ging er ins Hinterstübchen.

Enttäuschung stand in seinem Blick, als er in die große Gaststube zurückkam. Am Schanktisch stand der Falkenwirt und sah den Rittmeister fast vorwurfsvoll an.

»Wo habt Ihr den Obristen, Falk?«

An Stelle des Wirtes berichtete der Bürgermeister das am frühen Abend Vorgefallene. Der alte Neuhoff machte eine Bewegung zu dem Rittmeister. Seine Fäuste ballten sich.

»Hätte ich nur einen Fingerzeig gehabt, Herr Rittmeister Dormann – so wahr ich Eures Vaters Freund bin und des Herrn Grafen Ernst ergebenster Untertan, so wahr ich die Schliche der Wittib im Schloß und ihrer sauberen Sippschaft hier in Altenkirchen kenne – der Salchendorf wäre vor zwei Stunden nicht wie ein Spitzbube durchs Garn gegangen!«

Der Rittmeister Karl Wilhelm Dormann war schon hinaus.

Zur selbigen Stunde schoben sie oben im Schloß behutsam zwei reisefertige Gefährte durch ein altes, für Fluchtzwecke vorgesehenes, durch die Ostmauer führendes Tor, das, vielleicht niemals gebraucht, niemanden außer dem Salchendorf bekannt war. Die Räder der Gefährte waren sorgfältig mit Tüchern umwickelt. Pferde mit umwickelten Hufen zogen sie über eine abseitige Straße nordwärts nassauischem Gebiet zu. Von da würde die rachgierige Witwe mit dem Salchendorf und ihren Söhnen nach der Residenz der Vettern in Berleburg reisen – mit einem Herzen voller galligem Hohn und unsäglichem Haß gegen die drei Menschen in Sayn, den Dormann, die Erbacherin und ihren Stiefsohn.

Nach einigen tausend Fuß vorsichtigen Fahrens wurden Pferdehufe und Wagenreifen von den schalldämpfenden Hüllen befreit. In schneller Fahrt rollten die Wagen über die Landesgrenze.

Jemand war im Schloß zurückgeblieben, den Widdersteiner weiterhin durch Täuschungen und Lügen hin- und aufzuhalten. Niemand konnte das besser als der schlaue, verschlagene Knabe Christian.

Als der Leutnant dem Rittmeister im Schloßhof Rapport erstattet hatte, nickte der Dormann zufrieden. So würde es also doch noch sein, daß er des Obristen in dieser Nacht habhaft würde.

Die Fenster an der Altgräfin Wohngemächer oben erstrahlten in hellstem Licht. Dort oben befand sich also der Salchendorf und hielt mit der Altgräfin letzten Rat.

Man durfte nicht mehr allzulange mit dem Zugriff warten. Wer wußte, auf welche Schliche sie oben sannen. Jede Stunde war kostbar und konnte die Kaiserlichen ins Land bringen. Kurz und schroff traf den Leutnant die Rüge, daß er den Herrenflügel nicht umstellt hatte. Schnell wurde das Versäumte nachgeholt. Nach einer halben Stunde Wartens war des Rittmeisters Geduld zu Ende. Er schritt der Tür zum Herrenflügel zu, sich Einlaß zu verschaffen. Im Treppenhaus trat ihm der junge Christian entgegen. Karl Wilhelm erstaunte zunächst über den Knaben, der gestiefelt und gespornt vor ihm stand. Noch mehr erstaunte er darüber, daß sich der Knabe breitbeinig vor ihn stellte, als wolle er ihm den Weg versperren.

»Gemach, Herr Rittmeister Dormann, meine Frau Mutter Gräfin läßt bestellen, daß sie Euch gleich empfangen wird!«

Die Keckheit des Junggrafen und seine starke Stimme machten einen merkwürdigen Eindruck bei dem Widdersteiner, aber zum Kuckuck, wer wußte, was dahintersteckte. Hart fuhr er den Knaben an: »Salchendorf …«

»Ist droben bei meiner Frau Mutter und ergibt sich in alles!« schnitt der Junggraf des Widdersteiners Wort ab und log unverschämt dazu.

»Herr Graf, wir sind des Wartens müde!«

»Herr Rittmeister Dormann, Ihr verhaltet Euch seltsam meiner ehedem regierenden Mutter gegenüber. Mich selbst treibt's von diesem Werk hier fort. Ich reite meinen Brüdern nach zur Frühjagd. Es ist arg geworden hier, Rittmeister. Gebt nur acht auf Euer Edelwild! Das meine werde ich mir sicher erjagen. Auf später!«

Verteufelt seltsamer Bursche! dachte der Rittmeister und sah dem Davoneilenden nach.

Der Knabe bestieg indes in entlegener Schloßhofecke ein Pferd und galoppierte durch das Tor auf die Gaß hinaus, wo ihn ein Begleitmann erwartete – galoppierte hinaus in die Morgenfrühe, nordwärts, seiner Mutter nach. Mitternacht war längst vorüber. Als der Rittmeister Dormann die Türen erbrechen ließ, fand er verlassene Räume. Voller Zorn und Traurigkeit beklagte er bei sich seine Verspätung. Daß ihn der Junggraf hingehalten hatte, achtete er für nichts. Es wäre ohnehin zu spät gewesen. Der Junge hätte schlimmstenfalls einige Ohrfeigen aus der Hand hinnehmen müssen.

Die Geschehnisse waren nicht mehr zu ändern. Mit lauter Stimme gab der Rittmeister dem Leutnant Befehl, mit den Reitern die Quartiere zu beziehen. Er selbst saß bis zum Morgen im großen Rittersaal. Seine Gedanken kreisten um sein erstes Mißgeschick. Mit dem ersten Morgenstrahl reckte sich seine Gestalt hoch auf. – Weiter, weiter!

In alter Gewohnheit schallten in der Frühe seine Kommandos voll und stark über den Schloßhof. Das saynische Offizierskorps stand vollzählig um ihn geschart. Aller Augen blitzten ihn voller Vertrauen an.

Der Rittmeister hatte den gesamten Ausschuß aufgeboten. Dazu kamen viele Freiwillige, gegen die Kaiserlichen zu kämpfen. Brave Westerwälder!

Da war einer unter den Freiwilligen, der beantwortete die Fragen des Rittmeisters samt und sonders und gab einzig und allein Auskunft über den Stand der Kaiserlichen.

»Der Werner von Tilly hält ein Lager nahe der Sieg, unterhalb der Leuscheid – zum Zug in die Grafschaft!«

Ihn nahm Karl Wilhelm Dormann beiseite.

»Wie heißt du, Knabe?«

»Johannes Wilhelmus Quasten aus Stürzelbach!«

»Vater?«

»Korporal bei den gräflichen reitenden Musketieren!«

Im Antlitz des Dormanns zuckte es, er sah im Geist den todwunden Quast – den Vater des Jungen vor ihm – vor dem Altar der Katharinenkirche niedersinken. Seine Worte fuhren schonungslos in das Gemüt des Freiwilligen vor ihm: »Euer Vater ward von den Kaiserlichen zu Tode gehetzt! Er starb als unser getreuester Mann. Zu Hachenburg an der Schloßmauer liegt er begraben!«

»Wann ist's gewesen, Herr?« fragte der junge Quast tonlos zurück.

»Erst gestern!«

Der Junge sah traurig und treuherzig den Rittmeister durch tränenleere Augen an und wußte nicht, wie ihm geschah, als ihn der Dormann umarmte und ihn fest an sich zog. Und wußte nicht, daß hinter dieser starken Brust, die er wie eine eherne Wand spürte, ein edles Herz um ihn blutete.

Unbekannt und gemieden, fern aller großen Straßen, erstreckte sich die wilde, düstere Leuscheid – erstreckt sie sich heute noch. Von den Dörfern Werkhausen und Hasselbach bis an die Sieg, von Alsen bis nach Eip, viele, viele Hektar. Die ganze weite Hügelkette war mit Urwald bestanden, und wilde Bäche durchbrausten sie. Die Bewohner der Randdörfer dieser massigen Waldberge waren uransässig wie die tausendjährigen Eiben und Eschen in ihren Triften. Schwarz wie die Schlehen und rot wie Tannenrinde war ihr Haar. Wild und knorrig wie die Eichen die Männer, sanft und zart wie die Birken die Frauen.

Man sagt noch heute, die Urväter der Leuscheider seien vorgermanischer Abstammung, sagt auch, sie seien Nachkommen zersplitterter Hunnenstämme. Immer hatten sie ihre eigenen Gesetze. Jagd, Fischerei und Holzschlag betrachteten sie als ureigenes Recht aller. Bis auf den heutigen Tag ließen sie es sich von niemandem streitig machen. Die Dorfschaften bildeten unzertrennliche Rotten – fast Banden, deren letzte, die »Schwarze Hand« von Leuscheid, sich bis auf unsere Tage erhielt. Niemand, keine Landesherrschaft, kümmerte sich um das herrenlose, wüste Gebiet, so daß es sozusagen zum Niemandsland wurde. Auf lichten, einsamen Kuppen im tiefen Wald bleichten die Opferstätten in der Sonne, auf deren einer, dem Hüppelröttchen, immer noch in hellen Vollmondnächten schauerlich der Gesang der Trollen oder Trorren (Druiden!) gellt und wimmert und weißer Rauch zum Himmel steigt. Hirsche schrien im Ulmenstand, Keiler wühlten im Erlengrund. In hohlen Buchen lachte unheimlich der Nachtkönig, der Uhu. Keine Wege führten durch die Düsterkeit.

Im Schutz dieses ungeheuren Waldgebietes wollte Werner von Tilly in gemächlichen Märschen plötzlich eines Tages im Herzen der saynischen Grafschaft stehen. Lichtung um Lichtung, Höhe um Höhe wollte er dem undurchdringlichen Gehecke ohne besondere Anstrengungen abringen, bis man bei Weyerbusch die alte Post- und

Handelsstraße von Köln nach Frankfurt erreichte und leicht zur Residenzstadt Altenkirchen gelangen konnte …

Der Sommer mühte sich, mit seinem Licht auch die düstersten Dickichte zu durchdringen, in denen die Häuflein des saynischen Ausschusses versteckt waren, wohlverteilt und zu einer Kette geschachtelt – unter dem Kommando des Obristen Karl Wilhelm Dormann.

Mühsam arbeiteten sich die Tillyschen Vortrupps durch Dorngeranke, mannshohes Farngebüsch und Sümpfe bergwärts, um in den Lichtungen und Hochhecken von den Saynern überfallen und vernichtet zu werden, die von den Dorfschaften der Leuscheid erheblich unterstützt wurden. Ein paar hundert saynische Westerwälder kämpften so unerschütterlich und siegreich gegen tausende Kaiserlicher an die zweiundzwanzig Tage, bis es eines Tages der List Werner von Tillys gelang, die einzelnen saynischen Häuflein zu zersprengen. Viele der Saynischen kamen dabei ums Leben oder gerieten als Gefangene in die Hände brutaler Horden.

Dies schlimme Los wäre auch beinahe dem Obristen Dormann zuteil geworden.

Ein Waldläufer der Dorfschaft Hasselbach, den er wegen einiger Fahrlässigkeiten zurechtgewiesen hatte, war zum Verräter an ihm geworden.

An einem Tag sah sich der Obrist mit seinem Trupp plötzlich von Kaiserlichen umzingelt. Noch war der Kreis, den sie um ihn gestellt hatten, weit und locker. Vorerst konnten sie noch nicht heran. Zu dicht war Unterholz und Schwarzdorngebüsch, zu unwegsam das schwankende Waldmoor. Allerdings, die Tillyschen hatten Zeit, sie konnten den Dormann mit seinen Kundschaftern aushungern.

Vergeblich sann er alle Stunden an langen Nächten und unruhigen Tagen auf einen Ausweg. Das Getöse der fliehenden saynischen Haufen vor der sich immer weiter vorarbeitenden Hauptmacht der Tillyschen offenbarte dem Obristen ihre grausige Übermacht und ließ ihn im Innersten erschauern. Er mußte frei sein, er, der Feldherr und Führer der Saynischen. Im Schloß zu Hachenburg warteten sie und hofften auf den Beschützer.

Karl Wilhelm Dormann lehnte am Stamm einer mächtigen Eiche. Kaum war seine Gestalt zu erkennen, so sehr hatte seine Montur die Farbe des Waldes angenommen. Nah bei ihm, in einem Büschel brauner Waldschmielen, lagerte sein Leibdiener Johannes Wilhelm Quast, der Junge – der plötzlich aufsprang und seinen geliebten Herrn unverwandt mit hellen, fast heiteren Augen ansah.

Der Obrist aber sah aufwärts durch die Kronen der Waldriesen und sah im Geist sein Heimatland unter den Füßen der Tillyschen Horden. Wie würde der Graf Ernst, der leidende, schwache Freund, die dunkle Zukunft ertragen? Dazu den schleichenden Tod im schütteren Körper. – Wie würde Louise Juliane es verwinden? – Der saynische Ausschuß zerschlagen und versprengt. Raub, Mord, Brand und Pest im Lande! – Er selbst aber, ihre Hoffnung, ihr Fels, auf den sie allzeit baute – gefangen, verschleppt! Unwirsch und unwillig schüttelte er sein Haupt. – Er gefangen? Hilf Himmel – so weit durfte es doch nicht kommen!

Verwundert gewahrte er des Quasten fröhlichen Blick auf sich gerichtet.

»Nanu, Knabe?«

»Ich habe den Ausweg, mein Herr Obrist!« Hastig teilte er dem Obristen im Flüsterton seine planenden Gedanken mit. Beider Augen flogen von Stamm zu Stamm – maßen, als gälte es, die Abstände zu taxieren – die Abstände der Stämme voneinander, die sich oben die mächtigen Arme zureichten wie helfende Arme – wie Brücken. Wie Brücken – auf denen man über Räume schreiten konnte – das war des jungen Quast Rettungsplan.

Im tiefen Dunkel der kommenden Nacht aber ging des Obristen Dormann eingeschlossener Trupp durch die Kronen der vom Nachtgewitterwind bewegten Eichen, deren Äste mitunter der Sturm nahm und sie verrenkte, daß sie darüber ächzten und stöhnten.

Der Dormann ging mit den Seinen so der Freiheit entgegen – mühsam und beschwerlich. Einige fielen aus den Kronen in die Tiefe und blieben unten lautlos liegen. Zuletzt ging der Obrist.

Zu Birnbach an der Kirche war der Sammelplatz der fliehenden saynischen Haufen. Zuletzt traf der Obrist mit den Seinen ein. Wie sehr waren die Reihen der Westerwälder gelichtet!

Sie schlossen einen Kreis um den Obristen Dormann, wurden still und warteten auf sein Wort.

Nach einer Stunde lag der Platz um die Birnbacher Kirche leer. Der gräflich-saynische Ausschuß war nicht mehr – bis auf die Schloß- und Leibwachen zu Altenkirchen und Hachenburg.

Klar und golden stieg hinterm Nauberg die Morgensonne empor, als der Obrist Dormann, nur von seinem Leibdiener begleitet, blaß und ermüdet in den Schloßhof von Hachenburg einritt. Als die Pferde standen, trug der Morgenwind verwehte Glockenklänge von Marienstatt herauf. Still und friedlich rauschte tief unten die Nister in ihrem engen Tal. Auf den Heidehöhen gingen die Herden wie in guten Zeiten. Bauersleute pflügten ihre Felder wie immer um diese Zeit. Das Nahen der kaiserlichen Armee kümmerte sie noch nicht, weil sie es nicht wußten. Um die Mauern des hohen weißen Schlosses wallte der Duft von wilden Rosen.

Louise Juliane! – Schmerz und Mitleid krampften sich in Karl Wilhelm Dormanns Brust zu einem unlösbaren Knäuel zusammen. Tapferste und mutigste Regentin in westerwäldischen Landen – schön und jung findet dich das Elend! Du warst mir nach dem Heimatland die Krone, um die ich kämpfte!

Ich werde fürder um dich kämpfen! Und der alte Herrgott wird sich auch nicht tilgen lassen. Louise Juliane! – Der Obrist Karl Wilhelm Dormann von Widderstein trug eine stille Verehrung für die Gräfin in seinem Herzen. Daß es die Verehrung des Weibes war, durfte er nicht innewerden, dieweil sie seine Fürstin war.

Während der junge Quast die Pferde pflegte, während die Wachen am Schloßtor wechselten, empfing Graf Ernst den Obristen in der Schreibstube des Schloßverwalters.

»Ich weiß, Karl Wilhelm, Ihr bringt das Ende!«

»Mein Herr Graf, der Ausschuß tat seine Pflicht!«

»Ich weiß, daß der Ausschuß das Elend erkämpfte und den Werner Tilly so rachsüchtig stimmte wie am Ende nie zuvor. Brennende Dörfer künden den Weg, den er nach Altenkirchen nimmt. Werkhausen und Obermehren liegen in Schutt und Asche – so meldete mir einer Eurer Musketiere. Er brachte uns auch die Nachricht, daß der Tilly nach Euch fahndet.

Ihr tut gut, Euch rasch in Sicherheit zu bringen. Wir gedenken, uns hier in allem dem Neffen des Schwarzen zu fügen – Karl Wilhelm Dormann – weil uns nichts anderes bleibt. Wenn uns jetzt nur nicht die Vettern in Berleburg noch zusetzen – ich wähne, meine Frau Stiefmutter wird sie kaum davon abhalten!«

Um den Mund des Widdersteiners arbeitete ein Schmerz. War es möglich, daß der Graf in dieser Stunde also sprechen konnte?

»Sprecht, Herr Graf, daß Ihr Euch jetzt fügt, weil kein anderer Weg ist – sprecht aber auch, daß Ihr immer von Herzen der Feind jener unheilvollen Mächte bleibt, die immer unsere Feinde sind und ewig aus den Völkern des Ostens kommen. Just sind es die Kaiserlichen und Päpstlichen. In der Zukunft mögen es sehr wohl die Schweden, Brandenburger oder Preußen und Lutherische sein – noch später hinaus slavische Horden und Gottlose – um all dieses geht es nicht. Es geht um die Palisade gegen Ostland, um den Schutz der Länder und Völker, die eben noch vom Glockenschall der fränkischen, römischen und gotischen Dome und Kathedralen vom Ozean bis über den Rhein hinaus umschlungen werden. – Bei der langjährigen freundschaftlichen Huld, die Ihr mir hochherzig erzeigtet – sprecht, mein Herr und Fürst, daß Ihr dabei bleibt – und, wenn die Zeit da ist, einen Ausschuß habt und – Euren Obristen!«

Des Grafen Herz war bei den Worten des Dormanns unberührt geblieben.

»Wer weiß, Karl Wilhelm Dormann, was das richtige ist!«

Noch gab der Dormann die Hoffnung nicht auf. Louise Juliane – wo war sie?

»Herr Graf, sollte man nicht jetzt auch der gnädigen Frau Gräfin Rat dazu hören?«

»Karl Wilhelm Dormann, in einer Stunde, in welcher Ihr wohl noch als mein Obrist im Dickicht der Leuscheid allen Greueln des Waldkrieges trotztet – schenkte sie einer jungen Gräfin Sayn das Leben.«

Über Wildpfade und verwachsene Fußwege huschte und schlich der einstige Obrist und Kommandeur des saynischen Ausschusses, durch die Wälder, seines Vaters altem Hof zu, in Widderstein. Er irrte den ganzen Tag über kreuz und quer, den Kopf voll schwerer Gedanken, das Herz voll bitterer Trauer. Als er spät in der Dunkelheit wie ein Dieb durch das Hoftor schlüpfte, läuteten zu Altenkirchen und Almersbach die Sturmglocken.

Der Werner von Tilly war da und meldete seine Ankunft.

Die Dorfleute in Widderstein wunderten sich am anderen Tag überhaupt nicht darüber, daß der alte Dormann einen Fremden gedingt hatte, den er über all sein Gesinde und alles Hofzeug setzte. Wenn im Dorf die Rede darauf kam, gingen Männer und Frauen schnell auseinander.

Im Schloß zu Altenkirchen, das seit der Flucht der Altgräfin unbewohnt war, hatte sich der kaiserliche Bedrücker Werner von Tilly für einige Zeit wohnlich niedergelassen. In den herrlichen Räumen spielten sich wochenlang die wüstesten Dinge ab. In der gräflichen Kellerei schlugen die weißröckigen Unholde die Böden aus den Weinfässern und trugen den Inhalt in Eimern auf die Tafeln, an denen der kaiserliche Tyrann mit seinen Günstlingen und Maitressen wie ein Marketenderwaibel hauste.

Das Haupteer der Kaiserlichen lag in Altenkirchen und in den Nachbardörfern. Zahllose Haufen zogen plündernd und brandschatzend in der Grafschaft umher und zwangen die Bauern zu unerschwinglichen Abgaben für die Unterhaltung der Truppen. Manchem holten sie das Gespann vom Pflug. Frauen und Jungfrauen durften sich fast nicht sehen lassen, wollten sie nicht gröbsten Belästigungen und Schändungen ausgesetzt sein.

Das Schlimmste aber war, daß mit der Tillyschen Armada auch die Pest ins Land gekommen war. Sie wütete nun schrecklich unter den Bewohnern und forderte wahllos ihre Opfer.

Die Gotteshäuser der Grafschaft waren zu Zech- und Lusthäusern verwilderter Unholde aus den Karawanken und Karpaten geworden, in die man manche ehrbare Westerwälderin schleppte und sie unter Drohungen und Gewalttätigkeiten allem gefügig machte.

Die reformierten Gottesdienste wurden überhaupt nicht mehr geduldet. In den Nächten flackerten oft genug die Flammen über den Höfen. Der rote Hahn flatterte von Dach zu Dach. So vergingen Monate allergrößten Elends und herzbrechender Not. Die obdachlos gewordenen Einwohner flüchteten mit ihren letzten Habseligkeiten in entlegene Waldschluchten. Die blühende, saubere Residenzstadt aber war zu einer einzigen Kloake herabgesunken, in der sich die kaiserliche Soldateska wie ein ekelhaftes Wurmknäuel herumwälzte.

*

Durch alles Unglück und Elend ging aufrecht die Trägerin des Trostes und die Hilfe mit Gaben und Wohltaten für die Ärmsten der geprüften Grafschaft, die Gräfin Louise Juliane.

Solange sie darniederlag, war sie an allen Wirrnissen unbeteiligt geblieben. Am Tag nach der Geburt der Junggräfin, als ihr Graf Ernst von der Ankunft des Obristen aus der Leuscheid berichtet hatte, war sie hochgefahren und hatte den Gemahl aus erschrockenen Augen angesehen.

Karl Wilhelm Dormann war dagewesen? – Wo er jetzt wohl sein mochte? Kam er, dem Gemahl und ihr zu raten? Er, der getreueste und mutigste Mensch der Grafschaft. Sie war mit vielen Bitten in den Graf gedrungen, den Obristen zurückzuholen.

Da hatte ihr der Graf mit verhaltener Stimme gesagt, daß der Dormann flüchtig sei, daß er ihm selbst zur Flucht geraten habe. Daß der Obrist gut daran getan habe, außer Landes zu fliehen, denn der Tilly hatte die peinliche Fahndung nach ihm befohlen.

Darauf war die Gräfin wortlos in ihre Kissen zurückgesunken. Sie konnte wohl ahnen, daß ein Mann wie der Dormann von Widderstein wegen keinerlei Dinge – auch nicht der Fahndung wegen – seinem Heimatland den Rücken kehre. Sie fragte nach dieser Stunde nicht mehr nach dem Obristen.

Jetzt aber, während der Graf unter den unaufhörlichen Drangsalen der Kaiserlichen fast verzweifelte, immer wieder von ihr aufgerichtet und gestützt wurde, ging die Gräfin Louise Juliane tröstend und hilfespendend durch das Land, begleitet von dem jungen Quast, den sie in Hachenburg zum Schloßgesinde genommen hatte – da er seinen Dienst als des Obristen Dormann Leibdiener nicht mehr versehen konnte. Treuergeben trug er die vollen Körbe und die Geldrollen an der Seite seiner Gräfin.

Um die schöne Gestalt der Gräfin wob jetzt der frauliche Liebreiz junger Mütterlichkeit ihren hohen Schein. Sie trug ihn mit vornehmer Bescheidenheit. Wenn nicht die grauenhafte Landesnot all ihre Gedanken beanspruchte, ließ sie sich von dem Quast von des Obristen Kämpfen in der Leuscheid erzählen. Wenn sie mit wehem Mund den Namen des Widdersteiners aussprach, dann brannte dem Jungen an ihrer Seite oftmals ein Geheimnis auf den Lippen, das er mit Gewalt auszuplaudern sich hütete – er wußte, wie nahe sein Herr Obrist war.

Durch die sogenannten Herren-Eichen auf der Widdersteiner Höhe links des Wiedbachs führte des alten Herrn Dormann neuer Hofverwalter ein Ackerpferd gen Altenkirchen, es neu hufen zu lassen. Er trug nach Landessitte die bunte Tracht der freien Dienstleute. Unter dem breiten dreispitzigen Hut quoll das Geringel schwerer blonder Locken. Struppiger, ungepflegter Bart umrahmte ein gar feines und kühnes Gesicht. Karl Wilhelm Dormann war schwerlich wiederzuerkennen. Die sonst so hellen Augen blickten finster und traurig vor sich hin.

Wo der Weg hinunter zur Brücke von Michelbach führte, kam ihm wie von ungefähr ein pfeifender Bursche entgegen. Als Karl Wilhelm ihn gewahrte, hob er seine Augen auf und richtete sie fest auf den Pfeifenden.

»Los, Brauner, los!«

Als der pfeifende Bursche nahe vor ihm war, senkten sich die Augen des Widdersteiners wieder zur Erde, so als schere er sich den Teufel um das einfältige Pfeifen. Als sie bei der Begegnung am nächsten waren, verstummte das Trillern des Burschen. Dafür setzte sein zuckender Mund zum Sprechen an: »Obrist, die Gräfin ist wohlauf – sie sorgt sich um Euch – der Graf liegt wiederum krank – seid zur Dämmerung im Falken!«

»Gut, braver Junge! – Gebt bei Gefahr drei Schläge an die Tür zum Hinterstübchen im Hinterhof!«

Des Burschen Pfeifen hub wieder an, nur lauter und lustiger als vorher. Der Zwischenraum zwischen den beiden Auseinandergehenden ward größer und größer. Vor der großen Wegkehre auf der Höhe drehte sich der Pfeifende noch einmal um – unten zog der

Mann mit dem Pferd gemächlich seine Straße. Plötzlich stutzte der Mann und riß das Pferd zurück.

Aus dem Gebüsch am Wegrand war ein Weib getreten – eine fremde – vornehme – Frau.

Was hatte das zu bedeuten?

Wie angewurzelt stand die Fremde am Wegrand – stand auch der Dormann mit dem Tier.

Die Frau kam auf ihn zu.

Eine feine, helle Stimme wehte ihm entgegen: »Herr Obrist Dormann!«

War das eine Falle? Der Mann barg seinen Schreck tief innen, deckte ihn mit dem ruhigen Ton seiner Worte: »Wer seid Ihr, Dame? – Woher kennt Ihr mich?«

»Ich bin eine von Tillys Hof!«

»Was habt Ihr mit mir zu schaffen?«

So sehr sich Karl Wilhelm Dormann im Zaum hielt, jetzt konnte er sein Erschrecken nicht ganz verbergen. Eine aus der Umgebung Tillys? – Das war Verrat! – Immerhin hatte die Fremde nicht das Aussehen einer sittenlosen Abenteurerin. Sie sah ganz anders aus. Ihr Gesicht war ohne Schatten, war – rein. Schön war die Fremde – wunderschön – fast schöner als – die Gräfin Louise Juliane.

Sie trat dicht an ihn heran, so daß er den Duft ihres reichen, schwarzen Haares verspürte, der sich seltsam harmonisch mit dem herben Geruch des Waldes vermischte.

»Mein Herr Obrist, ich kann Euch nicht sagen, wer ich bin. Meine Arbeit ist der jetzigen Euren gleich. Ich teile mit Euch die Hoffnung um die Auferstehung des schlafenden Reiches gegen Abend, in dem unsere Völker glücklich gedeihen könnten. Mein Tun daran muß ich verborgen halten. – Wundert Euch nicht, Obrist, daß ich Euch kenne. Fragt auch nicht nach meiner Herkunft, vielleicht sage ich sie Euch später einmal. – So, wie ich von ungefähr vor Euch stehe, sage ich Euch, daß der Tilly nur noch Tage weilen kann. – Euer Land vermag ihn nicht mehr zu tragen. Wär's nicht wegen Euch, mein Herr Obrist, so hätte er ihm wohl schon den Rücken gekehrt. – Werner Tserclaes von Tilly, der Brudersohn des Schwarzen, sucht Euch – wißt Ihr, was das heißt? – Es verlangt ihn sehr nach Euch. Er will Euch lebendig oder – tot. Ihr hieltet Euch bis jetzt wohl verborgen, und doch gab es jemand, der Euch verraten konnte.«

Karl Wilhelm Dormann richtete seine Augen starr auf die Frau. Es war ihm, als lege eine unsichtbare Hand Blei auf sein Herz. Die Stimme der Frau kam aus weiten Fernen wieder auf ihn zu.

»Wundert's Euch, daß Ihr an den Tilly verraten wurdet? Seit gestern weiß er, daß Ihr Euch bei Eures Vaters Hof aufhaltet. Seht Euch vor! – In der kommenden Nacht läßt er Eures Vaters Hof umstellen – Euch zu fangen. Wer Euch verriet? – Einer Eurer Offiziere! – Seinen Namen weiß ich nicht, doch, ich sah ihn vor dem Tilly und hörte, wie er Euren Namen nannte. Mein Herr Obrist, ehe die Sonne wiederum aufgeht, hat er seinen Lohn. – Noch eins – nach dem Tilly werden in dieses Land andere kommen. Wenn Ihr meint, des Tillys Truppen seien schrecklich, so sind jene wie reißende Wölfe. – Und nun das letzte: Laßt Eure Gräfin wissen, wo Ihr seid, und macht mit ihr gemeinsames Tun – werdet nicht müde!«

Die fremde, schöne Frau streifte einen goldenen Ring von ihrer Rechten, nahm die des Mannes und führte ihn rasch und sicher um des Obristen vierten Finger.

Als Karl Wilhelm Dormann die beringte Hand unter seine Augen nahm, gewahrte er auf der Kronenplatte des Ringes eingegraben eine Lilie und darüber eine zierliche Krone. War das nicht das Petschaft der französischen Könige? – Überrascht bohrte sich sein Blick in den der Frau. Und er traf auf den tiefen Glanz ihrer dunklen Augen und spürte ihre Reinheit. Da ging in seinem Herz ein Leuchten auf. Ihre Schönheit fiel um ihn wie mildes Licht. In jäh emporquellender Dankbarkeit und Freude nahm er die fremde Frau in seine Arme und küßte sie.

Weiter zog der Dormann seines Wegs, den Zaum des Pferdes fest in seiner Rechten, an der funkelnd der goldene Ring in der Sonne blitzte. Als er sich nach einer Weile wandte, war die fremde Frau am Wegrand verschwunden. Versonnen zog er gen Altenkirchen. Durch die Patina des jungen Erlebnisses schimmerte das milde Bild seiner Gräfin …

*

Im Hinterstübchen des Falken saßen hohe Tillysche Offiziere beim Zechen. Noch nie hatte der alte Neuhoff die fremde Frau unter den Genossinnen der lüsternen Herren gesehen, die da heute unter ihnen saß und in ihren Übermut mit einstimmte, wie keine zuvor. Ob das die Vertraute des Tilly war, von der man sich erzählte, sie sei eine Spionin und auch, sie sei die Gesandte einer fremden Macht? Des alten Falk kleine Jägeraugen sahen gar scharf. Sahen, daß die Frau dort in der Herren Kreis ein falsches Spiel mit ihnen trieb, und war zufrieden damit.

Als der Obrist Dormann in der Tracht der freien Dienstleute die große Gaststube von der Gasse her betrat, flog sein Blick um die Kante der halben Wand ins Hinterstübchen. Er gewahrte die Frau, die ihm vor Stunden im Widdersteiner Wald begegnete. Sie hatte seinen Eintritt beobachtet. Rasch kreuzten sich ihre Blicke. In dem ihren war ein ruhiges Winken, als hätte sie ihn erwartet. – Wie hatte sie erfahren, daß er zum Falkenwirt mußte? – In des Obristen Herz kam eine Ruhe und eine Kraft in seine Seele. Alles kam von der Unbekannten, die jetzt hinten mit den Tillyschen zechte – die ihn schützte.

Nun aber mußte er sehen, den alten Neuhoff unbemerkt zu sprechen, Nachrichten mit ihm zu tauschen.

Ob ihn auch keiner hier erkannt? Keiner ihn den Kaiserlichen im Hinterstübchen verriet?

Aber die fremde Frau würde ihn warnen.

Vielleicht waren sie schon dabei, das Wirtshaus zu umstellen.

Aber der Quast war gewiß schon im Hinterhof verborgen. Der wird schon aufpassen.

Der Obrist trat zum Schanktisch. Der Falk setzte ihm einen Krug Bier vor und flüsterte ihm eilig zu: »Karl Wilhelm, der Tilly fordert dreihundert Taler als Abschiedsgabe von der Stadt – bis morgen abend um sieben zu zahlen, sonst will er das Schloß brennen!«

»Guter Falk, des Vaters Kassen sind leer, es geht nicht mehr!«

»Dann ist's aus! – Ihr tatet wahrhaftig genug, Karl Wilhelm!«

»Wir können's nicht dabei belassen, Falk, es muß einen Ausweg geben. – Wie treibt es der Witzleben im Oberamt?«

»Nicht ganz so arg wie der Tilly, doch das Schloß zu Friedewald gleicht einer Dirnenschenke!«

Jetzt kam einer aus dem Hinterstübchen in Tillyscher Offiziers-
montur, der musterte den verkleideten Obristen mit spitzbübi-
schem Blick und ging auf die Gaß hinaus.

»Falk – war das nicht …?«

»Euer Leutnant von der Schloßwache! … Sst – ruhig!«

»Dann war er es, der mich an den Tilly verriet – von dem die Frau
sprach.«

»Die Frau, Karl Wilhelm?«

Der alte Neuhoff sah ins Hinterzimmer hinüber. – Von dem sie
sprachen, der kam wieder von der Gaß herein, ging aber nicht wieder ins Hinterstübchen zu den Tillyschen, sondern er trat zu dem
Dormann.

Der Obrist erkannte jetzt seinen dermaligen Leutnant, der ihm
vordem mit Handschlag den Treueid leistete. Der Ekel sprang ihn
an, aber er hielt sich im Zaum. Auch glaubte er sich von dem nun vor
ihm Stehenden noch nicht erkannt – da redete ihn der Verräter an:

»Obrist Dormann, es ist aus mit Euch!«

»Ich kenne Euch nicht, Herr!« Der Obrist ging wider seinen Willen bis zur äußersten Grenze möglichster Zurückhaltung.

»Kennt Ihr Eure Offiziere nicht mehr? Das ist Euch beim besten
Willen nicht zuzutrauen. Wollt Ihr mich zwingen, verständlicher zu
werden? – Ihr tut gut, des Salchendorfs zu gedenken. Wie Ihr es ihm
machtet, so sei's Euch jetzo eingetränkt. Ich gab der ligistischen Wache Befehl, das Wirtshaus zu umstellen. Gleich sitzt Ihr in der Falle!«

»Schuft!«

Drei schwere Schläge dröhnten wuchtig an die Hinterhoftür zum
Herrenstübchen.

Das Zeichen des Quast! – Da war's zu allem noch früh genug.
Der Dormann kehrte sich auf dem Absatz – schnell hinaus, ehe die
Falle zu war! Mit einem Satz war er im Hinterstübchen, wo die hohen Tillyschen – und die Frau – saßen. Der Verräter setzte ihm nach.
Die kaiserlichen Offiziere schnellten von ihren Sitzen, sie waren an-
getrunken und begriffen nichts, grölten und sprangen durcheinander. Tumult entstand. Von draußen erschallten Flüche und Kommandos in verschiedenen Sprachen, daraus hin und wieder Rufe

nach dem Obristen Dormann gellten. Dieser hatte schon den Griff der Hintertür erfaßt, als er sah und spürte, wie sich die Hände seines Verräters um seine Arme legten. In demselben Augenblick gewahrte er, wie eine schmale, weiße Frauenhand, geziert mit einem Ring vom Aussehen wie der an seiner Rechten, dem Treulosen einen blitzenden Dolch tief in den Rücken stieß. Niemand außer dem Obristen hatte es bemerkt. Lautlos sank der Häscher auf die Steinfliesen. Des Dormanns Blick kreuzte sich mit dem der Frau. Das war wie das Zusammenschlagen zweier Meereswogen.

Der Obrist stürzte ins Freie. Er riß die Zügel des frisch beschlagenen Braunen aus des Quast zitternder Hand, schwang sich hinauf und galoppierte gaßaufwärts aus der Stadt, die nächstgelegene Waldzunge anreitend, die Verfolger weit hinter sich zurücklassend.

Den Quast verbarg der Falkenwirt für die Nacht.

Die fremde Frau war aus dem Hinterstübchen verschwunden.

Am Abend sah der Obrist Dormann aus einem Schlehenbusch auf dem nahen Rain dem Treiben der Kaiserlichen, die nach ihm fahndeten, auf seines Vaters Hof zu. Sie hatten um denselben eine dichte Kette schwerbewaffneter Musketiere gestellt, durch die keine Maus hätte durchschlüpfen können. Die Weißröcke dachten wohl, er sei drinnen. Was würden sie wohl mit dem Vater anstellen? – Karl Wilhelm Dormann tastete mit beiden Händen den Boden ab. Das Laub knisterte, dann hatte seine Rechte plötzlich den Schaft des Gewehrs gefunden. Er nahm es an sich und richtete es schußbereit durch die Gabeln des Dorngeästes auf den Hof. Sie lärmten drinnen im Haus. Da – aus der offenen Türe kamen sie mit seinem Vater. Rohe Fäuste zerrten ihn auf den Hofplatz. Ein Offizier stellte sich vor ihn hin und schrie auf ihn ein. Wo er seinen Sohn, den Obristen der Saynischen, verborgen habe? Der Vater antwortete ihm nicht, schüttelte aber hilflos das Haupt. Da holte der Offizier zum Schlag aus. Sein Faustschlag traf den alten Dormann mitten ins Antlitz. Der Wüterich holte zum zweitenmal aus. Da riß in ohnmächtiger Wut Karl Wilhelm die Muskete an die Wange. Ein mächtiger Knall – bevor der zweite Faustschlag auf das Antlitz des alten Dormann herniedersauste, wälzte sich der Tillysche Wüterich in seinem Blut. Den anderen fuhr der Schreck sichtlich in die Glieder. Sie ließen ab

80

von dem Vater. Ein zweiter Offizier gab Befehl zum Absuchen der Umgegend. Karl Wilhelm lag im dichten Dorngeranke hart am Boden unter Laub und Schmielen. Wohl teilten sie mehrere Male die Äste des bewehrten Gebüschs auseinander, doch konnten sie ihn nicht erspähen.

Als sich die Suchenden entfernt hatten, hob der Liegende den Kopf und sah, daß der Vater vom Hofplatz verschwunden war. Sah auch, daß am Stiel eines Reiserbesens an der Hauswand ein rotes Sacktuch hing – da war der Vater wohl in den alten Ohles geschlüpft, den sie nimmer finden würden. Ob sie nun den alten Dormannshof brennen würden? Karl Wilhelm lag noch eine Weile und gewahrte, wie eine Horde Weißröcke den Hof verließ und gen die Stadt verzog. Schnell sprang er auf, arbeitete sich aus dem Schlehenbusch und eilte dem Wald zu. In der Richtung nach Hachenburg nahm er seinen Weg durch das Abenddunkel, jetzt vollends obdach- und heimatlos im eigenen Land.

Der Obrist achtete es nicht. Der Wald mit seinen Schluchten blieb ihm noch, und es gab noch viele treue Herzen in der Grafschaft …

Es war eine helle Vollmondnacht, durch die Karl Wilhelm Dormann unruhig streifte und in versteckten Waldtälern in die Lager der flüchtigen Landsleute lugte, die gleich ihm der Heimstatt beraubt waren. Diese Menschen waren in der gleichen Not wie er, aber sie hatten sich dennoch für eine vorübergehende Zeit in den düsteren Winkeln seßhaft gemacht. Er allein war wohl dazu bestimmt, nun ein unsteter Vagabund zu sein.

Auf einer heidebestandenen Lichtung stand er einmal still. Gespenstig hob sich ostwärts die Silhouette des Hachenburger Schlosses vom bleichen Nachthimmel ab. In rotem Glanz stand der Abendstern über ihm.

Kühler Nachtwind umwehte den einsamen Mann. Bis zur Morgenröte vergingen wohl noch viele Stunden.

Nirgendwo ein gastlich Haus, den Ermatteten aufzunehmen. – Einmal würden doch wieder andere Zeiten kommen. Nicht müde werden! – Rastlos weiter, wie du, schöne schwarzhaarige Verbündete – unbekannte Retterin!

Nachttau legte sich feucht auf den Weitereilenden. Nach knapper Stunde sank er am Fuße des Hachenburger Schloßberges erschöpft zu Boden. Oben, weit oben mühte sich aus zwei schmalen Fenstern matt-gelbes Licht in die silberne Nacht.

»Ich bin da, Gräfin!« flüsterten des Dormanns trockene Lippen.

*

Im kleinen, traulichen Arbeitsgemach saß die Gräfin Louise Juliane, tief über Schriftstücke gebeugt, die womöglich den Abschluß des Schicksals der Grafschaft Sayn bildeten. Und da sie in der Nacht, so allein mit ihrer, des Landes und des Volkes Not und Trübsal dasaß, wurde ihr Gemüt doch recht schwer. Auf das schöne Antlitz Louise Julianes warf der Gram seine Schatten voraus. Aber der hohe Schein der Würde um sie drängte diese Schatten sanft zurück, ließ vor allem kein Verzagen in ihr aufkommen. Weil sie in der Gnade war, war sie Mutter geworden über ein Land, über ein Volk – über ein Kind. Der Schwachheit des Grafen Ernst, ihres Gatten, hatte sich, getreu seiner krankhaften Wesensart, die Feigheit zugesellt. Dem gegenüber stand ihre starke Seele, die sie zur wahrhaften Herrscherin machte. Was immer auch der Graf an drohenden Gefahren herannahen sah, Louise Juliane scheuchte sie oft genug mit guten, lachenden Worten hinweg. Gerade bei solchen Gelegenheiten sah sie mit erschreckender Deutlichkeit die schwere Erschütterung an des Gatten Leib und Seele. Darum hatte sie ihm sachte die Regentschaft abgenommen, gleichwohl sie an dem Zustand des Grafen schmerzlich trug. Sie hatte Geduld mit ihm. Stark war die Gräfin und bei ihrer Jugend weise, voller Glauben an ihre Sendung zur Teilnahme an der Schaffung einer besseren Zukunft – wie der Obrist Dormann.

Nun hielt ihre Rechte einen eng beschriebenen Bogen gegen das ruhige Öllicht. Indem sie ihn las, fuhr mehr und mehr der Schrecken in ihre Glieder, zitterte mehr und mehr die Hand, die den Bogen hielt.

Der kölnische Erzbischof hatte ihr da eine Botschaft gesandt, darin sich der hohe Herr von römischen und kaiserlichen Gnaden als »rechtmäßiger Herr der saynischen Grafschaft« erlaubte, seinen

Feldherrn Görtzenich mit einem Heer anzukündigen, einmal in seinem Land nach dem »Rechten« zu sehen.

Sonderlich war in der Botschaft vermerkt, daß er, der Erzbischof, in diesem auch nach dem dringenden Wunsch ihrer gräflichen Vettern zu Wittgenstein-Berleburg handle, die dieserhalb des öfteren Kuriere zu ihm gesandt hätten.

Noch ein weiteres Schreiben lag da vor ihr, gesiegelt mit dem Wappen der Wittgensteiner. In ihm kündigte die Altenkirchener Altgräfin Louise Juliane für angetane Schmach durch den Dormann ewigen Haß und Kampf. Das waren schwere Posten. Wo war ein Starker, der ihr riete und hülfe? Wo war der Obrist Dormann?

Durch das halbgeöffnete der beiden Fenster wehte kühler Wind und trug herben Heideduft ins Gemach. Das machte, daß sie an ihre Jugend denken mußte.

Aus dem Gebüsch am Schloßberg unten schallte das zarte Schlagen einer Nachtigall herauf. Mit wehem Mund lauschte die Gräfin dem verspäteten Liebeslied und sann in vergangene Frühlingsnächte.

Da – ein fremder Laut mischte sich in das Singen der Nachtigall. Schwärr – schwärr! – Sonderbar

In der Nacht lockt nie der Wiedehopf.

Doch – halt – war der Lockruf des Wiedehopfs nicht das geheime Rufzeichen des Obristen und seiner Späher in der Leuscheid gewesen? – Wieder schwärrte es unten. Lieber Himmel – wenn er es am Ende selbst war – der Obrist Dormann? Die Gräfin zwängte ihre Schultern durch den Rahmen und beugte sich weit vor. Sah angestrengt in die Tiefe. Da gewahrte sie den Mann am Fuß der Schloßmauer. Sollte sie ein Zeichen geben? War es ein Feind? Vielleicht ein Tillyscher Kundschafter? Oder ein Freund? – Dann mußte es einer der Dormannschen sein. Ihr Herz drohte sich aus den Angeln zu heben. Kam ihre glückliche Ahnung von dem Lied der Nachtigall, die soeben in jauchzendem Abgesang geendet hatte? – Worte erklangen – jemand rief mit verhaltener Stimme:

»Ich bin's – der Dormann!«

Die Gräfin überfielen Augenblicke völliger Erstarrung. Dann prallte sie bis in die Mitte des Gemachs zurück. Ihre Gedanken überstürzten sich in Vermutungen, in Hoffen und Bangen. Zuletzt wichen all diese Gedanken zurück vor der Wirklichkeit:

Der Obrist Dormann war gekommen!

Aus der Tiefe der Frauenseele brach hell der Strahl der Hoffnung und breitete seinen Schimmer über alles.

Mit einem Satz war sie wiederum am offenen Fenster und rief dem Dormann Antwort hinab, die fiel in die Tiefe wie der Anker eines Schiffes auf stürmischer See.

»Wartet, Obrist!«

In Eile warf sie einen Mantel um ihre Schultern und verließ das Gemach. Sie strebte über den langen Korridor dem Schlafgemach des Gatten zu, ihn von der Ankunft des Dormanns zu verständigen. Indem ihre schmale Hand schon die Türklinke umfaßte, kam sie ein Zögern an. War es notwendig und richtig, dem kranken, ängstlichen Gatten die Anwesenheit des Obristen mitzuteilen? Nur um erneut seine Befürchtungen und Verweise entgegenzunehmen? – Wohl sprach er in letzter Zeit oft von dem Dormann, erwähnte seine Jugendfreundschaft mit ihm und schien sich um sein Schicksal zu sorgen. – Aber hatte er nicht mit dem gleichen Atemzug – um des Tillyschen Befehls willen – verfügt, dem Obristen Dormann sei in der Grafschaft weder Obdach noch irgendein Gehör zu geben? – Wie hatte sie mit aller Kraft versucht, den Gatten von diesem unwürdigen Erlaß abzubringen! Vergebens. Seine Angst vor dem Tilly war zu groß.

Aber nun, da der Obrist nach so langer Zeit, nach so vielen Entbehrungen und überstandenen Gefahren gesund und unverzagt zugegen war, würde der Graf vielleicht, wenn er dem Dormann von Angesicht zu Angesicht gegenüberstand, stark werden. – In festem Entschluß hatte sie schon die Tür zu des Grafen Schlafzimmer leise spaltweit geöffnet. Tief und regelmäßig gingen seine Atemzüge.

Welche Mattigkeit, welche Leidensspuren lagen dennoch auf dem blassen Gesicht! Mitleidig in den Anblick des Schlafenden versunken, verharrte die Frau in der halboffenen Tür und drückte sie einen halben Schritt zurücktretend wieder sacht ins Schloß. – Dann eilte sie hinab. Als sie die Wachstube am Tor passierte, vertrat ihr einer der Wachen fast den Weg. Als sie kurz verhielt, erkannte sie den Quast.

»Frau Gräfin …«

»Ruhig, Quast, draußen wartet der Obrist Dormann auf mich!«

Der Quast stand im Mondlicht vor ihr, sie konnte gut erkennen, wie ihm vor Freude der Schreck durch die Glieder fuhr, wie er mit dem Handrücken über seine Augen fuhr.

»Quast – habt acht auf Späheraugen – ich werde dem Obristen einen Gruß von Euch sagen.«

Als Louise Juliane um den Torbogen im Parkgebüsch verschwunden war, postierte sich Johannes Wilhelm Quast an den Toreckstein und wachte darüber, daß kein Unberufener das Zusammensein der zwei besten Menschen im ganzen Land störte. Da sie sich wohl viel zu sagen hatten und deren Tun nur Gutes sein konnte, auch wenn es um Mitternacht war. So gingen des jungen Quast Gedanken.

Nahe der Stelle, wo der Obrist tief unter dem Fenster der Gräfin Antwort auf den Ruf des Wiedehopfs erhalten hatte, stand eine alte Steinbank, die den Erschöpften aufgenommen hatte. Die Gräfin blieb lange. Laut und deutlich hatte er doch ihren Zuruf vernommen, hatte ihre Gestalt droben am Fenster erkannt. Sollte er sich doch getäuscht haben? Ob Müdigkeit oder Hunger ihm bereits so sehr zusetzten, daß ihn die eigenen Sinne narrten? Er fühlte, wie sich Verzweiflung seiner bemächtigen wollte.

Ist's nun soweit gekommen, Karl Wilhelm Dormann von Widderstein?

Vielleicht kam sie nicht selbst. Vielleicht schickte sie den Quast und ließ ihn holen. – Nein, das tat sie nicht, sie kam wohl doch selbsteigen. Allerdings, wenn sie von dem Grafen daran gehindert würde? Jawohl, der Graf – das wäre wohl das Hindernis, wenn es eins geben sollte. Schickte der Graf nicht auch Bewaffnete im Land umher, ihn tags oder nachts, lebendig oder tot zu fangen und dem Tilly auszuliefern? – Ausspucken mußte man vor dem Grafen Ernst von Sayn, von jetzt an bis in die fernsten Geschlechter. Und mit diesem Herrn hatte ihn seine Jugend so freundschaftlich verbunden! – War es möglich, daß der Dormann von Widderstein so frevelhaft von seinem Herrn und Grafen denken konnte? – Herrgott – armer, kranker Graf!

Da raschelte es in dem Buchsbaumgebüsch zur Seite. Im dunklen Gewand stand die Gräfin vor dem Emportaumelnden. Sie streckte ihm beide Hände entgegen. – Karl Wilhelm Dormann, jetzt bist du kein Vagabund mehr, jetzt bist du wieder der Obrist von Sayn! Er nahm die starken Frauenhände, beugte sich tief darüber und küßte sie. Louise Juliane ließ ihm ihre Hände – er spürte ihren zarten Druck und ihre wohlige Wärme an seinen Schläfen. – »Lieber Karl Wilhelm!«

»Meiner teuersten und stolzesten Gräfin und meines Heimatlandes treuester Diener bis in den Tod!«

Es war eine Zeit Stille zwischen den beiden Menschen. Nur die Nachtigall klagte in nahen Zweigen ein Leidlied in die silberne Nacht. Nur die Büsche ringsum rauschten im leisen Wind.

Die Frau vergaß, daß sie eine Fürstin – der Mann, daß er ihr Untertan war. Wie einst, als sie sich in der Burg zu Erbach auf dem Odenholz zum erstenmal begegneten, wob sich ein unsichtbarer Kranz wie von Rosen um die zwei Menschen.

Sanft zog die Gräfin ihre Hände zurück. Aufgerichtet stand wieder der Obrist vor ihr. Dann saßen sie nebeneinander auf der alten Bank aus Stein.

»Was nun, Obrist Dormann?«

»Jede Nacht bringt einen neuen Tag, Gräfin!«

»Es ist weit und breit kein Erbarmen für uns Karl Wilhelm. Unser Hilferuf ging an alle unsere Nachbarn. Nicht eine einzige Erwiderung kam. Sie haben alle mit sich selbst zu tun – tragen alle dasselbe Leid wie wir. Mein Bruder zu Erbach riet mir, die großen Protestanten um Hilfe anzugehen, da wir doch den gleichen Glauben hätten. Aber ich weiß nicht, es ist eine andere Kluft da, die uns Rheinischen von denen im Osten arg trennt. Vielleicht kommen sie, wenn wir sie rufen – aber ob sie jemals wieder gehen …?«

Mit Bitterkeit in seinen Worten schnitt der Obrist ihre Worte ab:

»Wie lange glaubt Ihr, Gräfin, daß Euer Volk lutherisch bleiben wird? – Vielleicht zwingt es schon Euer nächster Nachfolger wieder ins reformierte Joch – vielleicht führt Euer Enkel wieder den päpstlichen Glauben ein. Jeweilige gemeinsame Konfession kann es also nicht sein, was Völker zusammenknüpft. Euer dunkles Tasten nach jener anderen Kluft ist schon am Platz. Nichts anderes ist es als die Angst vor barbarischer Sklaverei. Geradeheraus sag ich's, Gräfin: Nicht Lutherische, nicht Reformierte, nicht Katholische können den Rheinischen Schutz und Hilfe sein. Aber Frankreich könnte es. Gräfin! – Warum kommt Frankreich nicht? – Frankreich, das mit dem Rheinland geboren ward und mit ihm wuchs?«

»Von alten Lehrern weiß ich um die Herrlichkeit der Karolingischen. Ich kenne die verborgene Sehnsucht aller Franken, denen die Rheinischen zugehören. Aber, Karl Wilhelm, die Zeit ist nicht danach, dem nachzuhängen. Heuer müssen wir noch bleiben bei dem, was Zeitwerk ist. – Nein, auch das: Wenn die großen Protestanten zur Zeit siegreich sind – Kriegsglück ist Trugglück, gehet hin und her und horcht auf das Feldgeschrei der Jubelnden, es bald in Klagen zu wandeln. Krieg macht Not auf jeder Seite. Not kennt keine Brüderschaft. – Wenn ich gleich gern Eure Hoffnung mit Euch teile – doch, Obrist, bis daß es also tagt, wird man uns vergessen haben. Dann sind wir längstens umgekommen in den Wogen des Schreckens, die immer über das Heilige Römische Reich Deutscher Nation dahinbrausen werden.«

Der Obrist, schien's, fand keine Antwort auf die Worte seiner Gräfin. Wie gedankenverloren starrte er in die fahle Unendlichkeit über ihm. Das Nachtigallenlied tönte wie aus weiter Ferne. Wie unerreichbar doch solche Klänge waren! Ob das Lied dieses seltsamen Vogels vor dem der Menschen erklang? Wahrscheinlich, sonst trüge es nicht alle Lust und alles Leid der Liebe in einer kleinen Melodie. – Auf der alten Bank aus Stein saß nicht mehr die Fürstin und der Diener – saßen lange zwei Menschen, die Frau und der Mann, die fühlten, daß sie einander sehr nahe waren. Der Arm der Frau lag auf dem des Mannes. Mit ihrer Wange lehnte sie an seiner Schulter. In den Kronen der alten Linden und Akazien rauschte es stärker. Worte waren darin und Melodien von einsamen Stimmen und gewaltigem Orgelwerk, wie immer solche Dinge vernommen werden von Menschenpaaren, um die schweres Schicksal seine Kreise zieht – von Menschen, die nachts auf Bänken unter alten Bäumen sitzen.

»Karl Wilhelm, ich wollte, Ihr wäret mein Bruder!«

»Mein Herz ist lange schon mit sich in Zwiespalt, was es Euch wohl sein könnte, Gräfin.« Hatte ein Seufzer die Worte des Obristen aus der Tiefe seiner Seele getragen?

»Karl Wilhelm …« Ihr Arm schob sich weiter über den seinen, ihre Wange schmiegte sich fester an seine Schulter.

Durch die Gestalt des Obristen flog ein kurzes Beben, dann stieg die Wirklichkeit wieder vor ihm auf, mit ihr alle Schrecknisse. Hier hatte er Notrat zu halten mit der Gräfin – und nicht … Vielleicht kam ihn bald die Not der Landflucht an – vielleicht henkten die Tillyschen ihn bald. Es war Landnot, und er war immer noch der saynische Obrist – immer noch – bis zuletzt.

»Ich muß fort, Gräfin!« Hatten Hunger und Strapazen seine Stimme gefremdet, oder war's, daß die Gräfin Arm und Wange von ihm löste?

»Bleibt um Gottes Willen, Karl Wilhelm! Noch in dieser Nacht werde ich den Grafen von seiner störrigen Angst abbringen, sei's im Guten oder im Bösen! Er bringt uns in die Schande. Seiner Armseligkeit halber kann ich's länger nicht mehr dulden. Ihr sollt ihm gegenüberstehen!«

»Was nützte wohl eine solche Vergeudung meiner Zeit! Spart dem Grafen die Erregung und nehmt ihm alle Gewalt auf Eure kluge Weise ab. Haltet mit mir Rat, wann es Euch gefällt, und kämpfet – lebet oder fallet mit mir. Jetzt aber laßt mich fort, in Altenkirchen wartet man auf mich –«

»Auf Euch? – In Altenkirchen? – Wer …?« Die Gräfin hatte sich erhoben, der Obrist wollte ihr gleichtun, doch sie drückte ihn sanft zurück, da sie seine Erschöpfung spürte.

»Der Tilly brennt das Schloß, so er nicht bis zu des nächsten Tages Abend dreihundert Taler hat!«

»Obrist!«

»Frau Gräfin – sie haben nicht einen Kreuzer mehr zu Altenkirchen. Hätte ich's noch von meinem Vater erhalten können, so wäre Euch diese Nachricht in der Nacht niemals geworden!«

»Ich helfe Euch – aber Ihr müßt reiten, jetzt, nur reiten!«

»Wie gern wollte ich reiten, Gräfin – hätte ich ein Pferd! Die Weißröcke machten die Ställe zu Widderstein leer. Mein Vater zählt keinen Gaul sein eigen, so trieben sie's!«

Louise Juliane nahm des Obristen beide Hände und zog ihn gleichsam von der Bank hoch, zu sich. Halb bittend, halb befehlend sagte sie mit warmen Worten: »Nehmt den Saladin, mein Lieblingspferd! Er ist jung und stark gefesselt und kennt Euch obendrein. – Einmal, wenn all das düstere Gezeit vorüber ist, dann bringt Ihr mir den blau-schwarzen Araber zurück – haltet ihn als Euren besten Kameraden, gebt ihn nur dem Quast in Obhut!«

Das hätte der Obrist Dormann nie für möglich gehalten, daß die Gräfin Louise Juliane ihm den Saladin überließe. Der schwarze Hengst, den alle Welt bewunderte, war das Geschenk ihres Vaters, des Alten von Erbach, gewesen, bei seinem ersten Besuch in Hachenburg.

Überwältigt von der Gräfin Großmut, schickte er sich an, ihr kniend die Hände zu küssen – da tönte aus der Richtung des Tores wieder der Ruf des – Wiedehopfs. Louise Juliane wunderte sich nicht darüber, sie wußte sowohl wie der Obrist, daß das nur der Quast sein konnte.

»Lebt einmal wieder wohl, Obrist Dormann, man sucht gewiß im Schloß nach mir. Möglich, daß mir's der Quast mit seinem Ruf verkünden wollte. – Macht Euch auf und geht die Straße entlang gen Höchstenbach! Bevor ihr den Ort erreicht habt, hat der Quast Euch eingeholt mit Pferden und allen Notwendigkeiten.«

Karl Wilhelm Dormann behielt Louise Juliane im Auge, bis ihre Gestalt um die Mauer verschwunden war.

Nun aber kam die Müdigkeit mit Macht über ihn. Wann hatte er einmal Nahrung zu sich genommen? Wann eine Ruhestatt gehabt? Ein Weilchen aber nahm ihn jetzt noch die alte Steinbank auf. Das jüngst Erlebte kam ihm nun traumhaft vor. Um Gottes Willen, die Augen fielen ihm ja zu. Dann lieber aufstehen und die Straße entlang gen Höchstenbach schreiten, den Quast erwarten und den Saladin besteigen.

Von den Hachenburger Türmen fielen die frühen Morgenstunden ins Land, als der Obrist die Höchstenbacher Straße erreichte. Stockfinster war es geworden. Eine dichte Wolkenschicht hatte den glänzenden Mondzauber fortgewischt. Immer einmal, jeweils nach kurzen Strecken, stand er und lauschte in die Richtung nach Hachenburg zurück …

Als die Gräfin durch das Tor schritt, meldete ihr der Quast, daß der Wohnflügel überall beleuchtet sei.

»Es ist gut, Quast«, sagte sie und dachte, während sie in tiefer Einsamkeit die breite Steintreppe emporstieg: Empfinge der Quast dereinst von meiner Hand ein Wappen, so müßte es den Vogel Wiedehopf im blauen Feld tragen.

Als sie den Fuß auf den Korridor des Wohnflügels setzte, sah sie, daß alle Türen der erleuchteten Gemächer weit offen standen. Sie schritt geradewegs und ohne Hast zu ihrem kleinen Arbeitsgemach. Mit blassem Antlitz saß der Graf an ihrem Schreibtisch.

»Gräfin, was macht Ihr zur Nachtzeit?« Unruhe war in seinen Worten.

»Der Dormann war da! – Ich redete unten mit ihm.«

Die hagere Gestalt des Grafen richtete sich mühsam auf.

»Louise! – Wieder der Dormann! – Plant er etwa wieder einen neuen Streich? – Gott, er bringt uns selbst noch in Gefahr. – Man müßte strenger nach ihm fahnden und ihn endlich greifen!« Louise Juliane hatte den schlimmen Ausbruch ihres Gatten geahnt und trat ihm mit festen Worten entgegen.

»Graf, Euer bester Mann im Lande ist stärker als Ihr! Das Volk mag ihn, und Eure Wachen und Patrouillen lieben ihn. Da ist nicht ein einziger Mann, der Hand an ihn legt, ihn zu greifen, daß Ihr ihn dem Tilly ausliefertet – und wenn Ihr noch so viele Befehle gegen ihn erlaßt. Der Dormann liebt Euch immer noch ein wenig, darum fürchtet er Euch nicht. Ihr nanntet ihn einst selbst Euern besten Freund. Vergeßt das nicht, damit der Dormann sich nicht gegen Euch kehrt. Versteht Ihr das, mein Gemahl?«

Ihre harten Worte rüttelten ihn auf und machten ihn hilflos.

»Der Dormann war gewiß mein Freund in jungen Tagen, und er wäre es noch, wenn er den Tilly nicht so über uns gebracht hätte. – Gräfin, was will der Dormann fürder?«

»Auf die Freiheit warten und wehrhaft sein, wenn andere Zeiten kommen! Eure Grafschaft, Ernst, ist seine Heimat. Begreift Ihr nicht, daß er sein Teil daran hat und der geringste Eurer Untertanen mit ihm? Seht zu, Ernst, daß sie Euch einst Eurer Angst wegen verspotten!«

»Gräfin!«

»Graf, so wahr ich eine Erbacherin bin, soll es nicht an mich kommen, hier in Sayn eine Memme zu sein, die die Hände faltet und nur Amen sagt. Das sollte auch Euer Teil sein, meine ich, obgleich Ihr leidend seid. Diese Zeit muß uns aufgerichtet sehen zu helfen, wo es nottut, zu steuern, wo der Schlendrian sein Wesen treibt. Solange ich als Euer Gemahl Gräfin von Sayn bin, bleibt das Volk mit mir wach und füllt jeder seinen Posten. Ich weiß, es ist Euer arges Leiden, das Euch hindert, auf Eurem hohen Platz ein ganzer Mann zu sein. So sollt Ihr mich nicht hindern, an meinem Tun – was es auch sein möge. An allen Ecken lauert Elend und Gefahr, daß wir uns trotzen!«

Da stand der Graf in seinem Elend vor seiner jungen, starken Gattin. In seinen trüben Augen flackerte wirr die Hilflosigkeit des Schwachen. Im Herzen Louise Julianes regte sich wiederum das schwere Mitleid, aber sie ließ es nicht über sich kommen. Sie sah, wie der Kranke nach einem Ausweg suchte.

»Ihr wart lange nicht mehr mein trauter Geselle, Louise!«

»Das liegt an Euch, Ernst – ich habe nicht vergessen, daß ich Euer Weib, das ist Euer Fleisch und Blut, bin!«

Aus demütigem Herzen stieg die Dankbarkeit und zugleich Verzicht. Auf seinen Wunsch geleitete ihn die Gattin in sein Schlafgemach. Ein Weilchen saß sie noch an seinem Lager.

»Laset Ihr die Schriftstücke, Ernst? – Was ist damit?«

»Die Kölnischen haben keinen Anspruch, Gräfin, es ist ihr reines Gelüste. Es ist nur neues Ungemach und bringt nur noch Schwereres, Louise. – Wegen der Wittgensteiner Stiefbrüder und meiner Stiefmutter aber muß es sein – daß uns bald ein Sohn und Erbe wird, Gräfin, sonst –«, des Grafen Stimme ward leise, »sonst – wenn ich vorher stürbe – nähmen sie Euch die Grafschaft. Hört Ihr, Louise?«

»Ich höre Euch, mein Gemahl, und ich denke eben, daß ein Fluch auf allen Regierenden der Welt lastet, neben dem all Glück verbleicht. – Einen Sohn und Erben – Gott schenke ihn bald!«

»Gräfin, ehe Ihr geht noch eins – wenn Euch der Dormann wiederum begegnet, so sagt ihm einen Gruß!«

Später stand der Quast vor ihr. Sie gab ihm Instruktionen, wie er zu dem Obristen stoße auf der Höchstenbacher Straße. Hieß ihn, seinem Herrn Essen und Trinken mitzunehmen, und reichte ihm zuletzt in einem Beutel die dreihundert Taler zur Brandlösung für den Tilly. Reiten solle der Quast wie der Teufel, daß er den Obristen noch im Wald von Höchstenbach einhole, und solle so lange bei dem Herrn bleiben, solange es dem beliebe, ihn zu halten.

Louise Juliane horchte am Fenster ihres Gemaches, bis sie den raschen Hufschlag des Saladin und des Quastens Braunen vernahm, horchte den vertrauten Klängen nach, die sich wie Trommelwirbel aus dem Schloßhof entfernten und mählich in der Nacht verhallten. Dann sank sie in ihren Stuhl, von Müdigkeit und Schlaf überwältigt. Draußen fiel ein feiner Frühherbstregen.

Wie der wilde Reiter galoppierte der Quast in die Frühe. Mühevoll hielt er den an seiner Seite immer aufs neue ausholenden Saladin in der Höhe seines Braunen. Scharf lugte er in das Dunkel vor sich, den Herrn Dormann nicht zu verpassen.

Wo der Weg zu der alten Papiermühle im Wiedgrund abzweigte, erblickte er, an einen Pfahlstumpf gelehnt, die Umrisse einer Gestalt. Er riß die Pferde in den Schritt.

»Herr Obrist?«

»Quast – endlich!«

Mit ein paar Schritten war der Obrist an der Seite des Saladin. Er betastete das Pferd. Dank und Freude, wieder im Sattel sitzen zu können, erfüllten sein Gemüt und leise flüsterten seine Lippen den Namen der Herrin zu Hachenburg. Als er dem edlen Tier den Hals beklopfte, schnupperte es ihn an und wieherte laut auf.

»Der Hengst erkennt mich wieder, Quast!«

»Daß der Euch kennt, Herr Obrist!«

Dem Leibdiener war die Zeit der Trennung von seinem Herrn ausgelöscht, als ob sie nie gewesen wäre.

Mit kühnem Schwung ging der Obrist in den Sattel. Der Saladin wieherte zum zweiten Mal. Der Reiter mußte gar derb in die Zügel greifen; der Hengst bäumte und machte Miene, mit ihm durchzugehen. Nach einigen Tänzeleien waren Roß und Reiter eins. Das schöne Tier spürte seinen Meister. Ruhig stand es neben dem Braunen.

»Ihr habt was auszurichten, Junge?«

»Doch, mein Herr Obrist – da ist zunächst das Säcklein mit an die dreihundert schweren blanken Talern. Das Säcklein ist aus starkem Linnen mit einer doppelten Schlaufe zum Umhängen. Sodann steckt in Euren Satteltaschen Wein und Fourage. Nagelneu Gewaff findet Ihr am Pferd. Dann, Herr Obrist, hab ich aus freien Stücken eine fremdartige Montur aus der Rüstkammer für Euch mitgebracht. Jetzt kommt mir's vor, als hätt ich's zum Überfluß getan – ich weiß ja nicht, wohin Ihr Euch wenden wollt – je nachdem, dacht ich, könnt Euch ein ander Aussehen keinen Schaden bringen. Dann befahl mir noch die Frau Gräfin, ich sollte bei Euch bleiben, solang es Euch gefiele.«

Nun ritten sie langsam voran. Herzhaft sprach der Obrist Wein und Semmeln zu.

»Wir reiten nach Altenkirchen, Johannes Wilhelm Quast! Seht zu, daß wir den Weg durch den Wald auf Hattert zu nicht verfehlen, derweil ich mich noch ein wenig fürs Zukünftige stärken will. Hab arg Hunger gelitten die letzten Tage. – Gebt auch sonst gut acht, wir könnten, falls wir nicht durchs Gebüsch reiten, auf dieser Straße sehr bald auf kaiserliche Horden stoßen, die Blut- und Raubgier früh ans Handwerk gehen läßt.«

Als der Obrist sein Reitermahl beendet hatte, bogen sie abseits, wo mächtiger Eschenwald sie schützend aufnahm. Es tropfte von den Ästen. Der Hufschlag versank im tiefen Moospolster. Von Osten her schimmerte durch die Kronen ein matter, fahler Streifen, der neue Tag schickte den ersten Schein voraus.

Wo der Hatterter Grund ins Wiedbachtal einläuft, schwenkten die beiden Reiter talab und ritten mit dem Bach.

Dort, am rechten Ufer, hinter dem Gehölz lag die Farrenau, das gräfliche Hofgut mit der unter kaiserlichem Schutzbrief stehenden Pulvermühle. Wie oft hatte Karl Wilhelm Dormann dort als Junge geweilt und dem alten Hofmann und Pulvermüller, Vater Giel, zugesehen, wie er das Schießpulver zuwege brachte. Die Giels von der Farrenau hatten allzeit ihre Söhne in den gräflichen Kompanien dienen lassen. Wenn der alte Giel immer sagte: »Gut Pulver sollen meine Jungen haben, denn für die mach ich's!«, so hatte Karl Wilhelm aus diesen Worten stets jenen merkwürdigen Stolz vernommen, den nicht gleich jeder erkennt, weil in solchen Worten etwas verborgen ist, das zwischen ihnen schwingt. – Guter Vater Giel, wie mag's dir wohl gehen?

Es war noch immer dunkel, obwohl bereits die vierte Morgenstunde angebrochen war. Der fahle Frühlichtstreifen am Osthimmel war nicht mehr da – war wohl an seinen Ursprung zurückgesunken.

»Angehalten, Quast – hört Ihr denn nicht?«

»Doch, jetzt!«

Die beiden Reiter hielten und horchten nach der Farrenau. Horchten angestrengt mit vornübergebeugten Körpern.

Was war denn das? – Von den Hofgebäuden schallte Lärm zu den beiden Einsamen im Tal. Worte wie Flüche und Befehle schwirrten verworren. Der Obrist hob die Hand und legte sie um die Ohrmuschel. Der Quast tat es ihm nach, und sie lauschten noch viel mehr.

Der Quast konnte wegen der Dunkelheit nicht sehen, wie seines Obristen Arm wie erschlafft herunterfiel. Auch nicht, wie er sich blitzschnell nach ihm umdrehte. Aber den Ton der vertrauten Stimme, die geborsten schien, vernahm er soeben:

»Ligistisch Fußvolk scheint übel mit den Farrenauleuten da oben umzuspringen! – Quast – Johannes Wilhelm Quast – Ihr seid noch jung!«

»Nicht gar so jung, mein Herr Obrist, daß ich nicht mit Euch möchte da oben unter sie reiten und sie mit der Klinge traktieren. – In der Leuscheid war ich doch auch dabei!« Das gab der Quast zur Antwort und dachte dabei an des Vaters Grab zu Hachenburg an der Schloßmauer, das auf das Kerbholz der Ligister kam, die der Herr Oberst Dormann soeben nannte, wegen der Dunkelheit eben auch nicht sah, wie des Jungen Angesicht grau und unbeweglich wie aus Stein wurde.

»So wollen wir nach dem Rechten sehen!«

Die Stimme des Obristen war wieder fest und klar.

Auf steilschmalen Pfaden strebten die Reiter nun die Hardt hinan, dem Hof zu. Sie ritten um die Gebäude herum. Noch war nichts zu sehen. Erst als sie den Eingang erreichten, bot sich ihnen ein wüstes Schauspiel.

Um ein Feuer in der Mitte des Hofes hockten im Kreis ein halbes Dutzend schwarzer, wilder Weißröcke. Ein getötetes Kalb lag, wie von einem Wolf gerissen, nebenan.

Ein langes, blutiges Messer im Maul, hatte sich einer der Unmenschen über den Kadaver gebeugt und war mit dem Abdecken beschäftigt. Zwei der Rohlinge errichteten aus Bajonetten einen Bratbock. Aus dem Stallgebäude kam ein anderer der Verluderten mit schreienden Hühnern zum Feuer. Des hochflammenden Feuers knisternde Nahrung waren zersplitterte Schemel und Möbelstücke aus den Wohnräumen. Im Wohnhaus rumorte es. Man hörte, wie Geschirr in Scherben ging. Wieviel der Tillyschen Bösewichte mochten wohl drinnen hausen? – Von den Hofleuten war keiner zu sehen.

»Wir wollen unter sie, Obrist!«

»Noch nicht, Quast, aber bald – sehr bald!«

Irgend aus einem Raum des Wohngebäudes gellte ein durchdringender Schrei aus einer Frauenkehle.

Der Quast schrak zusammen, hörte, wie sein Herr neben ihm ächzte, unartikulierte Worte hervorstieß. »Jetzt ist es hohe Zeit, Junge! Faßt die Klinge, wie Ihr's exerziert habt. – Nun reitet Eure erste Attacke mit mir!«

Tief bohrten sich die Sporen in die Flanken der krauchenden Pferde. Eine kurze Strecke nur trennte sie von dem Lattenzaun, der die Reite umfaßte. Scharf hoben sich die Latten vom Feuerschein ab und gaben den Anreitenden gute Anhaltspunkte. Wie die Windsbraut flogen die Tiere über die Brache, dem Zaun zu.

»Gräfin Louise Juliane«, dachte der Obrist, »von diesem Stücklein erzählt Euch am End niemalen einer.« Und dachte des schwarzen Hengstes unter sich und an der Gräfin Worte: »Einmal, wenn alles Böse vorbei ist, bringt Ihr ihn mir zurück! – Und seht gut nach ihm!« – Erst am Abend – in der Nacht – war das gewesen.

Der Junge neben dem Dormann dachte nur: Die dort sind meines Vaters Mörder!

Aufgepaßt – der Zaun kam! In gewaltigem Satz sprang der Saladin über ihn hinweg. Des Quastens brauner Wallach ließ ihm nichts nach.

Die am Feuer blickten wirr um sich. Jagte man ihnen Witzlebensche Reiter nach? Traute man den ligistischen Fußern keine ganze Arbeit zu? – Kamen die Witzlebenschen wegen dem Pulver? Es für den Herrn Tilly vor Feuer und Brand zu schützen? Das war doch bestellt – der paduanische Korporal würde schon nebenan in der Mühle mit dem alten Narr danach umspringen. – Das sah, Potzkruzitürken – wie eine Attacke aus! – Wehrhafte Feinde gab es doch aber hierzulande keine – bei der heiligen Mutter – mit dem besten Willen gab es keine hier! – Während die kaiserlichen Mordbrenner noch verdutzt dahockten und außer dem Wahrhaftigen alles Fälschliche bedachten, war der Obrist heran und fuhr unter sie mit fürchterlicher Gewalt. Noch ehe sie aufspringen konnten, hatte sein Degen in grausig-schöner Handhabung drei teuflische Ligisterherzen durchbohrt. In zerren Zuckungen krümmten sich die Leiber am Boden um das Feuer. Einem vierten fuhr der Degen des Quast durch die Kehle, daß er mit schrecklichem Gurgeln zusammenbrach und verschied. Zwei weitere verendeten unter den Hufen seines Braunen. Inzwischen hatte sich der Obrist den anderen, aus Wohnhaus und Ställen herankommenden Freibeutern zugewandt, deren noch vier waren, wovon er wiederum zwei mit wohlsitzenden Degenstößen tötete, während sich die beiden letzten bei der Flucht an Feuerschein und tanzenden Schatten versahen und in den Mühlgraben stolperten. Während sie noch versuchten, das jenseitige Ufer zu gewinnen, zerteilte auch ihnen des Obristen Degen das Fell über den Ohren. Die Fluten nahmen sie mit ins Radgetriebe.

Auf dem Hofplatz war jetzt alles erledigt. Der Obrist sah, wie der Schein des Feuers über die immer noch zuckenden Leiber huschte. Er winkte den Quast zu sich heran. Lautlos glitten beide von den Pferden. Während der Quast die schnaubenden Tiere in eine dunkle Hofecke führte, stürzte der Obrist ins Haus.

Der Dormann erlebte die entsetzlichsten Stunden seines Lebens.

Im Ern lag die alte Hoffrau – Mutter Giel – geknebelt und tot. Stube und Kammer im Erdgeschoß waren durchwühlt. Die Truhen zertrümmert, die Schranktüren eingeschlagen, alles Geschirr darin zertrümmert. Als er die knarrenden Eichenstiegen emporhastete, stieß sein Fuß an den Leichnam des jungen Giels-Eidam, dessen Kopf sie zwischen die Gitterstäbe des Treppengeländers gezwängt hatten, mit durchschnittener Kehle und verstümmeltem Gesicht. Der Dormann schickte sich an, des Eidams blutigen Kopf aus den Gitterstäben zu lösen, da fuhr er hoch, stand wie erstarrt und horchte – und spürte die kalte Blässe in seinem Gesicht. Er hörte leises Rumoren. Aus der Dachkammer über dem Niederlaß. Da hinein führte die Tür oben von dem kleinen Treppenpodest. Sie war nur angelehnt. Drei, vier Stufen überschlagend, mit lautlosem Satz, war er oben. Tierisches Stöhnen aus einer Mannsbrust – leise drückte der Dormann die Tür nach innen.

Gott im Himmel!

Entsetzen packte ihn.

Über das blutbefleckte linnenlakige Bett lag einer der pechsträhnigen ligistischen Schinder – unter sich, es fast überdeckend – des erschlagenen Eidams jung-blondes Eheweib, das jüngste Kind des alten Giel. Zermalmt ihre nackten Brüste, frisch der klaffende Schnitt durch ihre Kehle – zögernd sickerte das letzte Blut aus all ihren fürchterlichen Wunden.

Das also war der Schrei, den er und der Quast im Hof vernahm.

So hätte er besser dem Jungen gefolgt, der früher unter sie wollte.

Arme Anna Katharina Giel – ich kannte dich von Kind auf!

Nun kam die Wandlung. Das Gesetz des Bluts.

Der Obrist Dormann lieferte sich ihm aus – ohne die Tiefe der Gedanken.

Langsam schritt er auf den ins Wesenlose versunkenen, lustverzückten Ligister zu. Des Dormanns Antlitz war zu undurchdringlicher Gleichgültigkeit – wie die des Henkers vor dem Köpfen – geebnet. Aus seinen Augen schoß der furchtbare Blick des Bluträchers auf den sich zitternd erhebenden Tillyschen Lustmörder. Als der Ligister in den Augen des Nahenden seinen Tod gewahrte, riß er einen Dolch aus dem Stiefelschaft und holte aus zum Leibschlitz – doch die Waffe fiel aus seiner Hand – die Augen des Nahenden duldeten keine Gegenwehr. Der weißrockige Teufel mochte sich vor ihnen verkriechen, wie ein Mäuslein vor dem Otterblick. Weder Kurzgewaff noch Totschläger hatte der Dormann in der Hand, als sein Opfer sich vor ihm windete.

Langsam legten sich Hände wie Schraubeisen um die Oberarme des Entmenschten, preßten ihn zusammen und zwangen ihn auf die Fliesen. Unruhig flackerte das schwelende Öllicht. Schatten jagten durch die Kammer, huschten über den am Boden Liegenden, entstellten sein Gesicht zu tausend Fratzen. Seine Atemzüge wandelten sich zu röchelndem Todesangstgestöhne.

Der Dormann kniete sich rittlings über ihn, die Arme des Röchelnden mit den Schenkeln unlösbar an seinen Körper pressend, nahm den Hals des Verworfenen zwischen Daumen und Zeigefinger beider Hände und fing langsam an zu würgen. Langsam und immer langsamer – fest und immer fester schnürten die gewaltigen Hände den Hals des Ligisters zusammen. Sein Gesicht ward mählich dunkler, seine Augen traten aus den Höhlen. Es war ein schreckliches Sterben – so, wie der Unhold es seinen Opfern nie schrecklicher bereiten konnte. Erst nach geraumer Zeit war er totgewürgt.

Als der Dormann abließ, umfaßte sein Blick noch einmal die geschändete Tote in den geröteten Laken, als wolle er seine rächende Tat entschuldigen, sagte er leise, wie zu sich selbst: »Der Obrist Dormann tat das nicht, Anngödring, dein Hofnachbar von Widderstein – dein Spielgefährte und Jugendfreund tat es!« Dann kehrte er sich um.

Langsam kam er die Stiegen herunter.

Draußen scharrten ungeduldig die Pferde, harrte unbeweglich der Quast.

»Herr – Ihr bliebet lange!«

»Drin ist alles tot, Johannes Wilhelm!«

»Herr Obrist – mir war's eben, als hörte ich Schnaufer und Geseufze unten in der Pulvermühle – laßt mich doch einmal nachsehen!«

»Da geh ich selbst, Quast! Ihr bleibt bei den Pferden! – Gott, wenn ich jetzt noch den Gevatter Giel dort fände!«

Der Quast wunderte sich über einen besonderen Laut in des Herrn Obristen Befehl, den er noch niemals sonst gehört hatte – seltsam und streng und doch, als ob er zerbrochen wäre. Vielleicht war es auch die Kälte oder die Übernächtigkeit, die sich darin festgesetzt hatte.

Als der Dormann das schwere Tor der Pulvermühle geöffnet hatte und eingetreten war, bot sich ihm beim Schein des Kienspans, der nahezu abgebrannt war, der halb erwartete und halb gefürchtete Anblick. Vor der offenen Tür zum Pulverraum lag blutüberströmt – der alte Giel – aber noch lebendig, schien es, denn seine Augen waren offen und leuchteten in hellem Licht, als sie den Dormann sahen. Da – gingen nicht seine Lippen? Der Dormann beugte sich zu ihm herab.

»Sie wollten dat Polver – Karelwilm – der Schwatze wollet mötnemmen – oos Polver – mach dech fort, Karelwilm – ech worf e

glöhnig Stöck Holz – dat vomm Spon cronner feel – ön de Polwer-
kammer – wann-et noch kühllt – dann …«

Das Gesicht Vater Giels wurde blaß und spitz. In die Augen trat
die glasige Trübe der Erstarrung. Nun war auch der Letzte der Far-
renau-Leute tot.

Den ligistischen Korporal, der bäuchlings neben dem alten Giel
lag, hatte der Dormann noch nicht beachtet. Nun aber sah er, daß
einer der Füße des Totschlägers Vater Giels in dem hölzernen Zahn-
kranz des Radgetriebes hing. So hing, daß der in den Zähnen einge-
klemmte Fuß das Gangwerk der Mühle aufhielt. Sonst aber war der
Korporal gesund und lebendig. Der Dormann gab ihm einen Fußtritt, den der Liegende mit der Kehrung seines Hauptes und mit
haßerfüllten Blicken quittierte, gleichwohl der Schmerz an dem zer-
malmten Fuß in seinen ungeschlachten Zügen stand.

Ihn so hängen und verrecken lassen? – überlegte der Dormann –
oder ihn zuvor erschlagen? – Nein! – Diesen da, den Letzten dieser
Bestien würde er – hochrichten.

Mit beiden Armen griff der Dormann in die Speichen des mächtigen Kronrades und ruckte es mit äußerster Kraft rückwärts gegen
das fallende Wasser. – Einige Zentimeter nur vermochte der Dormann das Getriebe zu lockern. Es genügte zur Lösung des Fußes.
Blitzschnell riß ihn der Ligister aus dem Winkel des Räderpaares
und wollte sich erheben – in diesem Augenblick ließ der Dormann
das große Kronrad gehen und warf sich auf den Korporal, fesselte
ihn an Händen und Füßen, nahm ihn auf die Schulter und trug ihn
schweigend auf den Rücken des Saladin. Indes raste das gelöste Rä-
derwerk unter dem Druck der übervollen Schaufeln des Wasserra-
des in donnerndem Getöse seinen ungehemmten Gang.

»Johannes Wilhelm Quast – jetzt aufsitzen und weiter. Vor Tag
soll auch der Strang noch seinen Tribut haben!«

Der Saladin keuchte unter der ungewohnten Last des Dormanns
und seines Gefangenen. Allmählich arbeitete er sich ins Zeug und
folgte bald wie sonst dem Schenkeldruck seines Herrn. Der Quast
ritt schweigend hinterher.

Vor des Dormanns Augen tauchte der mächtige Haufen schwarzen Schießpulvers auf, das in der Farrenau-Pulverkammer hoch auf-

geschichtet lag, dicht daneben ein winzig Stücklein glimmend Holz. Vielleicht war das Holz längst zum Verlöschen gekommen – dann würden sich die Tillyschen, die Witzlebenschen und die des Kratz morgen schon die Säcke füllen.

Ein mächtiges Dröhnen, mit Schlägen wie Donner stand lange im Tal der Wied. Pferde und Reiter mußten nach Atem ringen. Der Saladin tanzte unter der doppelten Last.

Wo das Hofgut lag, stach eine mächtige Flamme zum Morgenhimmel empor.

»Herr Obrist – die Farrenau – das Pulver ist angegangen!«

»Ich wußte es, Quast, kommt weiter!«

Erschrocken lag die einsamdüstere Landschaft. Schauerlich leuchtete das brennende Hofgut in das Zwielicht der Morgendämmerung.

»Nun brauchen die Boroder die Leichen von der Farrenau nicht zu begraben – das Feuer besorgt's«, murmelte der Quast vor sich hin. In den Dörfern hatten sie wohl erschreckt hingelauscht, wie die Farrenau in die Luft ging. Zu helfen und zu retten würde niemand gehen – der rote Hahn war zu gemein geworden. Und wo es brannte, war Gesindel in der Nähe, das mit den Leuten umging wie die Säue mit dem Bettelsack. Es hatte aber auch so jeder sein eigenes Leid. – Den ligistischen Korporal mit eiserner Hand vor sich auf dem Saladin haltend, strebte der Dormann, mit dem schweigenden Quast im Gefolge, der mit jungen Eichen bewachsenen, runden Höhe, zwischen Mudenbach und Borod, zu. Das Volk nennt diese Höhe den Hundsgalgen, erzählt sich, vor Zeiten seien hier die tollwütigen Hunde der Herren von Widderstein gehenkt worden. Das Volk hat diese Mär erfunden. Der Heidehügel hat seinen Namen von der Richtstätte, die von der Hundertschaft der Markgenossen hier errichtet worden war. Längst ist der alte Holzgalgen vermodert, aber die Hundsrose – der heilige Strauch der Hundertschaft, wildert jetzt wie ehedem am Hang des Hügels …

Schwarz ragte das alte Galgenholz zur Höhe und hob sich scharfumrissen vom Himmel ab.

In des Gefangenen Mund stak ein rotwollenes Knebeltuch. Und doch huschte immerzu brutaler Roheit widerlicher Schein um seine

Stirn und Augen, machte das bärtige, verwahrloste Gesicht zu dämonischer Grimasse.

Erst als sie das Dorf Mudenbach rechts neben sich ließen und vor ihnen hoch und schaurig der Galgen aus fahlrotem Morgenrot grüßte, ahnte der Quast, wo es hinausging. Der Schauer packte ihn – ihm grauste vor seines guten Obristen gewaltigem Zorn.

Nun waren sie oben. Der Wind war stark geworden. Das Hangholz schwankte hin und her und knarrte in den Zapfen. Der Strang baumelte mit den Wehen. Tief hing die Schlaufe herab. Wie schnell nun alles vor sich ging!

Der Quast sprang ab und eilte, den Ligister zu halten, während auch sein Herr aus den Bügeln ging. Sie setzten den Gefangenen auf dem Saladin hochseitwärts zurecht, mit dem Angesicht dem Galgen zu. Als der Schächer sich so nahe dem Galgen und seinem Verderben sah – längst hatte er geahnt, daß ihn die fremden Heckenreiter hängen würden – ging nicht der Schein der Reue, nicht die Geste des Gnadeflehens über seine Züge, sondern der Ausdruck der Selbstverhöhnung setzte sich wild in sie fest.

Nun kam Geschwindigkeit in das Handeln des Dormanns. Der Quast mußte den Saladin so weit unter das Galgenholz führen, bis das Hängeseil über dem Ligister baumelte und mit der Schlaufe dessen Haupt streifte. Dann fegte ihm der Dormann Zeug und Taschen. Ans Licht gelangten einige Knebeltücher, ein Fäustel-Morgenstern und ein verknittertes Schriftstück. Er riß es auseinander und las verblaßte und vergilbte Schriftzüge. Danach steckte er es zu sich.

»Welschländischer Vagabund Pavel Schiarelli aus Padua, macht Euch zum Sterben bereit!«

Der Ligister auf dem Saladin zuckte nur geringschätzig die Axeln. Der Dormann sprang in den einen Bügel, schwang sich hoch und legte dem Todgeweihten die Schlaufe um den Hals. Gleichzeitig riß er ihm das rotwollene Knebeltuch aus den Zähnen und sprang wieder zu Boden.

»Laßt das Pferd gehen!«

Der Quast hielt sein Gesicht abgewandt. Er hatte den schwarzen Hengst kurz am Zaum und zog ihn mit sich fort. Zwei, drei Schritte, da hörte er hinter sich gurgelnde Laute und das Schleifen des

Menschenkörpers über den Pferderücken. Noch einige Schritte zog der Quast das Tier nach – da war das Schleifen weg, und der Hengst ging leicht.

Oben knackte es im Hängholz – der Strang ging ruckartig in Spannung – die Schlaufe würgte ohne Gnaden. Nach Lauten, wie Unkenschreie aus altem Gemäuer, wurde es still.

»Aufgesessen, Quast, es wird Tag! Vor Sonnenaufgang sind wir in Widderstein, da gibt's Ruhe!«

Der Quast sah hinter sich. Sah den Obristen in den Sattel steigen und den Braunen auf sich zukommen. Sah in das aufgelaufene, blaurote Gesicht des Gehenkten. Er stieg zu Pferde und sah noch einmal hinüber – der Ligister hing jetzt mitten in der Morgenröte.

Als er den Obristen vorauflief, sagte dieser im Vorüberreiten:

»Habt Euch tapfer gehalten, junger Freund, man erkennt in Euch Euren braven Vater! Aber doch seid Ihr noch zart und butterweich. – Quast – habt Ihr schon einmal eine Maus getötet? – So war das eine Untat gegen dies da. Überlegt es Euch!«

Vorsichtig ritten sie den Hang hinab und kamen zurück in das Wiedtal, das noch im weißen Frühdunst lag. Über einen schmalen, verlassenen Holzsteg klapperten sie auf die andere Seite, wo die Boroder Knochenmühle mit dem alten Pochwerk und der Kornquetsche schon rumorte. Die Reiter mußten durch den Hof der Mühle. Als sie einritten, stand ein Haufen Bauersleute aus Borod da, die erschraken, als sie sahen, wie die beiden Reiter stracks auf sie zuhielten. Da aber ging dem Müller schier der Mund über vor Freude:

»Jesses, der Herr Dormann – der dait us nexen!«

»Da sind andere genug, die's besorgen, Müller! – Armselig sind wir geworden im Land – armselig, vom Graf bis zum Sauhirt!«

Da drängte sich ein Großer, Breitschultriger heran – der Boroder Schöffe.

»Naja –«, hub er an, »dat gieht auch noch emol voriwwer. – Mer mißde nur itz mehr zusamme hale. Ech män, Herr Dormann, mer mißde su än Herr wie Euch net auch noch an die Kaiserliche verroren, die do us Sardinje un vun de Boheimschen un Gott weß, wo soß noch her, kummen. – Auf uns Boroder, Herr Dormann, do könnder druff rechne – wenn Ihr-e-mol so Leut han dat missen – su

103

hinnerum – mir wisse jo, daß Ihr Euch net su immer iwwerall ufhaln könnt, weil se Euch suche, die kaiserliche Papiste, un Euch henke wolle. Do, wann Ihr net mehr wißt wohin, do kommt nur her, do findt Euch bei uns käner. Mer wisse auch, daß Euch unser gute Gräfin im Stillen zuhält. Un, Herr Dormann, wa mer och kein Geld mehr han und auch sonst net vill mehr – awwer unser Herz do hier drin, dat is dem Land hier, wo mer daheim sin un dene brave Herre, die dofier de Kopp in't Loch hale. Von dene seid Ihr einer, Herr Dormann – wahrhaftiger Gott – Ihr un unser Gräfin!«

Der Schöffe hatte geendigt und war ein wenig in Eifer geraten. Die anderen standen ernst und schweigend um ihn herum. In ihren Augen spiegelte sich der Gleichklang ihrer Gedanken mit den Worten des Schöffen.

Der Obrist sah sie nach der Reihe an und fühlte, daß die Männer von Borod – daß das ganze Bauernvolk der Grafschaft mit ihm war.

»Ihr wißt gar viel, Ihr Boroder – es ist gut, daß Ihr's wißt, denn Ihr seid würdig, Ihr Männer!«

Da tun die Kerle – dachte Johannes Wilhelm Quast – als ob sie mein Herr Obrist, mit dem ich schon eh durch dick und dünn marschierte – mehr anginge wie mich. Das sollen sie sich doch besser nicht einbilden – wenn sie's nur wüßten!

Indessen war der Dunst aus Tal und Triften gewichen und gab die Sicht frei.

»Mir stehn hier, Herr Dormann, wejen der Farrenau. – Wie mag's kommen sein?« Das war der Knochenmüller, der bei seinen Worten zunächst den Obristen von unten herauf ansah und dann die Augen an ihm vorüber, über das Wiedtal, in die Feme richtete. Ein Ausruf der Überraschung brach aus seiner Kehle hervor.

»S'Lad soll mich kriehn – awwer do hängt jo einer owwe am Holz – un-e Kaiserlicher sugar – e Weißrock!«

Aller Blicke richteten sich zum Hundsgalgen hinüber.

»Wahrhaftig – s'is einer – un hänge tut-er!« rief ein anderer.

»De Raawe fleje ald um-en-erum un schreie!« stellte aufgeregt ein Dritter fest.

»Kamt Ihr net dorunner, Herr Dormann?« fragte der Schöffe.

»Gewiß kamen wir des Wegs – das Gericht hielt ich!«

»Ihr selbst? – wa-mer't gewußt hätten, hätte mer mitgeholfen! Wo habt Ihr'n geschnappt?«

»Auf der Farrenau, Ihr Leute – den Ligister, der droben baumelt, und neun Tillysche Musketiere und Mordbrenner!«

»Und alle …?«

»Alle!« antwortete der Obrist den Männern, die ihn meist von Bubenjahren auf kannten.

»Das weitere Frogen wolle mer sein lassen«, gebot der Schöffe den Männern.

»Um das Abhänge braucht Ihr Euch net ze kümmern, Herr Dormann, das besorje mir!«

»Dank Euch, Schöff! Wenn Ihr's besorgt, so geht hinüber zur Farrenau und seht, ob Ihr noch was von den Giels Leuten in der Asche findet – nehmt's und begrabt's christlich!«

Alle streckten sie dem Obristen die harten Hände entgegen. Auch der Quast mußte sie zum Abschied drücken.

Vom Uhrenturm zu Altenkirchen brach sich laut ächzend und krächzend die sechste Morgenstunde aus dem schappernden Holzwerk an die Glocke, die sie ins Land schlug, als der Dormann mit dem Quast ins enge Widdersteiner Tal hinabritt. Der Morgendunst war wieder aus der Höhe heruntergekommen und wälzte sich nun als schwerer, nasser Nebel über das Land.

»Quast, wenn der Nebel nicht wäre, so könnten wir nicht so frei daherreiten!«

»Na, dann wären wir eben im Tal geblieben, Herr Oberst!«

»Was Ihr nicht sagt, Junge!«

Nebst einem halben Dutzend Hütten der Ackersleute links der Wied und um die Burg herum, rechts des Flusses, waren dann nur noch die Burg selbst und der stattliche Dormanns Hof, die einzigen Gebäude von Widderstein. Auf der Burg hatten nach dem Aussterben der adeligen Linie derer von Widderstein schon mancherlei Herren residiert. Das zur Burg gehörige Herrenland mit dem Erbgut der Junker, dem adeligen Hofgut Eckerot, war arg zusammengeschrumpft, da durch den währenden Wechsel der Besitzer niemals eine gute Wirtschaft aufkam. Die Dormanns hatten nach und nach alles den Herren schwindendes Land erworben, so daß der Dor-

105

mannshof nun größer und ansehnlicher war als denen ihrer in der Burg, die zur Zeit dieses Geschehens den Edlen von Bruch gehörte.

Die beiden stattlichen Gebäude von Widderstein tauchten eben mit ihren Dächern aus dem dicken Gewall des Nebels. Der halbzerfallene Turm der Burg schien endlos hoch zu ragen – seine Zinnen verdeckte der Hochnebel.

Sonst war die Burg nichts weiter als ein festes Steinhaus, wie es sich vordem nur die adeligen Familien im Lande errichten durften. Ein Haus mit dicken Steinwänden und Schießlöchern unter der Dachstrippse. Es stand auf der Spitze der von dem ins Tal einstoßenden Bergrücken durch eine künstliche Schlucht abgetrennten Nase. Durch die Schlucht führte ein tiefer Wassergraben in der Spiegelhöhe des Wiedbachs, der ihn mit Wasser versah. Das Plateau, auf dem das »steinerne Haus« oder die Burg stand, lag bedeutend höher als der ehemals zugehörige Bergrücken, so daß die herabgelassene Zugbrücke über die Schlucht zwischen Burgtor und Bergrücken aussah wie eine Riesen-Roßtrappe, die mit dicken Lohknüppeln bestuft war. Daher ging damals wie heute noch die Redensart, die Widdersteiner ritten die Treppe hinauf – die auch Karl Wilhelm Dormann wußte.

Also stand immer noch die Burg, nur daß ein Teil der Innenräume längst nicht mehr bewohnbar war und mehr und mehr zerfiel. Karl Wilhelm Dormann erinnerte sich gern daran, daß er in diesem halbzerfallenen Teil mit seinem Gemäuer einen großen Teil seiner Jugendtage verbracht hatte. Verstecke waren dort, wie nirgends sonst, mit den artigen, vornehmen Burgkindern Räuber- und Ritterspiele darinnen zu vollführen. Den Burgleuten hatte er's zu verdanken, daß er gräflicher Offizier geworden war. – Nachdem er die lateinische Schule in Altenkirchen absolviert, hatte der Vater eigentlich einen Gelehrten aus ihm machen wollen.

Neben der Burg stand das Vaterhaus. Verschwommen grüßte das reiche, vielgestaltige, mächtige Eichenholzfachwerk des dreistöckigen Gebäudes die Reiter durch den Nebel, der langsam in der Höhe zerrann.

Wenn die Dormanns gewollt hätten, wohnten sie schon längst selber in der Burg. An prallen Beuteln hatte es auf dem Dormannshof nie gefehlt. – Einmal würde es wohl auch so kommen. Einmal würde die Burg den Dormanns gehören, würde ihnen zu eigen sein. Aber darin wohnen? – Die Dormanns in der Burg? – Das würde wohl keiner in der Grafschaft bis in die Zeit der Kindskinder erleben. Die Dormanns ließen ihr altes Stammhaus nimmer leer stehen oder gar einen anderen darin wohnen – wegen des adeligen Steinhaufens, der Burg halber.

»Da, nun sind wir schon daheim, Quast – mir scheint, der Vater hat schon wieder ein neues Pferd besorgt – dann muß er auch neu Geld haben. – Gott, solange der Vater da ist, wird's immer Rat geben.«

Der Quast konnte nicht antworten. Er mußte an seinen Vater denken – und da kam's ihm wieder so dick in Hals und Augen.

Im Trab ging's in den Hof. In dem geöffneten Oberteil der Haustür stand eine jüngere Frauengestalt, die die Ankommenden mit scheuen Blicken musterte. Der Obrist hatte sie schon erkannt. Gleich ging ihm auch ein Licht auf, woher der Vater Geld für einen Gaul hätte. – Nein, zwei!, dahinten auf der Koppel graste ja noch einer. Gewiß hing das mit der Postbase zusammen, des Oheims Posthalter von Freilingen junge Tochter – die da aus der Tür lugte.

»Sag guten Morgen Base Nisenerin aus'm Hohen Land! – Krieg ich einen Kuß – oder der andere junge Reitersmann hier?«

Der Quast rötete sich bis hinter die Ohren. Daß der Obrist nach einer solch grauenhaften Nacht so leichte Worte mit einem Frauenzimmer reden konnte! – Da kam es von der Tür wie Jubelton:

»Jesses, der Vetter Obrist! – Mir war's bänglich, es wären wieder Kaiserliche!«

»Na – meint Ihr nicht, daß sie bald ihr Teil hätten? – Haben doch alles geholt, was zu holen war. – Was macht Eure Post oben, Bäschen – geht sie noch? Fahrt sie wohl unter Kaiserlichem Geleitbrief?«

»Fragt komisch, Karl Wilhelm«, die Jungfer öffnete vollends die Tür. »Ihr wißt doch, daß sie die Hände von den Posten lassen, denn sie ist ja auch ihre Sache. – Aber Ihr fragt und fragt – in der großen Stube sitzt ahnungslos mein Dormannspate – Euer Vater. Marsch – herein mit Euch!«

Als der Quast sah, wie die Jungfer mit dem verfuhr, verging ihm flugs der rote Kopf.

Noch niemals hatte es so geklappt, daß sie beide so haargenau gleich aus den Bügeln gesprungen waren, wie eben vor der Jungfer.

Ein Stallknecht nahm die Pferde an. Vornauf das Fräulein, dann der Obrist, zuletzt der Quast – so schritten sie durch den Ern. Die Jungfer riß die Stubentür auf, daß sie bald aus den Angeln flog.

»Seht Pate, wer so früh kommt!« Der alte Dormann hob die Augen auf und machte sich auf die Beine.

»Liebe Zeit – mein Junge!«

»Guten Morgen, Vater!«

»Wird's besser, Junge, oder gibt's neues Unheil?«

»Vorab seh ich keins, Vater!«

»Es ist schlimm genug gekommen, Karl Wilhelm. Wüßte man schon, was draus würde – aus der Wüstenei! – Ist er dein Reitbursche, der Junge? – Behalt ihn, er hat Getreulichkeit in den Augen! – Da, in die Lehnsessel mit euch zwei! – Annemarie, stell die Knechte ums Haus auf die Lauer – alle! – Dann bringt den zweien was zu essen, gelt?«

»Und dann laßt eine Schlafstube richten für den jungen Reiter, ja? – Postbäschen?« Fast hatte Karl Wilhelm dem Vater das Wort abgeschnitten. Das Postbäschen schlug vor den vielen Wünschen der Mannsleute die Hände überm Kopf zusammen.

»Alles wird, Ihr Herren, alles wird, so gut und schnell es geht!« Sie eilte, das Ihrige zu tun, und war dabei zufrieden.

Bald stand eine hohe Zinnschüssel mit Haferbrei, Butter und Käse vor den Angekommenen, die ordentlich zugriffen.

Dem Quast fielen nach dem Essen die Augen zu, willig ließ er sich in seine Kammer führen und sank mit Sporn und Stiefel auf das Lager.

Die Postbase hantierte mit den Mägden im Ern.

Da saßen sich Vater und Sohn in der Stube gegenüber. Die Augen des Jungen gingen suchend umher. Der Blick des Alten ruhte auf ihm.

»Vater, wo habt Ihr das Silberzeug aus den Schränken?«

»Vergraben, Junge, das meiste Zinn und Feingerät dazu – seit sie mir den letzten Taler herauspreßten!«

»Das ist gut, Vater, daß Ihr's begrubt!« Karl Wilhelms Augen gingen jetzt schwer und blieben auf dem Vater haften.

»Daß Ihr alles so gut überstanden habt, Vater! – Seht mich an, als ob alles in der Ordnung sei!«

»Das macht das Alter, Junge, man verlernt den Unterschied.«

»Muß wohl so sein. – Was tut die Base von Freilingen hier?«

»Ei – Ihr Vater, der Post-Nisener – du weißt doch, daß er mein Vetter ist – hatte von Reisenden gehört, daß mir die Tillyschen alle Pferde geholt hätten. So schickte er die Jungfer, bei mir anzufragen, ob ich von ihm zwei starke Gäule nehmen wolle. – Er schickte sie indes gleich schon mit – unauffällig – indem er die Extrapost der Annemarie statt mit vier, einfach mit sechs Gäulen bespannen ließ. Diese Base sagte mir noch an, daß ihr Vater, der Nisener, ablassen würde, die Posten zu fahren oder reiten zu lassen, wenn der Krieg nicht nachließe. Wenn auch die Posten bislang nicht groß belästigt worden wären und keinerlei Raub stattgefunden hätte, so wären doch gar keine Reisenden mehr in dieser unflätigen Zeit. Wenn's aber so komme, überbrachte mir's die Jungfer, so sollten wir uns danach richten, wenigstens noch zehn Pferde hier unterzubringen. – Wenn der Tilly dann noch hier ist, hat er was zu holen. – Die Annemarie fährt wieder mit der Extrapost von der Gielerother Station heim – wann's ihr paßt.«

Vater und Sohn schwiegen eine Weile. Die Sonne sandte ihre Strahlen in dicken Bündeln durch die Reihe der verkuppelten Fenster und füllte die Stube mit wirrem Licht.

»Raubten Euch die Tillyschen viel, Vater?«

»Die Pferde und die Schweine, das Getreide und das Geld – das Geschirr zerschlugen sie – sonst ist alles am Platz und heil geblieben. Ans Rindvieh konnten sie nicht, weil es jetzt Tag und Nacht in die Hecken geht. Dahinein trauen sie sich nicht. Sie haben Angst vor den Wäldern, die Welschen und Ligister, da dringen sie nicht allzuweit hinein. Und dann« – des Alten Stimme sank – »die Hirten haben Hellebarden und Musketen. – So Gott will, kommt alles gut herein vom Feld, dann ist hoffentlich der Krieg zu Ende. – Junge, alles ist Gottes Plan. – Weißt du, Karl Wilhelm, in der Frühe ging die Farrenau in die Luft.«

109

»Ich weiß es!«

»Bist am End vorbeigeritten am Morgen?«

Da flimmerte etwas in des Jungen Augen. Der Alte nahm's unter die seinen und hielt es fest und ließ des Jungen Blick nicht mehr los.

Vater Dormann lauschte den Worten seines Sohnes, der da als Hauptkerl in den Geschehnissen auf der Farrenau stand, und wunderte sich nicht darüber. All seine Friedenshoffnung ging dabei über zu der Erkenntnis, daß erst der Anfang der Schrecken da sei.

»Es reißt einen mit in den Strudel, Karl Wilhelm. – Recht hast du gehandelt – freilich – aber mit dem Pulver – hm.«

»Was meint Ihr, Vater?«

»Das glimmende Stücklein Holz hättest du eher aus der Kammer holen müssen – dann wär's doch nicht zum Feuer gekommen – dann stände die Farrenau noch heil. – Das Pulver wäre aber dir und deinen Musketieren vielleicht einmal gutzeitig gekommen!«

»Ja – aber wenn es war, daß – ehe ich das Pulver hätte verschaffen können – es von den Weißröcken des Tilly geholt wurde, dann hätte sich's gefragt, ob der Schaden nicht bei weitem größer geworden wäre, als die Farrenau wert war – zumal die Giels alle tot sind!«

»Auch wieder recht!«

Wie sie jetzt wieder schweigsam saßen, ging die alte Kastenuhr so laut wie die Drehwann in der Scheuer beim Gerstenreinigen. Dabei gingen ihre Gedanken eigenen Dingen nach.

Dem einen fuhr es durch den alten Sinn, wie gut es sei, den Sohn jetzt auf dem Hof zu haben. Das Altern in der Einsamkeit machte müde. Das Tagwerk wurde schwer. Aber dem da brauchte er nicht damit zu kommen. Die Gräfin würde ihn ja auch nicht lassen, den da – den an die Kaiserlichen zu verraten jeden Vagabunden reich gemacht hätte.

Nun fielen die Gedanken des alten Mannes wieder in die des Jungen, weil er auch eben der holdseligen, tapferen Frau zu Hachenburg gedachte.

Wäre der Graf so gesund und stark wie sie! – Des Landes und Volkes wegen. – Ob sie im Land hier und da wußten, daß dem saynischen Obristen neben dem Tilly auch der eigene Graf jegliches Obdach und Asyl in seiner Herrlichkeit verweigerte, aus Angst vor den Kaiserlichen – ihm, seinem ersten Offizier und Jugendfreund? – Nein, außer dem gräflichen Paar, dem Quast und ihm selbst konnte es niemand wissen. Der Vater mochte es ahnen.

Aber der Schöffe von Borod hatte im Hof der Knochenmühle doch von Verrat gesprochen! – Nein, was sie bestenfalls wissen konnten, war, daß der Tilly einen Kopfpreis auf ihn gesetzt hatte. – Daß man sich auf seiten der Landesherrschaft über den Obristen Dormann ausschwieg, mochte bei dem Kriegswirrwarr jedermann einleuchten. Zumal da doch das gräfliche Militär außer den Wachtruppen aufgelöst war.

Ein fernes dumpfes Rollen ließ sich vernehmen.

Kampfgetöse?

Wie vom Blitz gerührt, sprang der Obrist empor.

Das waren Trommeln, deren Klang die Luft erfüllte.

»Vater – sie schlagen Generalmarsch – was ist das?«

Erstaunt sah der alte Dormann die Veränderung, die mit dem Sohne vorging. Jetzt stand da nicht mehr der Sohn, der da vor ihm war der leibhaftige Soldat – der Obrist.

»Dachte, du wüßtest, daß heute der Tilly mit dem Witzleben abzieht.«

Der Obrist schüttelte erregt den Kopf.

»Gewiß wußte ich's, aber bei mir hat's in den Tagen und Nächten der letzten Zeit kein einzig Stündlein gegeben, daran zu denken. – Warum aber nanntet Ihr nur den Tilly mit dem Witzleben? – Bleibt der Kratz etwa im Land – Vater?«

»Der Kratz von Scharfenstein bleibt, Junge! Warum? – Der wartet mit seinen unrätigen Haufen den Kurkölnischen – den Görtzenich – hier ab, mit ihm in dieser Grafschaft gemeiniglich zu wüsten. Junge, der Tilly ist ein Gewalttätiger – aber noch nicht der Schlimmste – und es ist ein wahres Glück, daß er über den Kratz befiehlt, sonst wären wir unter diesem Vieh zum Weißbluten gekommen. Und ist der Kratz ein Vieh, so ist der noch gottselig gegen den Görtzenich, den sie eine wilde Bestie nennen. – Hör – sie schlagen Generalmarsch zu Altenkirchen – das Volk atmet auf und irrt unermeßlich.«

Da mitten in der Stube stand Karl Wilhelm Dormann, von der milden Sonne überflutet, die dem geliebten Land draußen jenen zarten Glanz verlieh, den nur der Frühherbst über die geliebte Heimat zu zaubern vermag. Etwas Neues zog da plötzlich durch sein Gemüt, davon ward ihm wohl und weh – das war wie Sehnsucht und war auch wie Freude. Die Worte des Vaters vergingen in der Ferne, die Stube versank – eine Gestalt richtete sich in seiner Seele auf, stand vor ihm und füllte seinen Geist – die schöne, dunkelhaarige Frau – die Fremde, deren Ring er trug.

Schnell, wie es gekommen, schwand das Bild aus ihm. Die Stimme des Vaters war wieder da.

»Hör mich noch an, Junge! – Der Tilly macht einen feinsäuberlichen Abschied heute. Dreihundert Taler fordert er von der Stadt. Sie haben aber doch nichts mehr im Säckel, die Städter. Sie waren schon bei mir und – wollten … Du weißt es ja schon. Wärest du bei der Hand gewesen, du hättest die Summe bei unsern Postverwandten holen können – da steht sowieso noch Geld von uns, bei der Post. Nun ist das Geld nicht da, und zum Abend soll das Schloß brennen! – Brennt dann nicht auch die Stadt, Karl Wilhelm? – Da ist der Farrenau-Brand ein mildes Unterfangen gegen. Guter Allmächtiger – die Stadt darf doch nicht brennen!«

»Vater – sie wird nicht brennen! Das Geld ist da! Ich habe es in doppelgegurtetem Beutel unter der Montur!«

»Woher – Junge?«

»Von der jungen Frau zu Hachenburg, Vater!«

Dem alten Dormann passierte eins der seltensten Dinge in seinem Leben – Tränen fielen aus seinen Augen. Polternd rückte er den Sessel hinter sich, als er sich erhob und auf den Sohn zuschritt.

»Junge, die Hachenburger Gräfin ist würdig, daß du ihr dienst – daß wir ihr alle dienen. Bleibe du ihr höchster und redlichster Untertan! Bleib ihr getreu als ihr oberster Offizier – bis dahin, wo dies alles hinführt – vielleicht ist's das Grab!«

Der Alte ging ins Hofwerk hinaus. Seine Schritte verhallten im Ern, wie der eines jungen Knechtes, der ging, ein Pferd zu satteln.

Danach trippelte das leichte Fußwerk der Annemarie Nisenerin herein zu dem großen Vetter und überhäufte ihn mit flinkem Geplauder. Karl Wilhelm ließ sich noch einmal an dem schweren eichenen Tisch nieder, und die Postbase kam an seine Seite. Die junge, lebenssprühende Jungfer koste mit schelmischen Blicken die wuchtige Gestalt des Obristen. Willig und heiter ließ er sich von ihr begehren, leicht und hausbacken, wie es nur ihre Art sein konnte.

»Wißt Ihr, Vetter, was man bei uns da oben von dem jungen Obristen des saynischen Ausschusses tuschelt?«

»Wie kann ich's wissen, Jungfer Postbase?«

»Kommt, ich sag's Euch ins Ohr – man sagt, er habe die junge Gräfin Louise Juliane lieb – und sie ihn auch.«

»Ihr seid schwatzhaft Volk da oben, Postbase!« antwortete er halb spaßhaft, halb ärgerlich. Aus dem Ton seiner Worte spürte die Postbase etwas, was sich gegen sie stellte – was sie nie und nimmer wegräumen könnte. Darum gab sie dem Vetter Obristen großmütig eine Ohrfeige und rannte hinaus.

Mittag war vorüber. Der Obrist hatte dem Quast unterlegt und befohlen, für die kommenden Tage zu Widderstein, bei Vater Dormann, mitsamt ihren beiden Pferden Unterschlupf zu halten. Nach dem Saladin und dem Braunen solle er sehen, daß man zu jeder Zeit die Sättel auf sie werfen könne. Der Quast hätte das ohnehin so gehalten.

*

Der Obrist legte sich in seiner Kammer die Montur an, die ihm der Quast für alle Fälle aus der Hachenburger Rüstkammer mitgebracht hatte.

Also ging nach einer Stunde ein kurkölnischer Landedler gemessenen Schrittes durch das Altenkirchener Obertor, in glänzender Uniform, gestiefelt und gespornt. Von seiner Koller leuchtete in grellen Farben das Wappen des Erzbischofs und Kurfürsten von Köln. Als er unter dem Torbogen hervortrat, blieb er wie gebannt stehen, so fesselte ihn das wogende Getriebe in den Gassen des alten Städtleins – so schien es. Aber, huschten nicht die Schatten schmerzlichen Erinnerns über die Züge des Edelmannes, wenn er unter den verkommenen Haufen Scharfensteinischer Kürassiere und Musketiere des Witzleben römischer Majestät tugendsame Söldner – hier und da halbverhungerte Bürgersleute entdeckte, die des Nachts kein

Bett hatten, darin zu ruhen. Manchmal leuchtete es in seinen Augen auf, als ob er unter den Bürgersleuten dann und wann Bekannte erblicke.

Mitunter, wenn betrunkene Kaiserliche drohend auf verschüchtert daherkommende Passanten zutorkelten, sie irgendwie zu drangsalieren, wurden seine Augen traurig und dunkel.

Der Kölnische bog in den Schloßhof. Seine Anwesenheit fiel trotz der fremdherrlichen Montur nicht sonderlich auf. Immer einmal machten durchreisende Militärische verbündeter Kriegsherren dem Herrn Werner Tserclaes von Tilly ihren Besuch – obgleich sie immer seltener wurden. Im Schloß zu Altenkirchen hatte noch kein Fremder Einlaß begehrt, seit der Tilly darin hauste. Das machte wohl auch, daß der Wachtposten plötzlich mit gefälltem Bajonett vor ihm stand – von dem er gar keine Notiz genommen hatte: Ein fremder Laut schlug an das Ohr des Kölnischen – ein Laut wie der Wutschrei eines Bären im Karpatenland, gefährlich und drohend. Der Kölner fand indes den rechten Deckel drauf:

»Schaff Platz, du Hund, für den Reichsfreiherrn und kurkölnischen Quartiermeister Franz von Lövenich! Hat dein Herr mehr solch Getier zum Wachstehen, die kein ordentlich Haltwort und keine ehrliche Losung fordern können?«

Wenngleich der Wachtposten nicht viel von des Kurkölners Worten verstanden hatte, dann um so besser ihren Sinn, verdutzt und erschrocken ließ er das Bajonett sinken. Ein hinzugekommener Offizier von dem Witzlebenschen Regiment Kürassiere lachte schallend auf.

»Hallo, edler Herr, Ihr sprecht ein doppelt Deutsch! Es ist schon was Wahres dran – was Ihr dem Kroaten klarmachtet. Auch mir ist oft, als risse sich das heilige Reich der Deutschen selbst die Eingeweide einzeln aus dem verdorbenen Bauch!«

»Ihr habt's klar erkannt, mein Herr Rittmeister. Es geht arg zu im deutschen Land, das aber eh schon immer einem Saustall glich. – Warum? – Weil das Reich Deutscher Nation ein Bauwerk ist, das kein Fundament hat. Ewig stürzt es ein – ewig wird's geflickt. Wer zum Kuckuck reißt es endlich nieder! – Man heißt uns Rheinischen mit den Slovaken deutsch zu sein – das ist unredlich Teufelswerk! …«

»Nicht so laut, edler Herr, allzeit Mäulchen beim Pfötchen! – Die Wände haben Ohren! Krieg ist kein Spaß! – Aber ich will Euch behilflich sein. Müßt Ihr ins Schloß?«

»Ihr seht doch auch gerade nicht ängstlich drein, Rittmeister. – Aber Ihr habt Recht – allzeit Mäulchen beim Pfötchen – hm. Ja doch – ins Schloß muß ich! – Und zwar dringlich, Herr. In Angelegenheiten der heranziehenden Armee meines kurfürstlichen Herrn bin ich angewiesen, mit dem edlen Herrn Reichsgrafen Werner Tserclaes von Tilly höchstselbst zu konferieren!«

»Mag sein – was schert's mich? – Heh – Korporal von der Wache!«

»Mein Herr Rittmeister?«

»Eine Ordonnanz für den edlen Herrn von – wie sagtet Ihr noch?«

»Lövenich!«

»Von Lövenich! Jawohl! – Pardon! Als Gesandter des Feldherrn Görtzenich – bittet um Gewähr eines Zwiegesprächs beim Grafen Tilly! – Aber schnellfüßig!«

»Schönsten Dank, Herr Rittmeister!«

»Dazu habt Ihr nicht Ursache! – Seht zu, daß Ihr gut davonkommt!«

Der Tillysche grüßte leicht und ging einfach seiner Wege.

»Der war nicht der Schlechteste«, murmelte der Kölnische für sich.

Zweimal war er auf dem Schloßhof auf und ab gegangen, machte eben die zweite Kehre, da kam aus dem Portal die Ordonnanz zurück. An seiner Seite ein Kammerlakai des Tilly, wie ein Geck mit bunten Laken angetan. Rasch kamen sie auf ihn zugeschritten. Der Lakai machte nicht einmal Anstalten, den Görtzenichschen Offizier sonderlich zu honorieren, sondern er rückte mir nichts dir nichts mit profaner Hoffärtigkeit heraus.

»Nur das Dringlichste kann heute noch gewährt werden. Mein durchlauchtigster Herr ist nicht gewillt, Audienzen nebensächlichen Dingen zu widmen. Habt Ihr Dringliches, so habt Ihr sofort Zutritt beim Grafen, wohingegen Ihr im andern Fall mit Strafe zu rechnen habt!«

»Ist das hiesige Art, einen unter kaiserlichen Gnaden stehenden Edlen – dazu Gesandter des hochfürstlichen Kurfürsten und Erzbischofs von Köln – also abzutun? – Damit Ihr's nur wißt – ich habe allerwichtigste Sachen mit dem Grafen Tilly zu verreden!«

Der Lakai war über die unerschrockenen Worte des Kölners erstaunt. Er sagte nicht ein Wort mehr und bedeutete dem Furchtlosen durch eine Verneigung, ihm zu folgen.

So ist das ganze Geschmeiß – frech und feige! dachte der Kölnische.

Als sie durch die Korridore und Räume des schönen Schlosses gingen, gewahrte der Lakai die wunderlichen Blicke des edlen Herrn von Lövenich, mit denen er alles so merkwürdig umfaßte, als sei ihm alles vertraut und wohlbekannt. Im roten Zimmer mußte er warten. Schon nach kurzen Augenblicken öffnete sich die Türe wieder, und er wurde jetzt von einem der schwerbewaffneten Leibwachen in den Saal geführt. Die Wache entwich hinter ihm, und die große Tür schloß sich.

Der Kölnische sah auf.

In der Mitte des Saales saß an einem großen Tisch ein Paar. Tilly, des großen Schwarzen Brudersohn, in schwarz-samtener Kroatenuniform mit hoher, blendendweißer Halskrause. Pergamenten sein Gesicht, gleich dem des großen Oheims – stechend seine Augen. – Und neben ihm nur eine Frau. In ihren starren Blicken stand ein Schrecken, der sich weitete, entsetzlich den Raum füllte und den Kölnischen schier auf die Stelle bannte. Schwer barg er das Erkennen.

Dann löste ihn der zitternde Gruß der fremden, schönen Frau. Kaum merklich neigte sie das Haupt mit der Krone aus schwarzem Haar und hob ihre Rechte, an der ein goldener Ring glänzte – ein gleicher, wie ihn der Kölnische trug, der ihm just zentnerschwer an eben seiner Rechten hing – der Ring mit der Krone der französischen Könige und der Lilie.

Der Kölnische machte eine Bewegung wie ein Verratener – da zwangen sich die Augen der Frau in die seinen:

Recht so, mutiger Kölner – Obrist Karl Wilhelm Dormann von Widderstein – ich bin mit Euch!

Der Dormann mochte ihren Gruß recht empfunden haben, aus seiner Seele fuhr ein Ruf zu ihr: Aus leichtem Herzen kommt das Vertrauen, fremde Retterin!

Die Stimme des Schwarzen züngelte aus schmalem Strichmund wie Pistolenton durch den Saal: »Tretet näher!« – Der Dormann folgte mit behenden Schritten der Aufforderung. »Ihr kommt als Gesandter des kölnischen Kurfürsten und Erzbischofs – unseres Verbündeten. Ist's so?« Auf der Stirne Tillys bildeten sich ungeduldige Steilfalten.

»So ist es, mein Herr Graf!«

»Was habt Ihr auszurichten?«

In des Dormanns Antlitz zuckte keine Miene. Kurz nur senkten sich seine ruhigen Augen in die warnenden der Frau. Dann umfaßten sie fest des Tillys finstere Blicke. Mit fester Stimme gab er seinen Bericht.

»Meinem Feldherrn und Obristen Görtzenich kam das Gerücht zu Ohren, daß Ihr dies Schloß brennen wollt. Er sendet mich zu Euch, die volle Wahrheit um dies Gerücht von Euch selbst zu erfahren, da es ihn beunruhigt. Sollte es wider sein Erwarten nach Eurem Willen sein, so bin ich hier, Euch von dem Vorhaben eilig abzubringen, da Herr Görtzenich mit Recht die Befürchtung hegt, das Feuer könne diese Stadt mit vernichten und die Unterbringung des kölnischen Heeres vereiteln – die Gefährdung hochwichtiger Operationen durch Anlegung des Brandes brächte Euch wenig Nutzen!«

Die Worte des verkleideten Dormann hatten Werner von Tilly in Wut versetzt. Er sprang auf – der alte, zierliche Grafenstuhl der Sayner flog hinter ihm krachend auf den Boden.

»Was hat sich der Herr Görtzenich um meine Sache zu kümmern! Er macht für sich und ich für mich. Das Schloß brennt – wenn mir nicht in zwei Stunden dreihundert Taler geworden sind!«

Der Atem des Schwarzen ging wie der eines Tieres.

Die fremde Frau an seiner Seite hielt ihr Haupt wie in Traurigkeit gesenkt.

»Schönes Schloß – schönes Städtlein!« klagte sie leise.

Der Tilly vernahm es und sah auf sie nieder.

»Ganz gleich, meine schöne Dame – entweder so oder so!«

»Im Namen des Kurfürsten – laßt dem Herrn Görtzenich die Quartiere!«

Der geheime Zorn hatte den Worten des Dormanns einen dunklen Unterton gegeben. Werner von Tilly spürte den Wall darin. Ein rötlicher Glanz begann seine fahlen Wangen zu färben. Er nahm sein Gesicht von der Frau. Fauchen löste sich von seinen Lippen und sprang den Dormann an.

»Ich sage nein! – Schert Euch zum Teufel!«

Karl Wilhelm wandte sich – sah noch, wie ihm die großen dunklen Augen der Frau zuwinkten: Geht schnell von hinnen, Obrist, geht getrost und wartet auf mich – ich werde das Tier gefügig machen – kühner Mann!

Seine Blässe aber war nur noch die Angst um die Frau. Maßlose Verachtung, unheimliche Drohung lag in dem Blick, mit dem er den Tilly streifte. Dann ging er hinaus. Die hohe Saaltüre fiel krachend hinter ihm ins Schloß ...

Beim alten Neuhoff im Falken ging das Abschiedstreiben in hohen Wogen. Offiziere und Changierte aller kaiserlichen Waffengattungen – aller Völker und Länder des heiligen Reiches – gaben sich zu letzten Gelagen. Von allen Gaststätten der kleinen Residenz war der Falke die einzige, die noch ausschenken konnte. Alle anderen lagen längst trocken.

Weil der Falke die höheren Grade zu seinen ständigen Gästen zählte, hatte man ihn gezwungen, unter Tillyschem Geleit den Wein vom Rhein herbeizuschaffen. Woche um Woche lief Fuhre um Fuhre, doch der Neuhoff machte keine guten Geschäfte. Der Wein war teuer, und die Tillyschen Herren bezahlten nur die halben Zechen. Aber er hielt sie bei Launen, und das war oft sehr gut für die Stadt und ihre armseligen Bürger. Manchen Plan zu rauher Rohtat hatte er in vollen Krügen ersäuft.

Als der kurkölnische Hohe die Gaststube betrat, musterten die Tillyschen Anführer erstaunt und neugierig das unbekannte Wappen auf dem Koller des fremden Offiziers. Als einer der Scharfensteinischen es erkannte, tranken sie ihm von allen Seiten zu – die Tillyschen dem verbündeten Kölner.

Abermals drehte sich die Tür kreischend in den Angeln. Ein blutjunger Kornett vom Fußvolk des Kratz betrat die Schenke. Nicht minder wie bei dem Kölnischen blickten die Tillyschen auf.

Lagen die Scharfensteinischen nicht seit Tagen im Wied-Runkel-Dierdorfischen? – Wer konnte wissen, was der Kornett hier zu tun hatte! Sich darüber den Kopf zu zerbrechen, war nicht ihre Sache. – Dennoch blieben viele Blicke an dem Kornett haften, er war jung und schön wie eine frische Marketenderin. Unter dem breitrandigen Hut hervor quollen üppige schwarze Locken – wie bei einem verkleideten Weib.

Wie von Ungefähr setzte sich der Junge an den Tisch des Kölnischen – dicht an seine Seite. Legte die rechte Hand neben die seine auf den Tisch. Der Kölnische – kein anderer als der Dormann – sah nebenher darauf und sah den güldenen Ring mit der Krone und der Lilie.

Mit überbauter Stimme bestellte er zwei große Pokale Muskateller. Ob dieser Courage zollten ihm die Kaiserlichen laut und grölend Beifall und klatschten lachend in die Hände.

Als der Falk den Wein kredenzte, stieß ihn der Kölnische übermütig in die Rippen, was abermals billige Zurufe bei den Tillyschen auslöste. Unwillig und ärgerlich drehte sich der alte Neuhoff nach dem Kölnischen um – in seine Augen trat Erstaunen, das sich rasch in Freude wandelte. Schnell eilte er die lachenden kaiserlichen Zecher zu bedienen, die ihn wohl für einen Narren hielten.

Der Kölner und der Scharfensteinische Kornett tranken an ihrem Tisch einander artig zu und sprachen aufeinander ein – laut, halblaut und immer leiser. Niemand achtete mehr auf sie.

»Freundin, ich sah Euch ungern neben dem Tilly!« Erwartungsvoll sah der Dormann auf den Kornett.

»Warum, mein Geselle?« Warm und freudig, bang und mit schwerer Sanftmut sah sie zurück.

»Weil ich's nicht verwinden könnte, in einer Frau wie Euch zugleich eine Dirne zu sehen.«

Die behüteten Worte des Dormanns entzündeten ein Lichtlein in der Seele der Frau, davon ein zarter Schimmer ihre Augen überzog. Ein leises Zittern war in ihrer Stimme.

»Ein solches kann doch nimmer zusammen bestehen, Obrist. Wäre ich nur einen Tag dieses Menschen Buhle, so wäre er meiner gar schnell überdrüssig. Frauenlist mag eine Tugend sein, wenn sie

Hohes heiligt. Über Euch, Obrist, also herrschend zu stehen, würde mir wohl schwer werden. – Es ist gut, irgendwie dem Bösen die Gewalt zu nehmen und sie in die Hand des Guten – in Eure – zu geben.«

Hell klangen die Gläser, als der Dormann mit dem Kornett anstieß. Lang klangen die Gläser – mit ihnen sang ein fernes Glück.

Draußen wirbelten aufs neue die kaiserlichen Trommeln. Der dritte Gang war's, und er rief zum Sammeln. Kornettfanfaren schmetterten hell das Haussignal der Habsburger, daß in den kaiserlichen Heeren endgültigen Aufbruch kündete.

Die Tillyschen Herren im Falken rückten die Schemel und sprangen auf die Beine. Durch die stehenden Runden kreisten die letzten Kannen. Taumelnd eilten die Offiziere zu ihren Feldzeichen, die man schon durch die Gassen trug.

Bald saßen nur noch zwei Gäste beim alten Falk Neuhoff – der sich zu ihnen setzte.

»Obrist – wir haben Bürgersleute versteckt um das Schloß postiert, daß sie beim Feuer gleich bei der Hand sind. Es ist gut, daß auch Ihr da seid – Ihr könnt befehlen, was zu tun ist. In der fremden Montur wird Euch kein Verräter kennen. – Aber, wenn er das Feuer innen anlegen läßt – in der Kanzlei oder wo – dann brennt das Schloß mit Gewalt – brennt, und wir können's dann nimmer hindern – und wenn es auf die Häuser in der Obergaß übergreift – was dann? – dann brennt die Stadt – lieber Gott.«

Da der alte Falk noch also jammerte, sah er plötzlich erschreckt zu dem Scharfensteinischen Kornett hinüber. Hätte er bei jenem nicht besser das Maul gehalten? – Aber der Dormann tat so vertraut mit ihm – da war es wohl ohne Gefahr!

Der Dormann aber holte unter seinem Überrock ein prall gefülltes Säckel hervor.

»Hier, guter Falk! Da ist drin, das Schloß unbrennbar zu machen – dreihundert Taler! Unsere Gräfin schenkt sie der Stadt. Da Ihr der Sendschöff von Altenkirchen seid, habt Ihr's dem Schwarzen selbst zu bringen – geht!«

Der Alte nahm das Silber und barg es unter seinem Wams.

»Gott lohne es unserer edlen Frau Louise und Euch – Karl Wil-

helm Dormann! – Trotz meiner Schäden durch der Tillyschen fort-
während Prellereien hatte ich schon selber an die zwanzig Taler zu-
sammengebracht – Jesses, nun ist volle Rettung da. So will ich gleich
zu ihm ins Schloß!«

Schon hatte der Falke Schurz und Wirtskappe beiseite geworfen
und schickte sich an, ein gutes Wams anzuziehen, da erhob sich der
Kornett, kam auf ihn zu und legte die Hand auf seinen Arm.

»Laßt Eure Vorbereitungen, Patron – gebt dem Herrn Obristen
Dormann das Geld zurück! Der Tilly wird das Schloß nicht brennen – auch ohne Eure Taler – nicht!«

Der alte Neuhoff war von der gütigen Knabenstimme betroffen –
aber was redete der Junge für einen Unsinn! Trotz seiner Vertrau-
lichkeit mit dem Dormann hatte ihn der Alte bisher nicht beachtet.
Es mußte etwas Besonderes mit ihm und dem Obristen sein – Teufel – sonst hätte ihn der sich längst vom Hals geschafft. Hart fuhr er
den Kornett an:

»Redet keinen Wahnwitz, junger Herr, Ihr mögt den Tilly nicht
kennen!«

Erwartungsvoll sah er zu dem Dormann hin, doch der schien
nicht verwundert über des Kornetts Sprache. Des Obristen Mienen
kündeten gar Zustimmung zu seinen Worten:

»Euer Erstaunen kann ich sehr wohl verstehen, Falkenwirt.
Doch wenn Ihr meint, der Tilly sei mir ein Unbekannter, so mögt
Ihr irren. Ich kenne ihn besser als Ihr und der Obrist Dormann. Ihn
und sein Gemach mehr hassen als ich und wenige noch, vermögt Ihr
auch nicht. Ich bin dem Schwarzen nahe gewesen – bin's jetzt – und
bin es fürder! Das aber wäre mir um alle Welt unmöglich, guter
Mann, hätte ich nicht dem Geist zu dienen, der die Völker von hier
bis über den Rhein – über das Reich der französischen Könige hinaus, bis zum atlantischen Meer – von der niederländischen bis zur
mittelländischen See einstmals zur herrlichen Vereinigung unter
dem großen Kaiser Karl erhob. Im Klang aller Glocken in Grenzen
der altfränkischen Lande liegt das Geheimnis meines und anderer
gefährlich Werk.

Wißt dazu, guter Wirt, daß ich – ein Weib bin, das Ihr schon einmal in diesen Räumen saht – ein Weib von gutedler Herkunft – de-

ren der König der Franzosen einige mehr aussandte, über eine alte Bruderschaft zu wachen, die jetzund die kaiserlichen päpistischen Feldherrn wie die protestantischen Fürsten um ihren Eigennutz zerschlagen wollen.

Darüber geht der alten fränkischen Völker frei geistig Gut vollends zu Grunde. Der Barden Lieder hoher Urklang ist ihnen zuwider, deren Nachhall in der westlichen – unserer – Länder Triften gleich hellem Frühdunst liegt. – Ihre Parolen zum heiligen Krieg für die Kirchengläubigkeit ist eitel Hohn. Am Hofe zu Paris weiß man es wohl, im prächtigen Schlosse zu Versailles füllt es alle Räume – darum sind wir vom König gesandt, über ihre Ränke zu wachen, sie ihm zu berichten – wir, die man in wissenden Zirkeln die karolingischen Dienerinnen heißt. – Versteht Ihr's, guter Vater Neuhoff?«

Auf den Wangen der verkappten Frau lag die heiße Glut des Eifers, der die Herzen der beiden Männer miterfüllte und sie schneller schlagen ließ. Sie aber wandte sich zu dem Dormann.

»Seht Ihr, Obrist, der König der Franzosen vergaß Euch und Euer Volk nicht. – Tat er Euch nicht schon guten Dienst durch mich? Gleichwohl ich eine Katholikin bin – eine französische Katholikin – gegen die Katholiken des Kaisers – mit den Protestanten dieser kleinen Grafschaft für die fränkische Gemeinsamkeit des Blutes und des Geistes? – Seht her, Ihr Männer!«

Noch während beider Augen an dem zuckenden Mund der seltsamen Frau hingen, entfaltete sie vor ihnen die persönliche Weisung des Herrn Tserclaes von Tilly an seine Hofleute, in welcher er bei hoher Strafe verbot, in Schloß oder Stadthäusern Feuerbrand anzulegen.

Verwundert sah der Obrist zu dem fremden Weib empor.

Der alte Neuhoff stand in ehrbarer Verlegenheit. Eine Erinnerung stieg in ihm auf und erfreute sein Gemüt.

»Kornett, ward Ihr nicht die Frau, die neulich – als der Obrist Dormann – dort, an der Hintertür – ihm das Leben – rettete?«

»Ja, Falkenwirt!«

Die grauumbuschten Augenlider des Alten zitterten ein wenig. Er drückte seine Hände darauf, als wolle er sie ruhig halten.

Die Fremde brach das Schweigen.

»Obrist – Ihr hättet Euch beim Tilly beinahe eine schlimme Falle gestellt!«

»Wieso vermeint ihr's, Dame?«

»Nun, weil Ihr Euch gabt, ein Abgesandter des Kölnischen Görtzenich, des unmenschlichen Obristen, zu sein – was wahrhaftig in der Tat nicht sein konnte, da der Görtzenich den Tag vorher vom Fürsten Wallenstein gefordert wurde und jener sich ohne Verzug zum fürstlichen Hauptquartier mit allen den Seinigen in Marsch setzte. Gestern, in der Abendstunde, stand schon ein Kölnischer Kurier mit dieser Nachricht vor dem Tilly. Ich selber vermag es nicht zu fassen, daß dem Schwarzen die Sache nicht ungeheuerlich vorkam, als Ihr vor ihm Eure Exerzitien machtet. – Ja, das hätte schlimm ausgehen können, Herr Obrist Dormann, meint Ihr's nicht auch?«

»Freundin – der Tilly tat gut, nicht eine böse Miene zu fixieren – unterm Überrock hielt meine Hand den bloßen, blanken Dolch!«

»Mir lag der meine lose und blank am Busen, Obrist!«

»Da soll vor so viel Verwegenheit mein Muskateller nicht in den Pokalen zu säuern anfangen!« Mit grimmiger Miene hob der Falk den Becher.

Die beiden anderen Menschenkinder taten heiteren Bescheid.

»Nehmt nun doch die dreihundert Taler in Eure Obhut, Falk! Ich will sehen, ob Ihr sie nicht zum Notlindern vertun könnt!«

Der Alte nahm das Säcklein fest in beide Hände und stieg damit die knarrende Eichentreppe empor. Vielleicht machte er einen guten Platz zum Versteck aus, denn er kehrte gar nicht mehr zu den zwei anderen in der großen Gaststube zurück.

Aber oben, in seiner Kammer, stand der Falk und sah durch das kleine Fenster zu den Waldbergen jenseits der Wied hinüber.

Um die zwei unten in seiner Gaststube hatte wohl etwas anderes noch seinen Mantel geschlagen. Daraus war eine Heimlichkeit entstanden, wo er kein Teil daran hatte. Das mußte der Dormann allein mit sich ausmachen.

Er wollte in der Kammer bleiben, bis sie hinaus waren …

*

In langen Zügen zogen die Tillyschen die Hohe Straße entlang nach Hachenburg und darüber hinaus, nach Süden, Finsternis um sich verbreitend, darin die Schande blühte. Vorauf brausten die Witzlebenschen Kürassiere und die schwere Reiterei des Kratz von Scharfenstein. Wie eine lange weiße Schlange schloß sich des Tillys Fußvolk an, zwischenher von den hohen, grellfarbenen Hurenwagen der ligistischen und kroatischen Söldlinge unterbrochen, in denen die Waiblinge und Kornetts mit trunkenen Dirnen wüst Gehause hielten. In gemessenem Tempo rumpelte des Schwarzen schwere Artillerie hinterdrein, eskortiert von Haufen johlender Kanoniere. Inmitten kroatischer Wagen rollte das glänzende Gefährt Tillys des Jüngeren, darin er mit dem Kratz und dem Witzleben die Befehle seines großen Oheims beredete.

So zog die Hauptabteilung dahin und entfernte sich unter den Blicken der aus den Waldhöhlen kehrenden Bauern.

Nachdem die Nachhut die Furt über die Wied bei Michelbach passiert hatte, wurde es ruhig. Vereinzelte Trupps, Troß- und Marketenderwagen zogen abgerissen und verloren hinterher.

Am alten Weg, der oberhalb des Gielerother Posthauses von der Hohen Straße nach Widderstein hinabführte, hielt an der Seite wie vergessen ein herrschaftlicher Wagen aus dem kaiserlichen Troß, bespannt mit guten Vierern, der sich scheint's verspätet hatte.

Das Paar darin schien einer Welt gehörig, die abseits vom Geschehnis der Zeit ein besseres Teil hatte. Die schwarzhaarige Frau in prächtigweißem Kleid – der Obrist in kölnischer Herrenmontur. Von Altenkirchen bis dahier war nicht viel Rede zwischen ihnen gewesen. Er war unter den dunkeltiefen Augen still geworden, wie ein zufriedenes Kind im Schoß der Mutter. Die ihn gewahrt, behütet, vor Tod und Verderben gerettet hatte – die schöne Sendbotin vom glänzenden Königshof in Versailles – war seine Liebste geworden.

Nun drängte seine Seele nach Befreiung.

Und fühlte, daß sie ihm nicht einmal ihren Namen nennen durfte. Wußte, daß er sie nicht bitten durfte zu bleiben. – Die Gesandte ihres Königs. – Wie er – der Obrist seiner Gräfin.

Sein Mund blieb also verschlossen, davon sein Herz brannte. Wehen gingen durch sein Gemüt und zerrissen seine Seele. – Die Trennung kam.

Noch hielt der Wagen, nur die Pferde scharrten. Die Glieder wurden schwer und allen Fühlens bar.

Aus weiter Ferne kam mahnend die weiche Stimme und ging wie ein leises Bitten: »Lebt wohl, Obrist Karl Wilhelm Dormann!«

Wie in einem Bann erhob er sich, nahm ihre Rechte in seine beiden Hände, fühlte ihre Linke sanft auf seinem Haupt, ihre Lippen warm an seiner Stirn und ging unter im Orkan seines Innern.

Die Wagentür schlug zu, die Pferde zogen an, eilig rollte das Gefährt von dannen.

Aus der Kehle des Obristen Dormann, des Herrn über manche Gewalt, wollte sich ein Schrei lösen, doch er zerging im Schmerz der Seele.

Um den Mann wühlte der Herbstwind im fahlen Laub und wirbelte es hoch. Aus den Tälern kroch träge die Abenddämmerung. Verwehter Glockenton schepperte vom Almersbacher Turm ins Land – die alte Baptista läutete den Jubel des befreiten Volkes.

Karl Wilhelm Dormann wandte sich langsam heimwärts. Die mächtigen Widdersteiner Junkereichen nahmen ihn auf wie einen müden Wandersmann. Immerfort klagte sein Herz um die unerreichbare Geliebte.

Als sich die Zinnen der Burg vor ihm am Himmel abhoben, sah er plötzlich das Bild Louise Julianes vor sich erstehen.

Ging nicht ihr Mund zum Sprechen? – Streng und ernst war ihr Gesicht – wie er es nie gesehen.

»Mein Obrist Karl Wilhelm Dormann – wollt Ihr mir zur Seite bleiben? – Wollt Ihr mir weiter helfen?«

Dann waren da wieder die dunklen Augen der fremden Geliebten und der Schmerz des Abschieds.

Als er den Hof erreicht hatte, als Dormanns Haus breit und wuchtig in der Dämmerung lag, dachte er, daß es doch trotz allem vorwärts gehen müsse mit der Brüderschaft der altverwandten Völker gegen Abend.

Im Ern kam ihm der Quast entgegen.

Zu derselben Stunde lächelte die fremde Frau im kaiserlichen

Wagen glücklich vor sich hin und gedachte der Stunde, die sie dem Obristen Dormann in jenem Wald zuerst begegnete, ihn vor dem Tilly zu warnen. Da hatte er sie frei und ohne Zier geküßt.

Als der Wagen das Hachenburger Stadttor durchfuhr, gab sie Weisung, die jeweilige Residenz des jungen saynischen Grafenpaares zu befahren und vor dem Portal zu halten – die Frau Louise Juliane zu sehen.

ie Neujahrsglocken 1624/25 füllten die Heimat mit freudigem Dank. Die Herzen waren wie frische Brache, die der Neusaat entgegenharrt.

Seit die Tillyschen marschierten, ging wieder Atem durch das Land. Abteilungen der Kurkölnischen waren wohl noch vorübergehend durch das Land gestreift, hatten Land und Leuten zur Last gelegen, doch war ihr Tun in Grenzen der Erträglichkeit. Seit der Görtzenich nicht mehr ihr Feldherr war, hatten sie sich darauf besonnen, daß auch sie dieser Heimat Kinder waren. Durchziehendes Kriegsvolk sah man indes für und für. Immer fort bewegten sich die bunten Schlangen auf den saynischen Landstraßen. Das riß nicht ab, und manchmal mußten die Dörfer an den Straßen auch wohl Nachtquartiere stellen, doch wurde keine Landplage daraus.

Hin und wieder kamen die Bauern zu Vieh und Pferden. Mitten im Winter brachen sie die unlandigen Gewannen. Der Duft der frischen Scholle wehte über die Gemarkungen und erweckte in den Dörfern die Regsamkeit zu neuem Werk. Der bäuerliche Geist der Gemeinsamkeit heilte alle Schäden. Bald lagen alle Waldschlupfwinkel von allen Flüchtlingen verlassen. Aus Asche und Mauerresten wuchsen neue Gehöfte.

Der Obrist Dormann von Widderstein stellte die saynischen Kompanien und Reiterei wieder auf. Zahlreich waren die Bauernsöhne aus den Dörfern der Grafschaft seinem Ruf gefolgt. Da war kein Soldat unter ihm, den er nicht seiner Herkunft nach kannte. Kein fremder Söldner stand unter den Aktiven. Er bildete sie zu guter Schlagkraft aus und schuf dazu einen geheimen Landesverband aus allen wehrstarken Männern des Landes, dem auch die Kompanien, die Wachen und die Reiterei zuzeiten heimlich angehörten, wenn eine Großmacht sie nicht dulden würde. Diese Einrichtung sollte dem Widdersteiner Obristen noch von großem Nutzen sein.

An allen Kirchentüren hingen seine Aufrufe, alle Wehrhaften möchten zu dem geheimen Ausschuß stoßen.

Niemand aber solle nimmer nicht den fremdherrlichen Werbern nachlaufen, die überall im Land umherzögen – und auf ihre Trommeln hören. Der Werber Lockungen seien wie Honigseim, nachkommende Fährnis aber schmecke bitter wie Galle. Wenn aber königliche französische Werber trommelten, möchten die freiwilligen Anwärter der gräflichen Kanzlei zuvor Kenntnis geben.

Zu Feld marschierten Kompanien und Ausschuß nur auf sein, des Obristen Zeichen. Das aber müsse sein, wenn der Mächtige aufstünde, der mit gezücktem Gewaff an der Schwelle des vereinigten Reiches aller Fränkischen stünde, das sich von dahier bis zum atlantischen Meer, von Niederlanden bis Hispanien dehnen werde.

Also schrieb der Dormann an die Kirchentüren.

Des Herrn Grafen Ernst schwankende Gesundheit war von steter Dauer. Mühsam, den kränklichen Folgen voreiliger Ängstlichkeit nicht die Vorhand zu lassen, rang er sich zu kühlem Urteil über die Dinge – hatte sich sein trefflicher Obrist der Überangst wegen schon ohnehin sehr weit von ihm entfernt. Mit Schrecken hatte er die Kluft verspürt, die zwischen dem Dormann und ihm aufklaffte, als er nach dem Abzug der Tillyschen den Obristen um gütige Nachsehung ersuchte. Da hatte sich der Graf gelobt, diese Kluft mitnichten zu vergrößern.

Ansonsten leitete Frau Louise Juliane alle Staatsgeschäfte. Das wäre Herrn Ernst ohnehin unmöglich gewesen, da ihn jedwedes sorglich Handeln leicht auf das Lager warf. Da war es gut, daß die Herrin ein kluges, kraftvoll Weib war. Dem Graf war es genug bekannt – es war ihr zu gönnen, denn außer allem Ungemach hoch allen Horizonten stand schwer der Haß der Wittgensteiner Vettern zu Berleburg.

Gräfin Louise Juliane beriet alle ihre Geschäfte mit dem Obristen. Ihren hohen Beamten trat sie erst dann gegenüber, wenn sie sich mit dem Dormann im Reinen war. Außerhalb dieses ihres ersten Tuns und der Familienangelegenheiten harrte an jedem Tag manch anderes auf Rat und Tat. Nun, nachdem das Land des lieben Friedens teilhaftig war, ging sie ins Volk, die letzten Schatten des Krieges zu verscheuchen. Sie scheute weder vor dem verwahrlosten Lager eines Pestkranken zurück, noch zögerte ihr Fuß vor den Türen der Bettlerhütten, deren Insassen vor Hunger und Elend halb irrsinnig geworden waren. Überall war sie Helferin. Überall streute sie die Saat zu Gottvertrauen und Selbstzucht aus. Und Gott gab seinen Segen. Was sie auch nur betastete, es grünte und blühte alles unter ihren Händen auf. Die Gnade war mit ihr, darum war sie glücklich, Düsterkeit und Schrecken lösen zu können zu Licht und Dankbarkeit.

Da war es nun natürlich kein Wunder, daß sie von ihrem Volk mit einer Liebe verehrt wurde, die ihr ein Vierteljahrhundert später die Kraft verlieh, die vollständige Restitution – die vollständige Unabhängigkeit und Selbständigkeit der Grafschaft Sayn vor aller Welt vom Kaiser zu fordern und zu erlangen. – Doch nicht nur helfend, lindernd, tröstend waltete die Hand der Gräfin, sie tadelte und wies mit Strenge zum Rechten, wo es andere Nöte erheischten. Sie zwang die Kirchspiele und größeren Ortschaften zur Errichtung von Schulen und veranlaßte den Grafen, die allgemeine Schulpflicht einzuführen. Sie brachte es dahin, daß außer der Kunst des Lesens und Schreibens, Rechnens und der Religion auch die Musik zur Veredelung ihres Volkes Seele gelehrt und gepflegt wurde.

Die Beziehungen zwischen Louise Juliane und dem Obristen waren von der gleichen Herzlichkeit wie früher. Sie nannte ihn bei seinem Taufnamen und empfing festlich mit ihm die Honoratioren. Und wenn sie mit ihm ritt, war sie am stolzesten auf ihn. Und wenn des Obristen Blicke ehrend und bewundernd auf ihr ruhten, dann lag wohl ein Schimmer seltsamer Freude auf ihrem Antlitz, und sie lächelte, als empfange sie ein Glück, daß sich ihr langsam näherte. Und manchmal, wenn er ihr den Handschuh hob, fuhr ihre Hand leicht über seine Stirn und Wangen. Dann war es mitunter, daß ihn ihre Lieblichkeit nahe überwältigte, daß ihre Augen vor den seinen leuchteten, was immer ihr Mund verschweigen mußte: Lieber Karl Wilhelm, warum steht die Trauer wirr in deiner Seele? – Dann füllte ihn das Bild der unbekannten Frau, die nun wieder, irgendwo im fremden Land, ruhelos in der Finsternis um Licht und Hoffnung rang. Die Allgewalt der Liebe erfaßte sein starkes Herz, daß ein Sehnen in ihm brannte.

129

Frau Louise Juliane, tugendsame, hochedle Gemahlin meines Herrn Grafen! Eure Liebenswürdigkeit kann nur die freie Form Eures gutadeligen Blutes sein. Wie könntet Ihr je einen Makel auf Euch nehmen?

Oftmals mußte sich der Dormann wundern über das krause Gedankenzeug, das ihm mitunter ins Blaue verlief.

Aber in jener Nacht, als der Wiedehopf zu ihrem Fenster rief – als sie ihm den Saladin zum Nachtritt in die Hand vertraute – war das nicht mehr als …? Dummer Bauernkopf, schalt er sich selbst.

Und doch ging sein Traumblick in unruhige Weiten.

Und doch dachte er oft an das Lied der Nachtigall in jener Nacht im Schloßpark zu Hachenburg.

Aber die Fremde vom kaiserlichen Troß des Tilly ward Königin in ihm und trug seines Herzens schwere Krone.

So alt wie das Gebirge selbst sind die alten Höhenwege, die über die Westerwälder Hochscheiden von Westen nach Osten führen. Etliche, oder Stücke derselben, hat der Wald überwältigt, sie sind bewachsen und vergessen. Die noch begangen werden, kennt man unter den alten Namen Rhein- und Hohe Straße, Rennstieg oder Gebücksweg, Schwarze oder Breite Straße. Weiß Gott, welche Ahnvölker sie schon als Heer- und Handelswege benutzten! Heute zum Teil nur noch sagenhafte Hohlwege und Heckenpfade, Wildschneisen und Diebesfährten, an denen uralte Höfe und kleine Dörfer einsam und verlassen, aber in wunderbarer, wildschöner Naturheimlichkeit in die Nachwelt träumen, die man nur über Gewannwege und Rainränder erreichen konnte.

Altes Land der Bollermänner und Hexen, der Trullichter und Hollen.

Einer der Höhenwege führt rückwärts von Hachenburg über Hanwerth, vorbei an den Dörfern Berod und Oberwambach, geschützt durch Gebücker und Gräben – über die Langguck – zum Rhein.

Er heißt die Schöneberger Straße, weil die Gräflichen von jeher diesen Weg benutzten, wenn sie das Jagdschloß Schöneberg befuhren und beritten.

So war's, daß der Obrist Dormann mit der Frau Louise Juliane die Höhe von Hanwerth auf Berod zu gewann. Der Saladin tänzelte und bockte ein wenig.

»Er scheut, Obrist?«

»Sehen Euer Liebden die weißen Stangenbündel drüben im Behang an den Rindenböcken? Sie schälen die Lohe, s' scheint den Saladin anzuwidern!«

»Wollt Ihr ihm nicht einmal die Zügel lassen, Obrist?«

»Er hat die Zügel – Parade auf Schenkeldruck – Euer Liebden!«

»Ihr habt ihm meisterlich die Schule beigebracht, Karl Wilhelm – ich mache Euch den Saladin zum Geschenk!«

»Frau Gräfin …«

»Macht Euch keine Mühe, den Saladin zu halten, Karl Wilhelm, Ihr habt ihn verdient!«

Da ritt der Dormann nahe an ihre Seite, nahm ihre Hand und neigte sein bares Haupt fest darauf nieder – drückte seine Lippen fest darauf.

»So gebe ich den Saladin mitsamt dem Obristen Dormann in die Hände Eurer Liebden zurück!«

»Ich nehme dieses zwiefache Geschenk mit Freuden an und danke Euch, mein Herr Obrist Dormann! – Nun, da wir uns so reichlich begabten, Karl Wilhelm, wollen wir wieder einfach sein. – Sagt mir, sehen wir jetzt die drei Dörfer, davon Ihr sagtet, sie seien mir noch unbekannt?«

»Ja, Gräfin – dort seht Ihr schon das erste – Berod – dem Kirchspiel Höchstenbach zugehörig – hat noch keine Schule. Die Einwohner sind arme Bäuerlein, die mit der Heidhau ihre Äckerlein bestellen.«

»Dann gab's darinnen für die Tillyschen nicht viel zu holen.«

»Das Dorf blieb unbehelligt, Gräfin!«

Nun nahm der alte Wald das einsame Reiterpaar auf, der den kleinen Steimel wie eine mächtige Schutzhaube aus grünem Laubgewölk bedeckte. Alte Gräben und mächtige Wälle umziehen heute noch den Berghügel und künden von einer großen Fliehburg der Altvordern.

Die Pferde gingen in gemächlichem Schritt.

131

Der Obrist ritt in großer Staatsmontur, wie immer, wenn er mit seiner Gebieterin unterwegs war. Auf seinem Haupt die hohe Haube der saynischen Husaren, mit Pelz und rotem Scharlach. Aus blauem, feinem Tuch der pelzverbrämte Dolman mit grünseidenen und goldenen Schnüren, mit denen der Hangwind tändelnd spielte. Breit goldbordiert und grünbesetzt der kobaltene Rock und wieder scharlachen die engen Beinkleider, gleich goldbordiert. Chromglanzgelb die Stiefel und von der rechten Schulter, fallend über Brust und Rücken, die silberne Obristenschärpe. – Wie ein Waldmärchenprinz ritt stattlich der Obrist dahin, verkörpernd seines Volkes Idol von Herrlichkeit und Frieden, wunderbarem Frieden nach grausiger Bedrückerzeit.

Wer auch hätte ahnen können, daß noch das Düsterste am fernen Horizont heranzog, daß dieses Volkes größte Not noch im Kommenden verhüllt war und mit ihr dieses herrlichen Mannes heldenhafter Tod!

Die junge Gräfin in schneeweißem Seidengewand, an Hals und Armen gold- und silberbestickt, besetzt mit weißem Hermelin. Die blonde Fülle ihres Haares hielt prall ein blumengeziertes Häubchen. Ein goldener Reif mit glitzerndem Mittelstern schlang sich um die reine Stirn. Weiß auch die Schühlein und die Strümpfe aus Wolle wie von Schnee. Dazu auf dem mit Wappenzier bedeckten schneeweißen Roß, das zu dem ebenso bedeckten schwarzen Hengst des Obristen in herrlichem Kontrast stand, das alles zauberte sie zur Märchenprinzessin.

Wie feinsilbern Glöckleingeläute klang es von des Obristen blankem Wehrgehänge.

Läutete es die außerhalb dieser Stunde wartende Trübsal der seelenfrohen Frau? –

Die Kronen der Waldriesen schimmerten in lichtem Grün, und die Sonne umränderte alles mit feurigem Gold. Die mächtigen Eichenstämme, an der Wetterseite von den Wurzeln bis zu den Ästen auf den verkupferten Borken samtgrün moosbewachsen, säumten den Weg der beiden Menschen aus sonderbarer Welt, gleich ehernen Schildwachen. Oben rauschten die Wipfel. Gottes Orgel spielte. Darinnen flüsterten die ewigen Stimmen unabwendbarer Schicksale, in Dunkelheit verhüllt, aber schauerlich spürbar – und umfingen sie mit dem Schleier der Sehnsucht und dem Drängen zur Erkenntnis letzter Geheimnisse.

Doch heiter schimmerten die hellen Leiber der Birkendirnen, ihre Zweige hingen wie gelöstes Haar. Daneben ragten Wachdorndome hoch durch die Eichenkronen. Aus den Luken ihrer silbergrauen Fassaden hörte man den Atem der alten Trud und den Traumgesang der Lohweibchen. Am Wegrand blühten die Hundsrosen und verbreiteten Duft von der Lieblichkeit wie ihre Farben. Aus den Gräben – unter bemoosten Steinen hervor, gellten kurz und hell die Rufe der Feuersalamander, deren hier und da einer bedächtig über den Weg schlenkerte. Dröhnender Schrei des Raubhirsches ließ fern ein frühes Schmaltier klagen. Krächzend warnten die Märkeln, Eichhörnchen verschwanden hurtig im Geäst, erschrocken leuchteten die Pilze unter dem Blaubeergesträuch hervor. Als noch das Zieseln der Meisen, das Singen der Grasmükken und das Plaudern der Gimpel verstummte, sagte der Obrist leise:

»Nah geht der Wolf durchs Gehölz, Gräfin!«

»Gehört er mit zur Ordnung des Waldfriedens, Karl Wilhelm?«

»Es muß wohl so sein, Frau Gräfin. – Man kann es nicht so leicht beantworten. Der Wald bringt tiefe Gedanken. – Aber seht, vorne, bei dem blühenden Hollunderbaum, geht er zu Ende!«

»Es war schön, Karl Wilhelm – und doch war mir's zum Fürchten.«

»Die Ehrfurcht ist's, Gräfin, Ehrfurcht vor der Macht des Waldes – weil er schon war, lang, eh die Menschen kamen – weil er noch sein wird, wenn die Menschen lang schon nicht mehr sind. Der Wald und das Meer – das Erste und das Letzte!«

»Ihr sagt das wie ein Einsamer.«

»Man wird's gar leicht im Kampf mit schweren Dingen, Frau Gräfin. – Seht Ihr das zweite Dorf drunten?«

»Eine Kapelle ragt heraus! Sagt mir den Namen!«

»Oberwambach! Wohlhabende Bauern bewirtschaften dort einen guten Grund. Wurde aber von den Ligistischen sehr mitgenommen und mehrmals ausgeraubt!«

»Reiten wir hindurch, mein Obrist!«

Nun verließen sie beim ersten Gebück der alten Wambacher Waldfestung die Höhenstraße und hielten, quer durch die Gewannen, auf das stattliche Dorf zu. Oberhalb desselben dehnte sich das große Wiesenbecken, aus dessen Grund die Quelle des weidenbestandenen Forellenbachs sprang, der vormals die Grenze der saynischen Grafschaft gegen die wiedische bildete.

Unterhalb des springenden Borns gähnte heimtückisch und schwarz ein grundloses Moor wie ein riesiges Leichenlaken. Dagegen lag's wie frisch gefallener Schnee, rein und weiß, auf den Bleichörtern, nahe dem Dorf.

»Karl Wilhelm, Ihr sagtet, die Wambacher seien ausgeraubt? – Da, seht diese Pracht!«

»In der Tat – die haben sie gut vor den Weißröcken verborgen.«

Er verwunderte sich über den weißen Reichtum der Wambacher. Wie mochten sie es nur angestellt haben, ihn vor den Tillyschen zu verstecken?

»So viel Linnen gibt es in der ganzen Grafschaft nicht, Obrist.«

Mädchen und Frauen in bunter Tracht gossen aus Gießhölzern Wasser über die langen Bahnen. Als sie das berittene Paar gewahrten, hielten sie mit der Arbeit inne und sahen hinüber. Da erkannten sie es.

»Der Widdersteiner Obrist mit der Frau von Hachenburg!« entfuhr es einer der Frauen. Da schwenkten sie Tücher, winkten und eilten an den Weg. Als das glänzende Paar nahe genug war, umringten sie es und riefen fröhliche Grüße. Im Hof der alten Mühle, die Raps schlug und Korn mahlte, umringte es die Schar der jungen Mädchen, sie tanzten Reigen und sangen alten Reim:

> *Es hat' eine huldsel'ge Gräfin*
> *einen armen Soldaten so lieb.*
> *Der Graf, der wollt's nicht haben,*
> *so ihm den Kopf abhieb.«*

Hellauf lachten die Gräfin und der Obrist, der heimlich dachte, daß in Wambach ein Volk vom Schlage der Postbase wohne.

»*Die Gräfin weinte drei Tage*
*und eine halbe Nacht.*
*Da hat ein schwarzer Rabe*
*ihr ein Blauveiglein gebracht.*«

Da sah die Gräfin den Obristen mit bangen Augen an, und – potz
Blitz, sackerlot – in ihren Augen standen dicke, schwere Tränen, davon eine hinabstürzte in die weiße Mähne des Schneeschimmels.

»*Ich liebte dich bis zum Tode*
*und noch darüber hinaus.*
*Nimm du dir 'nen reichen Grafen*
*und such dir ein' anderen aus!*«

Der Dormann umfaßte die Gräfin mit heiterem Blick, doch sie sah
versonnen aufwärts, in die Kroncn der Eschen, die den Hof über-
schatteten und zaghaft die ersten Blätter zeigten. Noch mehr der alten Lieder sangen die Mädchen. Vom Dach schmetterten Gänse und
Enten dazwischen. Pfauen und Truthühner kreischten vom Müh-
lendach, dessen dicke Strohlagen über und über mit Moos bewachsen waren. Unter den überhängenden Rändern klebten an altem
Fachwerk wohl hundert Schwalbennester. In den Lüften schwirrte
es, und aus allem Gezweig jubilierten die Stare. Das Mühlrad drehte
sich bis übers Dach hinaus und fing plätschernd den Bach in seinen
Schaufeln. Tragesel kamen ohne Begleiter mit Säcken aus dem Dorf
und trugen welche heraus.

All dieses nahm die Frau Louise Juliane in sich auf. Es erfreute ihr
Gemüt, und sie dachte, wie schnell sich doch das Volk kaum wieder-
gewonnenes Friedensglück wieder zu eigen mache – wie bald schier
Verlorenes neu erblühte, altes Brauchtum schöner als zuvor erstand.
Willig fügte sie sich mit ihrem Obristen in den Kranz geretteter Sitten.

Immer noch tanzten die Mädchen um das Paar hoch zu Roß.
Dann nahmen sie die Pferde an den Zügeln und führten sie mitsamt
der Gräfin und dem Dormann bis vor das alte Tor des steinernen Et-
ters. Da stand der Schultheiß mit den Schöffen und Dorfleuten zur
Begrüßung. Der Schultheiß trat vor und nahm das Wort.

»Gnädigste Gräfin, allverehrter und bekannter Herr Dormann! –

Wir sind unerwartet gewest ob höchstdero Gnaden erschrecklichen Besuch. Hätten wir noch unser Glöcklein in der Kapell hängen, so wär geläutet worden. Aber wir han kein Glöcklein mehr – das hat der Kratz abgehängt und fortgeschleppt.«

Nicht ungeschickt geredet, alter Schultheiß Schmidt – spielst auf eine neue Glocke hinaus, dachte der Obrist Dormann und lachte ein wenig verschmitzt. Aber auch die Gräfin merkte, wo es hinauswolle mit des Schultheißen Worten. – Die Bauern von Wambach brauchten sie das Parieren nicht zu lehren.

»Wir danken Euch, Ihr Leute! – Mit dem Glöcklein, das wollen wir gleich haben. – Frauen und Mädchen von Wambach! Wir ritten an Eurem Tuch vorbei, des Ihr zu Massen habt. Wie wär es nun, wenn mir jede ordentliche Haushaltung Eures Ortes zehn Ellen davon zu eigen geben würde?«

Des Schultheißen verblüfftes Gesicht wurde von den kräftigen Stimmen der Frauen und Mädchen wieder ausgerichtet: »Für unsere Gräfin Louise Juliane geben wir's gern!«

»Das vergeß ich Euch nicht, Ihr Frauen von Wambach! – Wieviel gute Haushaltungen zählt Ihr, Herr Schultheiß?«

Des braven Mannes Stimme schien etwas eingeschrumpft, als er Bescheid tat.

»Achtunddreißig, Euer Liebden!«

»Das sind dreihundertundachtzig Ellen weißes Linnen, zu sammeln und in das Schloß nach Hachenburg zu bringen – für ein Glöcklein in Eure Kapelle!«

Lachend nahmen die Wambacher es entgegen.

Nur der Schultheiß stellte eine Bedingung, sich von dem Geschmack unangebrachter Schläue zu befreien: »Aber es muß Euer Name und der heutige Tag darauf stehn, Frau Gräfin!«

Sie versprach es dem Schultheißen in die Hand.

Nun führten die Wambacher den hohen Besuch durch den Ort. Wo es wieder zur Straße auf der Höhe ging, nahmen sie von ihm Abschied. Noch einmal bedankte sich der Schultheiß.

Als die zwei hohen Reitersleute wieder auf ihrem alten Weg angelangt waren, stand die Mittagssonne über ihnen und umgab sie mit hellem Strahl.

»Nun habe ich Linnen für meine Armen und Kranken, Obrist.«

»Vielleicht tut Ihr gut, es Euch für schlimmere Tage zu sparen. – Doch seht um Euch – dort im Grund die herrschaftliche Walkmühle, sie gerben dort das Sattelleder für Eure Reiterei. Darüber der Nottershof – hinten, nächst dem Wiedischen der Hof Lingertsbach. Auf dieser Seite habt Ihr den Schelmenhof zu Leisenhegen, den Bannhof für Abgehenkte und Gesindel, die dort zuweilen ein sonderbar Gehause führen. Rechts hinter diesem tiefen Wald liegen noch die Freihöfe Gerhardsborn und Büscheid. All diese Hofstätten sind noch aus der karolingischen Frankenzeit, mit vielhundertjährigen Geschlechtern, und gehören samt und sonders zum Bering der Wambacher.«

»Wie gut Ihr Eure Heimat kennt, Karl Wilhelm!«

Der Wald umgab sie jetzt wieder vollends. Er blieb nur ein kurzes Stück um sie – wieder leitete der Obrist von der Schwarzen Straße, so hieß fortan der Höhenweg – heißt er heute noch – ab. Sie kamen unterhalb des Erbelskopfes, dem vormaligen alten Berg des Er, auf der Nordseite, oberhalb des Dorfes Fluterschen, an den Rand der Feldmark dieses Dorfes.

Ein Ausruf des Erstaunens entfuhr der Gräfin, als meilenweit das freie Land vor ihr lag, das auf der rechten Wiedseite terrassenförmig aufstieg und sich auf dem Beulskopf zum Gipfelpunkt vereinigte.

Der Obrist überließ sie der stillen Betrachtung, bis sie dieselbe unterbrach.

»Mein Herr Obrist, wollt Ihr mich nicht zurechtweisen?«

»Gewiß, Frau Gräfin. Soweit Ihr sehen könnt, ist alles Euer Land. Seht dort rechts die linken Ausläufer des hohen Hachenburger Landes. Dort, weniger rechts, im Vordergrund Euer Schloß und der Kirchturm von Altenkirchen. Davor der alte Eisenhammer zu Hoffnungsthal. Noch mehr links, die Nähe überherrschend, die Almersbacher Kirche mit den zwei Pfarrhöfen beider Konfessionen im Grund davor. Droben, über der Residenz, seht Ihr die hellen Gebäude der Marienthaler Mönche, des Mönchhofes. Links herunter Euer gräfliches Jagdschloß Coberstein. Vor uns hoch ragt das Land zum Beulskopf empor, als Eures Unterlandes Krone. An seinem linken Rand herunter, auf dem runden Hügel steht das herrschaftliche

Hochgericht. Ihr erkennt deutlich das Galgengerüst. Und nun, ganz unten im Tal, zu beiden Seiten des Flusses, drüben der Hof Bergenhausen – hüben, links der Hof Kindenhausen und rechts davon Lauchhausen. Ganz linker Hand, zwischen Flutersen und Dorf Schöneberg, der Flutersheimer Hof. Dahinter Euer Lustschloß Schöneberg mit der Kirche und dem Ort. Vor Euch Flutersen, hinten im Tal die Dörfer Niedersen, Obernav, Schürdt, Walterschied, Fladersbach und Ölfen. Darüber Euer Amtsort Flammersfeld. Auf derselben Höhe, rechts, der Kirchspielsort Birnbach. Von vorn unten und dann höher hinauf die Orte Almersbach, Luitzbach, Helmenzen, Kedenhausen, Bösen, Heubeizen und Beul, rechts herunter Bachenberg. – Und überall dazwischen Wald, blühend Ackerland und lachendes Himmelblau. Das schönste und reichste Stücklein der Grafschaft Sayn, Frau Gräfin – ein Bild liegt vor Euch, desgleichen Ihr anderswo kaum findet!«

Die Gräfin stand noch eine Weile, versunken in den Anblick der wechselvollen Landschaft. Dann streckte sie dem Obristen ihre Rechte entgegen.

»Habt Dank, Karl Wilhelm! Es war gut, daß Ihr mir dies alles wieset. Fortan soll dieses Land ein Stück von mir selbst sein.«

»Dies Land wird's Euch gewiß lohnen, Gräfin!«

Sie ritten an dem Dorf Fluterschen vorbei. Sie mieden jetzt den Höhenweg und bogen oberhalb des Ortes ab, hinunter ins grüne Tal der Wied. Schon grüßte sie das liebliche Schloß zu Schöneberg vom Hardsberg herab. Und siehe, da blies auch schon der Schloßwächter auf dem bronzenen Kniehorn die Ankunft der Herrschaften. Die Schöneberger sammelten sich jedoch nicht zur Begrüßung – wohl zogen die Männer tief die dreispitzigen Hüte, knicksten die Frauen – sie gingen ruhig ihrem Tagwerk weiter nach. Erstlich wollte es die Herrschaft so, und zum anderen kamen so viel der Herren auf das Schloß, daß man nicht bei jedem laufen konnte. Es hieß allerdings, heute käme der Dormann mit der jungen Hachenburger Frau. Da mußte man nun doch einmal lauern. Den Dormann von Widderstein mußte man den Kindern zeigen, der war es wert. Die Gräfin würde es auch wohl wissen, sonst hätte sie ihn nicht mitgebracht ...

Das Schloß zu Schöneberg war von dem Urahn des Grafen Ernst,

Johann V. von Sayn, zu Anfang des 16. Jahrhunderts nach dem Eben-
bild des Schlosses zu Friedewald erbaut worden. Nur war es kleiner,
aber zierlicher, versehen mit fein ausgearbeitetem Kunstwerk und
mancherlei Luxus. Mit der Dorfkirche war es durch einen Gang verbunden. Wie Friedewald, so diente auch Schöneberg den Saynischen
als Jagd- und Lustschloß. Es hatte nur zwei Stockwerke, war aber mit
Giebeln, Erkern und Balkonen derart lieblich geschmückt, daß man
es nur immer ansehen mußte. An der Nord- und Ostseite entlang lief
eine prächtige, skulpturengeschmückte Terrasse. Nach der Wetterseite war es durch einen tiefen, breiten Troggraben, quer im Berg liegend, und durch ein Bergflüßlein gespeist, abgeschlossen.

Als das Paar in den Schloßhof einritt, trat ihm der Schloßwächter
und Hausmeister – zuweilen auch Küchenmeister, ein dürftiges
Bäuerlein vom Fronhof Kindenhausen, entgegen und meldete der
Gräfin, daß alles wohlbereitet sei und daß sein Weib in der Schloß-
küche Schinken, Brot und kalte Milch zurechtmache – sonst habe sie
in der Eile nichts auftreiben können. Der Frau Gräfin war schon alles recht so, freundlich dankte sie dem Mann.

Sie ordnete an, im kleinen Zimmer nächst der Terrasse den Tisch
zu decken. Aber niemanden solle er zu ihr lassen, wer es auch sei. Sie
sei mit dem Herrn Obristen Dormann gekommen, einen Tag Ruhe
zu gewinnen.

Schöneberger Häusler hatten für die Terrasse Lehnsessel aus
Weidenruten geflochten und sie mit grellbunten Farben bemalt.
Zwei solcher hatten die Gräfin und den Dormann für den frühen
Nachmittag aufgenommen. Überragende Äste alten Parkgebäums
spendeten zum Wohlbehagen genügend Schatten. Lange, dumpfe
Töne hallten durch die Lüfte.

»Die Hirten treiben das Vieh aus und blasen dabei auf großen
Schalmeien aus Eichenrinde.«

»Heute löst ein Wunder das andere ab, Karl Wilhelm. Es war un-
sagbar schön heute!«

»Der Tag fand also auch Gefallen an Euer Liebden.«

Sie aber sah ihn mit dunklen Augen an und wiederholte mit leiser
Stimme das Reigenlied der Wambacher Mädchen:

*»Es hat' eine huldsel'ge Gräfin*
*einen armen Soldaten so lieb.*
*Der Graf, der wollt's nicht haben,*
*so ihm den Kopf abhieb.«*

»Ich wußte nicht, daß Ihr mit Eurem Obristen Spott treiben konntet, Gräfin!« Halb im Scherz und halb im Ernst sagte es der Dormann.

»Es ist kein Spott – es ist schön und traurig, Karl Wilhelm!«

Der Obrist konnte den Blick der Gräfin nicht ertragen, so voll war er von tiefem Weh und großer Trauer. Er suchte ihm zu entrinnen. Wie er sich auch in Qualen wand, es wollte ihm nicht gelingen.

Mählich kehrte das Licht wieder in ihre Augen. Sie wurden glückhafter, je länger sie ihn peinigten.

Die Nachmittagssonne brannte wahrhaftig wie im Hochsommer. Aber das junge Laub über der Terrasse hielt die Kühle unter sich, so daß es angenehm zu sitzen war.

Das Wehr der Niedersener Mühle rauschte wie ferner Gewitterregen, das überschießende Wasser glitzerte in der Sonne wie ein goldenes Vlies. Im Park überschlugen sich die Triller der Buchfinken. Über den Fluren hing hellschwerer Lerchenjubel, hin und wieder von rufenden Ackersleuten unterbrochen.

Der Obrist saß zurückgelehnt und hielt den Kopf, als lausche er einer Melodie, die im All schwebte.

Frau Louise Juliane hatte sich etwas aufgerichtet und sah zu ihm hinüber. Auf ihren Zügen lag eine seltsame Spannung.

Als ob sie auf etwas warte.

Woran mochte er jetzt denken?

Von ihren Lippen löste sich ein tiefer Atemzug gleich einem Seufzer. Der Klang ihrer Stimme ging. Ging so fremd, daß der Obrist zusammenfuhr.

»Karl Wilhelm Dormann – ich habe Euch eine Geschichte zu sagen. Jetzt ist gute Zeit dazu, scheint mir. Hört Ihr mich, Karl Wilhelm?«

Laut – überlaut und übernah rief der Kuckuck in den Ölfener

Hecken. Wie in gewaltsamen Schlaf fiel das Kinn des Dormanns auf seine Brust. Der horchte auf die Stimme, die er so noch nicht gehört hatte – nie so flehentlich, nie so in – Angst.

»Erinnert Ihr Euch des Tages, an dem die Tillyschen abzogen? – Vergebt die müßige Frage – Ihr werdet den Tag nie vergessen, und es sind auch erst ein paar Monate her. – An jenem Tag stand ich am Fenster meines Staatszimmers zu Hachenburg und sah dem nahenden Heereswurm entgegen, der sich von Altenkirchen herzu wälzte. Ich sorgte mich sehr um die Stadt und um das Schloß, das, wie Ihr wohl wißt, der Tilly am selben Abend zu brennen gedachte. Ich hatte ja noch keine Nachricht von Euch. – Regiment auf Regiment, Haufen um Haufen, Artillerie und Troß zogen durch, weiter nach Süden. Ich dachte sehr an Euch, und ich sehnte Euch um aller Geschehnisse mit Gewalt herbei. Allein, Ihr kamt nicht und keine Ordonnanz. Es ist merkwürdig, ging mir's durch den Sinn – was könnte ihm sein?«

Sie ließ ab zu sprechen, wie um sich zu kräftigen.

In des Obristen Blick kam ein Flackern vor dem festen Blick ihrer fragenden Augen. Er gedachte seines Abschieds von der fremden Frau, nach der sein Herz verlangte – in dem kaiserlichen Troßwagen auf der Hohen Straße, bei dem Posthaus zu Gieleroth. Es machte seine Sinne düster.

»Da, als die letzten Nachtrupps der Armada durchzogen, meldete mir ein Diener – daß eine vornehme Dame von den Kaiserlichen mich dringlichst zu sprechen wünsche. Ich gewährte es auf der Stelle und befahl, sie zu mir in das Staatszimmer zu führen, da ich zuvor am Fenster Ausschau hielt – nach Euch. Es kam mir an zu wähnen, Ihr wäret's und kämt in Frauenkleidern – doch wurde ich enttäuscht.«

Wiederum hielt die Gräfin inne. Starr lauschte der Obrist, unmerklich ging sein Atem.

»Durch die Tür kam wirklich eine Dame. Als der Diener die Tür hinter ihr geschlossen hatte, bedeutete ich ihr mit Freundlichkeit, sich eines Sitzes zu bedienen. Sie bedankte sich sehr artig und blieb auf ihren Füßen. Langsam, wie um einen heiligen Schwur zu tun, hob sie ihre Rechte und streckte sie mir entgegen. Ein großer goldener Ring blitzte daran auf. Ich sah genau, daß das geheime Abzeichen der großfränkischen Helferinnen vom Hof zu Versailles, die königliche Krone mit der Lilie, darauf insigniert war. Ich weiß um das Geheimnis durch ein Sendschreiben, das der König Louis meinem Gemahl, dem Grafen Ernst, durch einen Kurier zu wissen gab. Darum weiß ich auch, daß die Helferinnen guten Freunden, die sie draußen finden, selbigen Ring verleihen dürfen, so einen starken Bund zu bilden – längst sah ich ihn an Eurer Rechten, mein Obrist. – Weiß ferner, daß nur hochadelige Jungfrauen zu den Helferinnen zählen, die inmitten dieses greulichen Krieges Allerschwerstes zu erfüllen haben. Ihr könnt Euch also leichthin denken, daß ich die Ehre solcher Visite vollauf würdigte und erfreut war, die hohe Dienerin in meinem Haus zu wissen. Ich wollte sie auch wohl bewirten, doch wiederum artig gab sie mir ablehnenden Bescheid. – Obrist – was wißt Ihr von jener Frau?«

Des Dormanns Antlitz war weiß geworden wie eine Kalkwand. – Was das wohl alles bedeuten mochte? – Wo wollte es hinaus? – Ah, die Frau, Louise Juliane hatte ihn etwas gefragt. – Was bliebe zu verschweigen? – Das Geheimnis um den Ring wußte sie! – Das seiner Liebe – würde sie – jetzt erfahren! – Der Dormann wollte bleiben, was er war!

»Ich kenne sie, Gräfin!«

»Warum sagtet Ihr nie etwas von ihr und – von Euch?«

»Gäbt Ihr das Geheimnis Eurer Liebe preis, Euer Liebden?«

»Ich könnte es nicht, weil ich es nicht dürfte, Karl Wilhelm!«

»Und ich, Gräfin?«

»Ihr habt nicht erkannt, daß Ihr mir Euer tiefeigenstes Geheimnis mitzuteilen schuldig wart, Karl Wilhelm!«

»Ich gab der Fremden mein Schweigewort!«

»Ich dachte mir's, Obrist – seid also aller Schuld ledig! – Nun hört die meine. – Der Fremden Vornehmheit und Kraft litt keine Einbuße, als sie in freiem Mut, wie ich ihn niemals sah und sehen werde, vor mir redete:

›Gräfin Sayn-Wittgenstein! – Ich habe Euren Obristen sehr lieb – hebt ihn mir auf! – Einmal später, wenn meine Pflichten erfüllt sind, erfahrt Ihr meinen Namen und meine Herkunft – sie ist nicht minder als die Eure!‹ – Ich fragte danach, ob sie denn wüßte, daß Ihr sie liebtet? – Sonst wäre sie niemalen mit der Gräfin Sayn bekannt geworden – gab sie mit Anstand zurück. – Obrist Dormann! – Wenn ich nun etwas gegen Euch tat, das grellfarben meine Schuld anzeigt – so vergebt mir – ich tat es ohne Willen – ich glaubte, es tun zu müssen! – Als meine Augen den ihren wichen und mein Kopf errötete – als sich die Trauer um meine Lippen grub, sagte sie nur noch: ›Ihr auch, Gräfin? – Ich trug's als Ahnung schon mit mir herum!‹ –

In ihrem Abschied schwang aller Schmerz, den ich ihr zugefügt hatte. Die Unbekannte floh von mir, der Frevlerin. – Wer weiß, wohin! Ihren Namen kann ich nicht ermitteln – Obrist – ich tat es sonst um all mein Gut und Geld! – Nur, daß sie eine französische Fürstendame war, erkannte ich dann noch an ihres Haares Tracht und Farbe, obgleich man auch bei Nordländern das tiefe Schwarz des Haares zuweilen hat. Doch auch ihre Augensterne leuchteten wie die Mitternacht, und die Glut des Weines war darin. – Obrist Karl Wilhelm Dormann, nun seh ich, daß sie ein Recht auf Euch hatte. Ich habe töricht gehandelt, die Fremde aber war Euer würdig!«

Karl Wilhelm Dormann hatte sich erhoben und war an den Rand der Terrasse getreten. Mit der Rechten hatte er sich auf den Sockel einer Statue gestützt. Nun hatte er aus dem Mund dieser von ihm hochverehrten Gräfin das Ende seines traumhaften Glücks vernommen. Sie selbst hatte es ihm genommen.

Seltsam – während in seinem Innern das Gebäude seiner Liebe bis in seine Grundfesten erzitterte, schien seine hohe Gestalt noch zu wachsen, seine Brust noch in die Breite zu gehen, als gelte es, einem überstarken, äußeren Feind zu trotzen, dem er in bisheriger Körpergestalt nicht gewachsen war. Nur das feingeschnittene Haupt lag auf die linke Schulter geneigt, als hielte er sein Ohr über das eigene Herz, seinem Schlag zu lauschen. Einige Strähnen seines Blondhaares schienen sorglich die Augen zu verhüllen, so daß niemand hätte sagen können, ob sie in Tränen standen oder ob sie starr ins Leere sahen.

Louise Juliane sah, wie schwer es ihm wurde. Sah, wie er dagegen ankämpfte. Aber hatte sie nicht ebenso mit diesem großen Schmerz zu ringen? Doch sie hatte ein Unrecht an dem tapferen Dormann begangen, indem sie der Fremden bei deren klaren Worten um den Obristen ihr eigenes Verlangen gezeigt hatte. Ein Verlangen, dem nie Erfüllung werden konnte. Das war ihr Unrecht an der Frau. Daß sie es dazu dem Mann verschwiegen hatte, war Frevel an der Seele.

Gott wolle es ihr verzeihen!

Sie war jung – hatte mit dem Dormann dasselbe Alter – aber sie war die saynische Gräfin – und doch nur eine Frau.

Eine, die entsagen mußte ...

Sie erhob sich, schritt langsam auf den Obristen zu und legte ihre Hand auf seinen Arm.

»Es ist schwer, Obrist?« In ihrer Stimme zitterte Verzicht und Hoffnung, Leid und Glück.

»Es tut sehr weh, Frau Gräfin!«

Er sah die jugendschöne Frau vor sich stehen, sah neben ihr den schwachen Gatten und sah in ihren Augen sein eigenes Leid. In diesen Dingen mochte es jeder Bauerntochter besser ergehen als dieser Gräfin. – Erriet sie seine Gedanken?

»Ach, Karl Wilhelm, wir regierenden Frauen dürfen nur Kinder kriegen und das Herz voll Sorgen haben. Nach Liebe haben wir nicht zu verlangen!«

Sie verschloß ihre Lippen, doch es war, als spreche die Stimme weiter: Ich habe dich ja so lieb – wenngleich die Fremde zwischen uns steht – ich will glücklich genug sein, wenn du mich nur ein wenig gern hast!

Sein Blick gab ihr Antwort: Ich liebte dich wie einen guten Engel. – Jene aber wäre stark genug gewesen, auf Leben und Tod mein eigen Weib zu sein – fahr hin, o Traum!

Am späten Nachmittag ritten sie den Weg zurück.

Wie still waren die Waldwege geworden!

Wehmütig flossen ferne Amselmelodien dem Abend entgegen, wie leises Orgelspiel im hohen Dom.

»Hört Ihr die Abendglocken, Karl Wilhelm?«

»Ihr Klang erfreut glückliche Herzen, Gräfin, heuer aber ist's wie Grabesgeläute!«

Hinter den Schutzhecken geisterte schon Dunst, der träge aus den Triften kroch.

Als sie in den Hachenburger Schloßhof einritten, schwand hinter den sieben Bergen der letzte Sonnenzipfel …

ewaltige französische Truppenmassen zogen durch das Gebiet der Grafschaft.

So ging das Jahr gestärkt und hoffnungsfroh zu Ende und noch ebenso die ersten Monate des Jahres 1626. Dann aber kam ein Tag, an dem die Französischen zu anderen Kriegszwecken abberufen wurden. An ihre Stelle trat, in grauer Hohngestalt, die Sorge. Neues, schweres Gewölk zog sich über dem kleinen Land zusammen. Im Februar traf im Schloß zu Altenkirchen, allwo die gräfliche Familie nunmehr ihren Wohnsitz hatte, eine heimtückische Hiobspost ein, die den Grafen Ernst erneut aufs Leidenslager warf und die auch Frau Louise Juliane in Unruhe versetzte. Eben zum zweitenmal Mutter geworden, empfand die kraftvolle Frau den Ursprung aller Dinge in überhöhter Klarheit. Nachdem der Graf die versiegelte Rolle aus der Hand des Kanzleidirektors empfangen und ihren Inhalt zu sich genommen hatte, langte seine Kraft nur noch dazu, dem Beamten die Rolle zurückzugeben, mit der Weisung, sie der Gräfin zu übermitteln.

Nun stand sie im Staatskabinett inmitten der gräflichen Würdenträger und verkündete ihnen, daß der Kaiser die Reichsgrafschaft Sayn zu den Feinden Seiner Römischen Majestät zähle und urkundlich dazu erkläre, daß demnach die Bekriegung von Land und Leuten zu Sayn die Folgen sein müßten.

Die Mitteilung rief in der Versammlung Bestürzung und Angst hervor, die der Obrist Dormann mit scharfen Worten dämpfte.

»Für jedermann ist es hochnötig zu wissen, daß es nicht lohnend ist, diesem hochmütigen Papier auch nur geringe Beachtung zu gewähren, daß es nicht einmal verlohnt, das welsche Geschreibsel überhaupt ins Römische zu lesen. Jedermänniglich ist Kund und Wissen nötig, daß die Kaiserlichen ihren feindlichen Sinn gegen uns arme Saynischen nie und nimmer kehren werden – auch nicht, wenn hiesige Memmen sich zu ihnen wenden. Ob uns die jämmerliche Kaiserliche Majestät diese Urkunde hat zukommen lassen oder nicht.

146

Da er uns noch zu Höchstdero Freunden zählte: Hat er uns vordem etwa geschützt? Hat er den Tilly etwa davor bewahrt, Land und Leute mit Grausamkeit zu drangsalieren, als dieser den Lokkungen der altgräflichen Wittib sonder Scham folgte? Hat er den Tilly, der einer seiner Großen ist, vom Raubzug in unsere Grafschaft abgehalten? Mitnichten! Also, was auch kommt, das kommt auch ohne diesen bunten Wisch Seiner Römischen Majestät! – Die Gnade Gottes ist immer mit dem Würdigen – ist immer mit den Kündern des göttlichen Werkes? Heidnische Balkanesen und törichte Walachen, wie blutgierige Anhänger der Vendetta aus Apulien und dem Apennin stehen in den Reihen der scheinheiligen Majestät und ziehen brandschatzend durch unsere Gaue. Ist gleich für uns in diesem kleinen rheinischen Grafentum die Zeit der Heimfindung noch nicht gekommen – so naht sie doch mit Eile. Mag der wilde Stier zustoßen – er findet am Ende den Schild, an dem er seine Hörner ausstößt!«

Die Bestürzung der Männer um den Dormann ward verschlungen von der Erkenntnis.

Das Herz der Gräfin Louise Juliane war bei den Gewaltworten ihres Obristen erzittert ...

Der Erzbischof von Trier, vormaliger Bischof von Speyer, kaiserlicher Kammerherr Philipp Christoph, Freiherr von Söteren, hätte bei seinem trefflichen rheinischen Temperament und seinem Weitblick oder seiner guten Kenntnis der politischen und kulturellen Entwicklung im großfränkischen Raum der Frau Gräfin von Sayn den ungeschmälerten Besitz der starken Freusburg und des saynischen Oberamtes trotz kaiserlicher Quertreiberei nicht streitig machen sollen. Zumal die Ansprüche Kurtriers längst erloschen waren, zumal er, just wie der saynische Obrist Dormann, den Freundschaftsring der Helferinnen vom Hof von Versailles an seiner rechten Hand trug.

Aber eher wechselte der Herr von Söteren seine Haut, denn seinen einmal gefaßten Entschluß – wie es ihm der Kurfürst von Mainz nachsagte. Dann wähnte er auch, Louise Juliane wende sich so und so den Norddeutschen, mit denen sie denselben Glauben hatte – zu. Er ahnte nicht, daß die Gräfin mit ihrem Obristen lange zu den trefflichsten Verfechtern für die Wiederaufrichtung des altfränkischen geistigen Raumes gehörte – ahnte nicht, daß die beiden geprüften Menschen auch als Protestanten seine eigene Gesinnung teilten.

Kurtrier marschierte – Kurköln folgte – gegen Sayn.

Frankreich schlief ...

Hätte der Dormann noch ein solches Friedensjahr, wie das von 1625, gehabt, so wären wohl genügend trefflich ausgerüstete Ausschußtruppen als Besatzung auf der Freusburg gesessen und ihre Einnahme wäre nicht so plötzlich und so schnell vor sich gegangen – wenn auch die Haltung der Burg auf die Dauer vor der Übermacht der Trierer unmöglich hätte durchgeführt werden können. Nach dem Fall versuchte der Erzbischof, mit Louise Juliane zu verhandeln, und ließ sie wissen, daß er gewillt sei, ihr gegen Zahlung eines hohen Lösegeldes die Burg zurückzugeben und seine Ansprüche für immer aufzugeben.

So fuhr die Gräfin im Frühjahr 1627 im offenen Wagen nach ihrem Lieblingsaufenthalt, dem Schloß Friedewald, das die Trierischen zum Verhandlungsort ausersehen hatten. Viel lieber als mit vierspännigem Staatsgefährt, mit Stangen- und Vorreiter und Eskorte, wäre sie einsam mit ihrem Obristen über den hohen Westerwald geritten – wie vor zwei Jahren durch den Märchenwald nach Schöneberg. Das konnte nicht angehen, erstens weil sie vor den Trierern repräsentieren mußte, zum anderen, weil Frau Louise Juliane ihrer dritten Niederkunft entgegenging.

Den Gespannen zur Seite, als ihr Führer, ritt der Korporal bei den saynischen Wachen, Herr Johannes Wilhelm Quast.

Hinter dem jungen Korporal, dicht neben dem Wagen der Gräfin, ritt der Kommandierende der gesamten saynischen Streitmacht, der Kompanien, der Husaren und des Ausschusses – der Obrist Dormann. Den Schluß bildete ein Fähnlein saynischer Husaren.

Es war ein Maitag, hell und klar wie der, da die Gräfin mit dem Obristen vor zwei Jahren nach Schöneberg geritten. Die Frau im Wagen wie der Obrist nebenan zu Pferde mochten im Stillen die beiden Tage miteinander vergleichen. So kam es wohl, daß Schweigen zwischen ihnen war. Das Schweigen aber war in den schweren Man-

tel der Sorge eingehüllt. Das zunehmende Leiden des Gatten, seine
Angstzustände, die sich ins Unheimliche steigerten, drohten auf die
Gräfin überzugreifen. Darum hatte sie die Entscheidung aller Dinge
in die Hand des Obristen gelegt.

Gefährlich nahe lagen große feindliche Heere. Was die Kurtrierischen beabsichtigten, würde man bald genug erfahren. Und immer
dichter zog sich der kaiserliche Ring um die Grafschaft. Nun meldete auch noch der kölnische Kurfürst längst abgetane Ansprüche.
Und Kurpfalz verlangte vergessene Rechte. Zog denn die ganze
Welt gegen Sayn zu Feld? – Langsam arbeitete sich der Wagen aus
dem Nistertal in die Berge des hohen Westerwaldes. Die unwirtli-
chen Wege ließen das Gefährt in allen Fugen ächzen. Ehe Friedewald erreicht war, mußten noch einige mächtige Höhenzüge überwältigt werden.

Zu Marienstatt riefen die Glocken zur Messe. Es war Sonntag.

»Obrist, sie werden uns erdrücken wollen.«

»Verzagt nicht voreilig, Frau Gräfin! Die Trierischen treibt das
Unrecht wieder aus dem Land!«

»Daß Ihr noch an das Recht glauben könnt, Karl Wilhelm!«

»Ist es nicht töricht, daran zu zweifeln?«

»So meint Ihr gar, alle Unbill und Vergewaltigung geschehe uns
zu Recht, Obrist?«

»Die alten Gesetzmühlen Gottes gehen oft rasend schnell, mitunter aber drehen sich ihre Räder so langsam, daß man meinen
könnte, sie ständen still – just sind wir in ein arg zögerndes Triebge-
zeit geraten – da ist zuviel Mahlgut zwischen die Steine geraten.
Wollen Euer Liebden es überdenken?«

»Es muß wohl so sein, wie Ihr sagt!«

Nach Stunden mühevoller Fahrt über Hochheidebügel, wachol-
derbestanden, mit Basaltgewacker übersät, in dem sich Weg und Steg
verlor – lag es plötzlich vor ihnen, zierlich betürmt, mit prächtig
gekuppelten Fensterreihen, die Außenwände geschmückt mit herrlichen Skulpturen – wie aus einem Märchen in dieser Wüstenei ge-
zaubert – Friedewald.

Vor der Pforte stand ein roter Wagen mit dem kurtrierischen
Schild. Also waren die feindlichen Unterhändler schon zugegen.

149

Der Obrist war schon abgesessen. Er winkte dem Korporal, für die Unterbringung der Eskortierer und Pferde zu sorgen, half der Gräfin aus dem Wagen und geleitete sie in das Schloß. Der Verwalter hatte die trierischen Unterhändler in den Rittersaal geführt, wohin sich geradewegs die Gräfin mit dem Obristen begab. Drei Männer standen in der Einsamkeit des unbewohnten, großen Raumes, in leuchtendem Ornat der erzbischöfliche Legat, in glänzender Galamontur ein kurtrierischer Obrist und ein geistlicher Schreiber in schwarzem Gewand.

Als die hohen Gestalten der Gräfin und des Obristen Dormann eintraten, kamen ihnen die trierischen mit verlegenen Mienen entgegen und verneigten sich tief vor der Gräfin. Mit sanfter Stimme nannte der Schreiber die Namen seiner Begleiter und den seinen. Als die Gräfin sich auf dem erhöhten Stuhl, mit dem saynischen Löwen geziert, niedergelassen hatte, nahmen auch die Unterhändler mit unterwürfigen Bewegungen ihre Plätze ein. Der Obrist Dormann stand aufrecht neben dem Stuhl seiner Gräfin. Er wußte, daß er für sie sprechen mußte, und wußte, was er sagen mußte. Der trierische Schreiber hatte ein Häuflein feingespitzter Federkiele und ein Bündel Akten vor sich aufgetürmt. Die Gräfin schritt alsbald zur Aussprache.

»Was also haben die Herren Gesandten des hochwürdigen Erzbischofs, Kurfürsten und Herrn für eine Grundlage zu geben?«

Der Obrist Dormann wunderte sich über die Festigkeit ihrer Stimme.

Der erzbischöfliche Legat räusperte sich, tauschte einige Worte mit dem trierischen Obristen, erhob sich und redete zurückhaltend und einschmeichelnd.

»Euer liebenswerten Gnaden kurz die Forderung meines Herrn Erzbischofs und Kurfürsten darzutun, ist es, daß Seine Kurfürstlichen Gnaden Euer gräfliches Oberamt, mit Land und Leuten und mit allen Rechten – mitsamt auch dieses Schlosses und Fleckens, dazu die Burg und Festung Freusburg mit zugehöriger Herrschaft an sich fordert und verlangt. So Euer Liebden dareinwilligen, soll von uns drei Herren versichert werden, daß alsdann keinerlei Landesbesetzung durch unsere Truppen, außer der hohen Freusburg – und

keinerlei Lands- und Volksbedrückung irgendwelcher Art erfolgen
wird, außer der milden Einführung des alleinigen römischen Glaubens – auch in Euer Liebden übrigem Land. Wollen mir Euer Liebden darauf antworten?«

Bestürzt, ob dieser unerwarteten Forderungen, flohen der Gräfin
Augen in die ihres Obristen, in denen es lohte wie feurige Flammen.

»Unser Herr Obrist Dormann wird sich zuvor einer Antwort
befleißigen. Alsdann erfolgt meine Antwort, Ihr Herren!«

Der Obrist spürte das Beben in ihrer Stimme. Die schamlose
Forderung des Legaten hatte ihn selbst aufs tiefste erregt. Nun
konnte es ihm auch gleich sein, was sie jetzt für Augen machen würden. Mit scharfen Worten, deren jedes gleich einem Fußtritt zu spüren war, warf er all ihre Hoffnungen über den Haufen.

»Ihr Herren Commissarii wollet Euerm Herrn und Gebieter fürs
allervorderste sagen, daß nach unserer Auffassung das Kurfürsten-
tum keineswegs auch nur die allerkleinsten Rechte hat, sich der frei-
en saynischen Grafschaft irgendwie zu bedienen! – Daß Seine Kurfürstlichen Gnaden schon fürs erste großes Unrecht tat, die hohe
Feste Freusburg zu bestürmen und zu besetzen – daß wir aber für
und für ihre Entmannung zu Recht fordern. Sodann ist es eine fürchterliche Vermessung, ohne jedes Anrecht, von einem solchen je und
je niemalen ein Mensch Wissen haben könnte – unser gräfliches
Oberamt samt diesem Schloß und Flecken herauszuverlangen. Was
aber eine Landesbesetzung, Volksbedrückung oder die Rücktreibung
der Hiesigen in die römische papistische Kirche anbetrifft, so sagen
wir, daß wir keinerlei dieses dulden – nicht bei Tod und Verderben!
So soll Euer Herr es mit Gewalt versuchen, wird er's gewahr, daß wir,
wenngleich er an Kriegsmannen vielleicht stärker ist – es dennoch
damit aufnehmen. Zum Zeichen unserer Zuversicht gebt Eurem
Herrn dies unser Wissen kund: So wahr der König Louis von Frankreich in diesem sowohl als auch in andern Sachen niemalen nicht gegen die Gräfin von Sayn operieren wird, obgleich er und sein Volk
katholisch ist wie Ihr. Er sieht uns nicht nach dem Glauben an, wie
Ihr das tut – er sieht, daß die Saynischen ein gutes rheinisches Volk
sind – daß aber so wie Ihr! – Ich weiß, Ihr werdet Seiner Gnaden meine Worte nicht verraten, weil sie ungelogen sind.

Siegt Euer Herr in der Feldschlacht gegen uns, so wird er sehen, daß dann ein Krieg aus Hecken und Sträuchern gegen ihn erfolgt – bei Nacht und Nebel – daran alle Feinde zu Schanden werden. Wir sind zu Sayn freie Herrschaft auf freiem Land und halten zu unserm Volk! Euer Herr mag sich der Freundschaft mit den Französischen wohl rühmen – sie sind uns gleichermaßen wohlgesonnen! Darum wird er den Feldzug Eures Herrn gegen uns recht wenig loben. Er soll es mit dem König Louis und mit seinem Gewissen ausmachen, mit Kroaten und Ligistern gegen ein fränkisches Brudervolk zu streiten! – So wird die Antwort meiner Gräfin sein und noch, daß man nicht weiter verhandle, sondern, daß jeder seines Weges gehe!«

Die Trierischen hatten sich vor den Worten des Obristen geduckt und wollten ihren Sinn nicht verstehen. Sie dachten nur daran, daß der Herr von Söteren sie jagen würde, wenn sie mit der Antwort des geringen saynischen Obristen nach Trier zurückkämen. Das wäre aber auch ein zu schlechter Erfolg. Dem jungen Obristen aber war doch sicher nicht gegeben, hier das alleinige und letzte Wort zu sagen. Darum steckten sie selbdritt die Köpfe zusammen, sich zu beraten. Darauf erhob sich wieder der Legat. Er wandte sich jetzt, merklich zugespitzt, ausschließlich an die Gräfin.

»Euer Liebden wollen zu Gnaden halten, daß wir annehmen, von Euch andere Worte zu hören als die Eures Obristen, der unsern grundgütigen und berechtigten Forderungen einfach nur mit vermessener Haltung – gar mit unnützer Drohung entgegenkommt. Euer Liebden wollen uns daher eine bessere und entgegenkommendere Antwort geben, wo wir dann weiterreden!«

Da huschte ein schelmischer Schein über ihr Gesicht.

»Hat der Herr Schreiber im Vorgehenden des Obristen Dormann Antwort gut notiert?«

»O ja, Euer Gnaden!« Zu dritt hatten sie es der Gräfin bestätigt. Zuversichtlich warteten sie auf die Auslassung. Der Dormann stand wie eine Säule, er fühlte, wie die Frau neben ihm in Bewegung kam.

»Nun, so gehet und bringet sie Eurem Herrn und sagt ihm dazu, des Obristen Dormann Sprach und Antwort sei allemal die meine und die des gemeinsten Mannes in der Grafschaft Sayn. Ihr Herren habt sie wohl vernommen, so daß es ihnen nun wohl anstehe, von hinnen zu scheiden.«

Stolz und voll hoher Würde – gleichwie sie gekommen, schritt sie am Arm des Widdersteiners hinaus. Am langen, leeren Tisch saßen die drei Kurtrierischen und machten Gesichter, in denen die Dummheit wider die Empörung stand – abwechselnd, mal in feuerroter mal in leichenblasser Farbe, je nachdem die Wut oder die Ohnmacht darin die Oberhand hatte. Welche ausgedehnte, umständliche – mit vielen Herren und Gewaltigen der Grafschaft versehene, über eine Reihe von guten Tagen liegende Beratung hatten sie sich vorgestellt! Wie schnell hatte sie dieser verteufelte Dormann auf knappe Frage und Antwort abgefertigt! – Wie glatt hatte die Gräfin dazu pariert und sie, des mächtigen Kurfürsten Gesandte, ihres Wegs verwiesen! Das waren wohl bittere Pillen, aber sie mußten geschluckt werden.

Nach kurzer Zeit rollte der rote kurtrierische Wagen über die Gratwege der Nisterhöhen nach Südwesten.

Im Park zu Friedewald schritt die Gräfin am Arm des Dormanns um Teich und plätscherndes Wasserspiel.

»Was sie wohl drauf tun werden, Obrist?«

»Maulfechten haben sie gewollt, Gräfin – sie haben's nicht fertiggebracht mit uns – sich aber hier mit uns zu schlagen, dazu wird's ihnen nicht auslangen, es sei denn, daß uns der Kurfürst von Trier noch einen zweiten Gegner ausmacht.«

Im Parkgebüsch spielte ein milder Hangwind, fing sich in den Kronen alter Birken und machte die blauen Kuppen des hohen Westerwaldes schwanken, als trieben sie ein schelmisch Spiel mit Stärke und Vertrauen.

Zum Abend passierte der gräfliche Zug mit Wagen und Eskorte das Obertor der Residenz. Wie immer grüßten die Altenkirchener ihre Herrin und winkten ihr zu. Spät nach dem Abendgeläut vernahm Graf Ernst, der einsame Kranke, aus dem Mund seiner teuersten Menschen das Ergebnis der Konferenz von Friedewald. Es ward ihm schwer, ihren starken Gedanken duldsam und willens zu sein.

In derselben Nacht kamen viele Truppen durch Altenkirchen und übrige Teile der Grafschaft. Alle Sprachen schwirrten durcheinander. Die Durchzüge dauerten wieder einige Tage und Nächte.

Und dann folgte eine Stille, als ob es keine Heere mehr gäbe draußen in der flammenden Welt. Die Stille drückte auf alle wie Gewitterschwüle, dahinein wie ein Blitz die Nachricht schlug, der Obrist Görtzenich sei mit Wallensteinern im Kirchspiel Hamm.

Ohne erst mit der Gräfin zu verhandeln, sammelte der Obrist den Ausschuß von Altenkirchen und Hachenburg, um die Wallensteiner wieder aus dem Land zu treiben. Er wußte wohl, daß solchen Elementen wie Görtzenich eine Schlappe genügte, angstvoll auszurücken. Allein, als sich der Obrist mit seinen wenigen Hundert den Tausenden Wallensteinern gegenübersah, kehrte er zerknirscht und aufgewühlt um. Als er niedergeschlagen vor Louise Juliane stand, ihr die Stärke der Görtzenichschen Räuberhorden zu melden, überkam ihn erstmalig eine tiefe ratlose Starre. Die Gräfin, obwohl selbst erschüttert, bewegte mit wenig Worten sein Gemüt.

»Nun muß ich mit mir allein zu Rate gehen, Obrist!«

Das riß ihn aus seiner Mutlosigkeit empor.

»Wir müssen erst zusehen, wie sie's treiben, Gräfin!«

Das war dann auch ihre Meinung.

Am nächsten Tage erschien der Obrist Görtzenich mit Truppen. Er begehrte, sofort die Gräfin zu sprechen. Sie empfing ihn im Schloß. Der Obrist Dormann wollte der Unterredung beiwohnen, doch die Gräfin wehrte sich dagegen, als könne daraus ein Unheil entstehen. Als Louise Juliane dem Görtzenich im großen Saale gegenübersaß, entsetzte sie sich beim Anblick dieses halben Tieres. Wirr kringelten sich die roten ungepflegten dünnen Haarsträhnen um seinen unförmigen Kopf. Unter der niederen Stirne lagen brauenlose, blutunterlaufene, kleine Schweinsaugen. Die breite, winzige Nase schien eingedrückt zu sein. Das fast zahnlose wulstige Maul war rundum von einem Büschel Haare umgeben. Das lange Kinn schnitt senkrecht ab. Spuren des Alkohols saßen fest in dem unsteten Blick, und seinen Mund umspielte in Zuckungen die Gemeinheit. Zerbrochen war seine Stimme.

»Ich habe mit Euch zu sprechen, Gräfin!«

»Sprecht!«

»Wir suchen Euren Obristen Dormann. Der Tserclaes von Tilly trug mir ihn besonders auf. Wo ist er?«

Louise Juliane erschrak. – Wie nahe war ihr Obrist.

»Ich weiß es nicht, Obrist! Ich pflege auch nicht, um jeden besorgt zu sein, da mir und meinem lieben armen Volk in diesem Krieg schon des Leids so viel ward!«

»So, Ihr wißt's nicht. Wir werden ihn suchen! – Dann verstehe ich wohl, daß Euch lieb ist, wenn Euch Leid erspart bleibt. Das kann sehr leicht geschehen, wenn Ihr anordnet, daß sich Euer Volk mit allem meinen Truppen willenlos zu unterordnen hat! Versteht Ihr, Gräfin?«

»Das ist stets von selbst so. Wie Krieg ist, herrscht willkürlich der Sieger. Das ist zu ertragen, wenn der Sieger edel ist und nicht so, wie man's von Euch hört!«

Louise Juliane zwang sich zum Mut.

»Haha, seid nicht zu kühn, Gräfin!«

Irrsinnige Lust lohte aus des Wüstlings Augen. »Aber man darf Euch Herrschaften ja nicht wehe tun, wegen der Herkunft. Ich kümmere mich nicht darum, Gräfin! – Dann habt Ihr Euren Ausschuß bis auf die Wachen aufzulösen! Nach Eurem Obristen werden wir sehen! – Sonst habe ich nichts mit Euch zu verhandeln. Ob ich noch einmal vor Euch komme, ist schwerlich zu sagen. Für mein Quartier sorgt Euch nicht!«

Der Gräfin versagte vor diesem Ungeheuer die Sprache.

»Ach, Gräfin, noch eins. Solange wir hier im Land sind, geht kein Bote noch irgendein Melder über die Landesgrenze, wer und was es auch sei. Wir besetzen alle offenen Wege sowohl wie die Schleichpfade!«

Sie hörte nicht den höhnischen Gruß des Görtzenich und nicht sein Gehen. Sie sank in qualvolle Gedanken. Was hatte der Unhold vor? Karl Wilhelm Dormann suchten auch sie! Also mußte er sich wieder im Verborgenen halten, und sie mußte mit dem kranken Gemahl wieder ohne ihn sein. – Ihr feines Haupt lag auf dem Tisch über den weißen bloßen Armen, und ihre Wangen badeten sich in Tränen. Ihr Leib erschütterte in Schluchzen. So hatte sie nicht bemerkt, daß Karl Wilhelm Dormann leise eingetreten war. Er stand neben ihr und sah auf sie herab.

Arme Frau! dachte er und strich ihr sanft über Stirn und Blondhaar. Verstört fuhr sie auf. Als sie den Obristen neben sich sah, nahm sie seine Hand, lehnte ihre Wange daran und sah zu ihm auf.

»Lieber Karl Wilhelm, nun bin ich wieder allein!«

Sie berichtete ihm ihre Unterredung mit dem Görtzenich. Karl Wilhelm sah wie in weite Fernen und dachte an die fremde Frau, er meinte sie winken zu sehen: Komm!

Louise Julianes Stimme riß ihn aus seinem Denken.

»Obrist, ich wüßte einen Rat, Ihr könntet euch im Schloß verbergen!«

»Meint Ihr, Gräfin, es ginge an, wenn draußen Frauen und Kinder leiden, daß sich der Obrist Dormann dann im Schloß verbirgt, aus Angst? Das könnt Ihr selber nicht gutheißen! Nein, Gräfin, wischt Eure Tränen ab! Tragt's, daß ich nicht täglich mehr Euer Ratgeber sein kann, Ihr braucht mich ja wohl auch kaum, solange sie da sind. Draußen aber in Heide und Wald und in den Dörfern, da warten sie bald auf mich. Dort bin ich jetzt nötig. Der Görtzenich wird mich wohl nicht bekommen. Auf alle Fälle aber sorgt dafür, Gräfin, daß das Gänsepförtchen an der Quengelmauer des Nachts geöffnet bleibt!«

*

In den Dörfern der Grafschaft zwischen Hamm und Altenkirchen spielten sich entsetzliche Tragödien ab. Jedes dieser Dörfer hatte ständig hundert und mehr Görtzenichscher Räuber unter den Dächern. Wenn sie in ein Dorf einfielen, so traten sie zuerst Türen und Fenster ein und machten sich gewöhnlich zuerst über die Frauen, diese zum Auftakt zu vergewaltigen und zu schänden. Sie taten dies auf die bestialischste Weise.

Es kam auch vor, daß sie halbwüchsige Mädchen schändeten, die dann von Hand zu Hand wanderten. So trieben sie es überall.

War nicht genügend Fleisch vorhanden, so wurden die ersten besten Tiere aus den Ställen geholt und geschlachtet. Manchmal war es die letzte Kuh im Stall. Görtzenich hatte einen Befehl erlassen, in dem er den Truppen empfahl, unter allen Umständen gut zu fressen und zu saufen und auch keine Frau zu schonen. Das stehende Getreide auf den Feldern wurde mutwillig zertreten und verdorben.

Trafen sie auf Häuser, die schon vollständig ausgeplündert waren, darin Frauen und Kinder in halbem Irrsinn umgingen, da legten sie dann Brand an, ihren Frevel mit Flammen zu krönen, darin oft genug Bewohner umkamen. Von diesen Banditen nun trug ein jeder seinen Rosenkranz, trug ihn nicht nur, sondern betete ihn auch, wenn die Glöcklein der Feldpröpste über die Lagerfeuer klingelten, die ihnen, den Truppen, so billig die Sünden vergaben. Ein Reim ging durch die Hütten im Westerwald.

Verelendete Jugend sang ihn:

> *O Görtzenich, o Görtzenich,*
> *Kindskinder denken an dich.*
> *Kindskinder denken an deine Schmach,*
> *Kindskinder singen noch Weh und Ach.*
> *O Görtzenich, o Görtzenich,*
> *Kindskinder denken an dich.*

In den Dörfern, die der Unhold mit seinen Bluthunden noch nicht heimgesucht hatte, rüstete man wiederum für die Flucht in die Wälder. Mit den Bauersleuten flüchteten auch die Pfarrer und Lehrer. Sie nahmen Vieh und das Wertvollste nebst dem Nötigsten zum Leben mit sich. Zurück blieben nur die Greise und abwechselnd etliche Männer, die noch das zurechthielten, was noch war. In die versteckten Schlupfwinkel der tiefen Wälder kamen selbst des Görtzenichs Raubmörder nicht. Angst der Fremden vor dem tiefen deutschen Wald.

Bei Berod gibt es eine Waldflur, die den Namen »In den Leichen« hat. Diesen Namen hatte die Flur zu jener Zeit noch nicht. Erst recht nicht stammt er aus der Germanenzeit, wie es in einem Heimatspiel dargestellt wurde.

In sanftem Hang fällt das Gelände dieser Flur nach Osten. Ein weiter lichter Platz bot zu einer geheimen Versammlung die geeignetste Stätte.

Der Weizen stand in Hausten im Felde, als sich eines Nachts bei Vollmond reges Leben auf diesem Platz abspielte.

Von allen Seiten, aus allen Richtungen kamen Männer herbei. Der saynische Ausschuß und die Freiwilligen aus der gesamten

Grafschaft sammelten sich. Der Obrist Dormann hatte zum Hekkenkrieg wider den Görtzenich aufgerufen. Lange schon warteten die Versammelten auf des Obristen Kommen. Aber niemand murrte gegen sein langes Ausbleiben.

Gegen den Obristen Dormann murrte man überhaupt nicht. Endlich, gegen Mitternacht, kamen zwei Reiter aus der Richtung vom Steimelchen über die Talmulde ruhig geritten. Mitten unter den Haufen ritten der Obrist und der Korporal Quast. Sie blieben beide zu Pferde. Ein Kreis schloß sich um sie. Dann sprach der Obrist:

»Meine Reiter und Musketiere, meine Unteroffiziere und Offiziere, Bauern! Der leibhaftige Satan ist in dem Görtzenich in unserm Land. Ehe denn noch zwei Monde um sind, hat er euch alle um Haus und Hof, um Weib und Kind gebracht. Ihr wißt es. Unsern schwachen Ausschuß hätte er im offenen Feld mit seiner Übermacht wohl gleich vernichtet. Ich erkannte das und sparte Euer kostbares Blut, meine Westerwälder. Und doch hatte der Teufel Angst vor uns, ließ den Ausschuß durch die Gräfin auflösen, bis auf die Wachen in Altenkirchen und Hachenburg. Diese Wachen stellte ich unter den Befehl des Leutnants von Kahlen zu Hachenburg. Die Wache zu Altenkirchen steht unter dem Korporal Quast, die zu Hachenburg unter dem Korporal Nölgen. Damit ist der gnädigen Herrschaft guter Leibschutz gegeben. Ich selbst mußte flüchtig gehen, weil der Görtzenich wie ehedem der Tilly meinen Kopf fordert. Im Angesicht seiner viehischen Taten an Land und Leuten halte ich dafür, wenn wir ihn und sein verdammtes Gesindel aus den Hecken und in der Nacht bekämpfen, wo wir ihn fassen können. Wo wir dann Banditen abfangen und töten, so dürfen ihre Leichen nicht liegenbleiben, sondern müssen fortgeschafft werden, weil sie dem Görtzenich unsern geheimen Kampf sofort verraten und er dann wohl die Kinder aus den Mutterleibern herausschneiden ließe, so er ihrer habhaft würde, und sie mordete. Drum sind alle Leichen, die es gibt, hierhin zu schaffen, auf diesen Platz, wo man sie alle Tage vergrabe. Den einsamen Ort hier vor neugierigem Volk zu schützen, das es wohl nicht viel mehr gibt, liegt auch hier eine Wache, die sich am Tag wie in der Nacht dreimal wechselt. Im weiteren frage ich dann, ob Ihr bereit seid, bei allen Nächten unter meinem Kommando den Frauenschänder, Mordbrenner, Räuber und kaiserlichen Obristen Görtzenich zu bekämpfen, ohne Euch um Euer Leben zu sorgen, um all des Blutes, der Ehre und der Heimat willen?«

Der Atem der Männer ging wuchtig, und Heiligkeit füllte ihre Seelen.

»Frogt net su, Herr Owerscht! Als ob do eener runner wer, der net wöll!«

»Ich wußte das! – Wie heißt Ihr, Mann?«

»Ollichschläjer – Pidder von Lauchesen!«

»Gut, Ohligschläger, Ihr übernehmt dann die Nachthetzen bei Euch und in Almersbach. – Und sonst wählt jede Dorfschaft ihren Führer, der dann mit Leuten des Ausschusses die Überfälle leitet. Auch die Geflüchteten in den Schluchten sollen helfen, als die jung und rüstig sind. Den Ausschußleuten besorgt Bauernkleider. So soll es sein, daß vor Tag die Beute hier abgeliefert ist. Das Wesen hier am Platz steht unter dem Kommando des Rittmeisters Pauly zu Altenkirchen. Er mag das Weitere anordnen. Die übrigen Offiziere sind unter seinem Befehl. Zuletzt brauche ich für mich sechs Kerle, die willens sind, mit mir zur Nacht- und Tagzeit den Görtzenich zu schrecken. Ihr wißt alle, daß ich als Westerwälder Bauernsohn und Euer Obrist jeden mit Namen kenne und weiß, was und woher Ihr seid. Darum sind die sechs schon ausgesucht. Der Sargmacher Hannwillm Hilpich aus Gehlert, der Ladewilm?«

»Hai!«

»Der Hirt und Schulpräzeptor Hilarius Lucas aus Höchstenbach, der Platzbuch?«

»Hier!«

»Der Wollenweber Petrus Löhr aus Wanebach, der Lührchen?«

»Hee!«

»Der Fallenkrämer Pfaffenseifen aus Atzelgift, der Fallefuß?«

»Jou!«

»Der Knochensammler Theobaldus Peil aus Mehren, der Knochepeil?«

»Hee!«

Der Abdecker Johann Philipp Bungert aus Birnbach, der Höppfillep?«

159

»Hee!«

»Ihr sechs geht noch die Nacht mit mir! Und zwar gleich. – Für die andern ist der Rittmeister Pauly an meiner Statt! Ihr Männer, macht's gut, doch seid vorsichtig! Denkt daran, daß sie uns wieder vor die Pfaffen auf die Knie zwingen wollen, die Welschen. Wir haben aber auf den Luther, der auch ein deutscher Bauer war wie wir, geschworen. Sie sollen uns in Ruhe lassen!«

Dem Obristen ward keine Antwort, das war ihm gerade recht.

»Quast, Ihr nehmt den Saladin mit nach Altenkirchen! Pflegt ihn gut! Und dann, Quast, sagt der Frau Gräfin einen Gruß!«

Dann befahl der Obrist dem Rittmeister Pauly, den nächsten Verwandten seiner sechs Auserwählten Nachricht über deren Verbleib zu geben.

»So meine sechs, kommt!«

Sie gingen über das Steimelchen zurück und dann in Richtung der Hohen Straße.

»Harr Owerscht, wollt Ihr uff de huh Stroß?«

»Natürlich, Fallefuß!«

»Bei Gielert druff orer weirer owwe?«

»Bei Gieleroth, denke ich!«

»No awwer do kenne mer abstrecke!«

Da haben wir's schon, dachte der Obrist – der kennt alle Wege! Als sie den Wald zurückließen und vor ihnen das Dorf Gieleroth lag, stieß der Obrist einen leisen Ruf des Erstaunens aus.

»Do han ech Leecht jesehn!«

»Wo, Lührchen?«

»Oem Posthaus!«

»Dasselbe meinte ich auch. Wir wollen das Haus einmal im Auge behalten.« Sie gingen langsam weiter. Da – jetzt wieder, aber das war kein bloßes Licht, das war eine offene Flamme! Der Obrist war einige Schritte voraus. Sie gingen jetzt im Eilschritt. Als sie noch etwa dreißig Ruten vom Posthaus entfernt waren, hielt der Obrist plötzlich ein. Ihm gleich taten's die anderen. Sie vernahmen Stimmen irgendwo. Die Männer gingen etwas seitwärts. Und nun sahen sie hinter der Postscheuer ein Feuer und drumherum sechs Kerle, die etwas zu besprechen schienen.

»Bleibt sitzen, Jungens, ich gehe näher heran!«

Nur ungern ließen die Männer den Obristen allein gehen. Der kroch auf allen vieren an die Scheuerwand und lauschte um die Ecke. Zwei unterhielten sich am Feuer. Sie sprachen deutsch.

»Ob dieses das Posthaus ist?«

»Kann sein, kann auch nicht sein!«

»Ja, wären wir nicht Vorposten, so hätten wir schnell nachgeschaut. Aber es ist riskant. Doch morgen sind wir die ersten. Es scheint hier noch sehr gut zu werden. Verdammt, läg jetzt lieber in einem hohen Bauernbett bei warmen Dirnen als hier im Gras auf Vorposten!«

»Morgen flammt's hier fein! – Ins Haus zu gehen halte ich gar nicht für so schlimm. Wenn wirklich Knechte drin sind, so nehmen wir's doch mit denen auf! Ich sehne mich verflucht auch nach was Warmes. Der Obrist läßt uns doch freie Hand in allem. Und eh sie kommen morgen, haben wir den Rahm abgeschöpft!«

Die vier Schweigenden am Feuer sanken ermüdet um und hüllten sich in Decken.

Na wartet ihr Vagabunden! dachte der Obrist und kroch zurück.

»Was meint ihr? Sechs vom Görtzenich hängen drum. Vorposten. Sie überlegen, ob sie noch ins Haus brechen wollen, die Nacht, oder ob sie das Eintreffen eines ihrer Haufen abwarten sollen. Nun, was machen wir?«

»Abmorksen!« antwortete der Höppfillep.

»Awer ohne Schandal!« meinte der Ladewilm.

»Höppfillep, Ihr geht dort an das Haferfeld und dreht einen Schilling dünne Strohseile!« befal der Obrist.

»I watt, Harr Owerscht, mir nemme Witt, do steht jo e Struch!«

»Da habt Ihr recht. Ihr seid sehr hellhörig, Höppfillep!«

Der war schon an den Weiden beschäftigt und schnitt und drehte sie.

»No, fohlt, Herr Owerscht! Gohn die kabott? – Nie net!«

»Na also! Wir gehen jetzt bis an die Scheuerwand. Höppfillep, Platzbuch, Ladewilm und Lührchen, Ihr geht links herum. Der Fallefuß und Knochepeil gehen mit mir rechts herum. Zusammen schleichen wir uns von entgegengesetzten Seiten dicht an sie. Wenn ein Wiedehopf ruft, wirft sich jeder auf einen Kerl. Aber nur nicht zwei auf einen. Wir stopfen ihnen die Mäuler, wer kein Tuch hat nimmt Gras, und binden sie an Händen und Füßen. Verstanden?«

»Jou – su get bruch mer net zwaimol zu söhn!«

»Also los!«

Langsam ging's wieder auf Händen und Füßen an die Scheuer.

»Hat jeder ein paar Weiden? – Na, dann weiter!«

Das Feuer brannte stärker als vorhin. Vier der Görtzenichschen lagen und schnarchten. Die zwei anderen unterhielten sich lebhaft.

Der Obrist war mit den beiden bis auf zehn Schritte unbemerkt herangekommen. Er wußte, daß die Kerle durch den Feuerschein geblendet wurden und nicht weit ins Dunkle sehen konnten, obwohl der Mond schien. Geduldig verharrte er, die beiden Schwätzer nicht aus den Augen lassend. Da – hinter den Köpfen der Sprecher tauchten Hände in den Lichtschein – der Wiedehopfruf blieb dem Obristen im Halse stecken. Die Geisterhände legten sich um die Hälse der beiden, die lautlos hintenübergerissen wurden. – Verteufelte Kerle!

»Los!« kommandierte er hastig seine zwei.

Doch als sie herankamen, lagen auch schon zwei der Schläfer neben den Schwätzern, geknebelt und gefesselt. Und nur für den Fallefuß blieb einer übrig. Alles andere hatten die vier schon besorgt. Die sechs Görtzenichschen Meuchelmörder lagen um das Feuer und schlarbsten.

»Herr Owerscht«, meinte flüsternd der Knochepeil, »Herr Owerscht, Euer Guggugsknecht leeß lang ob sech wahden. En annermol mooß hä fröher paifen!«

»Ich wußte ja nicht, was Ihr konntet! Es ist schon recht so. Was machen wir mit ihnen?«

»Mer ketzeln en gett de Reppen un schmaisen se an den ahle Jeböcksgrawwen, do kuunen se wahden, bös ma widderkumme!« meinte der Lührchen.

»Erscht kriehn se alls abgenomme!« warf der Fallefuß ein.

Im Nu waren sie ihrer Habseligkeiten beraubt, das heißt, der Pulverranzen und Säbel. Die Musketen lagen abseits. Alles andere war den Männern verächtlich und wertlos.

»Un dann nehme mer se un schmaise se in de Postweiher, do hamer det Dudmache gespart un brauche se später net bei die annere Lachen no Beredt zu schleppe!«

Das riet wieder der Fallefuß, und so machten sie es. Sechsmal plumpste es im Gielerother Postweiher, dann lag er wieder still.

Musketen und Munition nahmen die Männer des Obristen an sich, der sie dann quer über die Poststraße in den Wald nach Widderstein zu leitete. »Wivil oser Mädcher on Frauen hädden die sechs Halunken moren wirrer schempelich jemacht! Wivill Höiser hädden se angestochen!« meinte unterwegs halb für sich der Höppfillep.

Keiner sagte etwas darauf.

Die Hähne fingen an zu krähen, als sie auf dem Dormanns Hof ankamen. Der Obrist öffnete den Ohles und hieß die sechs, sich Strohlager zurechtzumachen. Er selbst ging ins Haus und holte Schinken, Brot, Käse und dicke Milch.

»Eßt und verhaltet Euch ruhig!« Karl Wilhelm Dormann ging wieder ins Haus. In der Stube sank er schweratmend auf einen Stuhl und dachte, wie lange wohl noch der Dormanns Hof unversehrt stände. Noch während er es dachte, überkam ihn mit Gewalt die Müdigkeit, so daß er bald am Tisch in tiefem Schlummer hockte und nicht hörte, wie sein alter Vater mit dem Öllicht aus der Kammer kam. Er spürte nicht, wie er ihm die zitternde Hand auf das Haar legte und leise und kummervoll hauchte: »Armer Junge!« – Die Gräfin hatte dem Alten über alles Nachricht gegeben. Gut, daß er da war, der Sohn.

Am anderen Tag halfen vierzehn starke Arme, die Weizenernte des alten Dormann einzubringen, aber nicht in den Hof. Im Wald an schwer findbarer Stelle, gar nicht allzuweit vom Hof stapelten sie den Weizen auf und alles Korn, was noch draußen war. Das Vieh wurde ebenfalls wieder in den Wald getrieben, und die Knechte mußten sich im Hüten abwechseln, Tag und Nacht.

Sodann machte der Obrist denen auf der Burg kurzen Besuch, der dazu führte, daß allen Widdersteinern erlaubt wurde, sich schlimmstenfalls in die Burg flüchten zu können. Die Zugbrücke machten seine Männer in Ordnung und anderes mehr zur Sicherheit. Drei Tage blieb Karl Wilhelm Dormann mit ihnen auf dem Hof. Am dritten Tage kam ein Görtzenichscher Trupp. Sie durchsuchten das ganze Gebäude und fanden nicht einen Bissen Brot. Der alte Dormann empfing darob von einem der Unmenschen einen harten Fußtritt. Aber plötzlich verstummte der fürchterliche Spektakel in Dormanns Haus. Am späten Abend aber glitten die Leichname der Räuber lautlos in den tiefen Burggraben.

Nun weilte Karl Wilhelm Dormann, der Obrist, mit seinen Rächern nur noch Stunden an Tagen zu Widderstein. Und nur, um zu ruhen. Zur Nachtzeit aber tauchte er im ganzen Lande auf, mal hier, mal da, wo die Gelegenheit gut war, Görtzenichsche Bluthunde zu beseitigen. Im geheimen raunte sich das Volk die Rachetaten ihres Obristen zu.

Aber auch die anderen unter dem Rittmeister Pauly, die zu Hunderten waren, taten ihre Arbeit. Alle zusammen vollbrachten sie nicht zur Hälfte das, was der Obrist mit seinen sechs schuf. Aber in jeder Nacht füllte sich eine Grube mit Leichen im Beroder Wald. Doch als die Mordbrenner einige der Leichenträger abfingen, verließ viele von des Rittmeisters Leuten der Mut, und fast duldete das Volk wieder überall die Greuel. Die gefangenen Männer aber ließ der Görtzenich oberhalb Fluterschen, auf dem Knochenplatz, oder wie es vordem hieß, auf dem Viertelplatz, von Pferden auseinanderziehen, vierteilen. Auch in den versteckten Flüchtlingslagern in den Wäldern ging es den Leuten schlecht. Pest und Typhus rafften Frauen und Männer hinweg. Kinder und Greise starben Hungers. Eines Abends verbrannte auch des Ohligschlägers Hof Lauchhausen und leuchtete grell ins Wiedtal. Nach Wochen erst konnte der Obrist einmal durchs Gänsepförtchen ins Altenkirchener Schloß schlüpfen, unter dem Schutz des Korporals Quast und einiger der Wachen. Der Obrist fand die Gräfin bleich und verzehrt in ihrem Gemach, zum drittenmal Mutter über ein Töchterlein geworden, einsam über den schriftlichen Berichten der Schultheiße gramgebeugt sitzend vor und den Grafen, der zum Schatten geworden und dessen große Sorge um den ausbleibenden Erbgrafen bestand. Er richtete sie beide auf so gut er konnte und verhieß das baldige Ende der Schreckensherrschaft des Görtzenich. Selbst fremde kaiserliche Heerführer, die durch die Grafschaft kamen, entsetzten sich angesichts des

Görtzenichschen Regiments und fertigten auf Ansuchen eines jungen, schwarzhaarigen kaiserlichen Kuriers Beschreibungen darüber aus, die sie dem Kurier aushändigten.

Der junge Kurier aber hielt sich beim alten Neuhoff im Falken zu Altenkirchen auf. Und der alte Falk, der längst nichts mehr auszuschenken hatte, unterhielt sich mit ihm wie mit einem alten Bekannten. Der Kurier erkundigte sich manchmal nach dem Dormann und nach der Gräfin, und niemand außer dem alten Falk wußte, daß er eine Frau, die einen güldenen Ring an der rechten Hand trug, darauf ein Kelch gegraben, war. Eines Tages war der Kurier verschwunden. Der Falk wußte, daß er nach Wien zum Hof des Kaisers war.

*

Wieder gingen einige furchtbare Wochen ins Land. Sayn ächzte unter dem Görtzenich. Da traf plötzlich eine kaiserliche Eskorte in Altenkirchen ein, deren Offizier den entmenschten Gesell festnahm und seine Truppen fortführte.

Am 14. Oktober 1627 wurde der Obrist Görtzenich, der, wie der Kaiser schrieb, den Krieg nicht als Soldat, sondern als ein rechter Räuber führte, zu Rendsburg mit dem Schwert vom Leben zum Tod gebracht. Sein Körper wurde auf das Rad gelegt und sein Kopf auf einen Pfahl gesteckt.

O Görtzenich, o Görtzenich, Kindskinder denken an dich.

Wieder kehrten die Flüchtlinge aus den Wäldern zurück. Wieder richteten sie sich unter abermals größten Entbehrungen und Opfern ein. Noch gaben die herrlichen großen Wälder der Heimat genug Holz zum Bauen her. Aber Vieh und Saatfrucht fehlten überall.

Wieder kehrte Karl Wilhelm Dormann an den Hof zu Altenkirchen zurück, und seine sechs auserwählten Männer wurden Leibwachen im Schloß. Der Obrist stellte den Ausschuß wieder auf.

Überall fehlte es jedoch an Geld. Doch gaben sich die wackeren Westerwälder daran, das Land wieder aufzurichten, weil es die Heimat war.

Vom alten Neuhoff vernahm dann der Obrist die schließliche Rettung der Grafschaft durch die fremde Frau, die sein eigenes Liebstes war und doch unbekannt. Er hörte, daß sie wiederum nach ihm verlangt hatte, und fühlte das alte Weh im Herzen. Aber er verschwieg es der Gräfin Louise Juliane, der sie zweimal beim Klang der Abendglocke ein Kindlein tot in die Gruft trugen. Der Obrist sah, wie Louise Juliane, schon wieder neues Leben unter ihrem Herzen, zur Heiligen wurde.

»Karl Wilhelm, was wird nun kommen?«

»Nichts, Frau Gräfin, das schlimmer wäre als das Vergangene!«

»Ihr glaubt selbst nicht mehr an Gutes und Schönes. Das Schöne ist ja nur Traum!«

Aber die Amseln sangen doch im Frühjahr 1628 so lieblich wie immer, und die Blumen blühten bunt wie früher.

Und im Frühjahr desselben Jahres besetzten die Kurtrierischen die saynischen Kirchspiele Kirchen, Daaden und Gebhardshain, denn der Görtzenich hatte ja die Grafschaft nun so geschwächt, daß der Trierer Kurfürst und Erzbischof keine Gefahr mehr zu fürchten brauchte.

Louise Juliane trug Leid um sechsundvierzig Ortschaften, die in diesen Kirchspielen lagen. Also stahl man der Gräfin den landschaftlich schönsten und größten Teil ihres Landes. Und den anderen durchzogen immer noch und wieder Kaiserliche aller Welt. Und nur dann und wann und hier und da konnte der saynische Ausschuß in dem verbliebenen Teil der Grafschaft die Einwohner vor Plünderungen schützen.

In Altenkirchen hielt Louise Juliane Wache beim kranken Gemahl, und in den Nebeldünsten der Zukunft sah sie, wie sich noch mehr Arme streckten, nach ihrem Land zu greifen. Und noch mehr wuchsen die Kriegsschrecken, und die graue Pest wanderte über das öde Land. In der Gräfin wuchs eine Geistgestalt, und wunderbare Kraft ballte sich in ihr, die vorerst noch schlief und sie zur stillen Dulderin machte.

Das folgende Jahr brachte ihr die fünfte Niederkunft. Aber sie brachte einen Glücksschimmer, und Böllerschüsse verkündeten die Ankunft des Erbgrafen. Die Sorge wuchs.

Der Ackerboden lag nach der Zerstörung des Landes durch den Görtzenich meist verwildert. Wo waren Zugtiere vor dem Pflug?

Spärlich tat nur Heidhau das ihre. Die Ernten brachten nur wenig mehr als das Saatgut. Der Obrist Dormann ritt durch das Land und sah diese Not, und er hieß seine Mannen, Eicheln und Bucheckern in den Wäldern aufzulesen und sie zuverteilen. Haufen junger Bauern zogen weit außer Landes, um Getreide und Mehl zu suchen. Aber sie brachten wenig heim. Das Wenige wurde gleichmäßig unter Eichel- und Buchelschrot gemischt und davon Brot gebacken. Fleischgerichte gab es nicht mehr. Und noch eine Not, die allergrößte, tanzte in tollen Sprüngen über Land, die Not des Glaubens. Man hatte kein Vertrauen mehr auf das Gute, es gab ja nur Böses. In den Bauernhütten erzählte man sich von dem Guten und Schönen wie von einer verschwundenen Herrlichkeit. Dann, aber nur dann auch lächelten die alten Großmütter dazu. Das Lachen war aus einer anderen Welt. – Es war einmal, ihr Kinder, es war einmal. So wurden Märchen zum erstenmal erzählt. Und gerade das schönste Mädchen im Dorf wurde zur Hexe verschrien, gerade der Mann, der die besten Ergebnisse im Stall und auf dem Acker zeitigte, hatte eine Hexe im Haus. Welch ein Segen, daß die Grafschaft in dieser Zeit von Menschen wie Louise Juliane und dem Obristen Dormann versehen wurde. Und doch gelang es, bei den Richtern Klagen gegen Frauen als gegen Hexen anzubringen und ihnen den Prozeß zu machen, der mit der Verbrennung der armen Wesen endigte.

Und auch eine neue Feindansage war erfolgt. Kurköln sammelte seinen großen Ausschuß, ihn nach Altenkirchen zu senden, alte Rechte auf Teile der Grafschaft geltend zu machen. Dann streckte der Abt von Maria Laach seine Hände nach dem saynischen Amt Bendorf aus. Und die Verwandten in Berleburg, durch die Geburt des Erbgrafen in Unordnung gebracht, suchten nach Gründen, die Grafschaft ganz an sich zu bringen. In den Herzen der Wittgensteiner hatte das Gift des Hasses ihr Schlagen schneller gemacht. Und der alte Salchendorf lebte noch.

Der saynische Obrist Karl Wilhelm Dormann aber horchte mehr denn je in das Land nach dem Generalmarsch einer Union der Völker des Westens. Es war Unruhe in ihm, denn bald mußte die Rettung kommen. Louise Juliane aber wurde still und stiller und wartete, daß man sie bald zermalme.

*

1630, Johannisnacht am deutschen Meer. Am Nordstrand von Usedom saßen auf Findlingsblöcken, die aus dem Dünensand ragten, Fischermädchen und sangen Lieder in die dämmernde Nacht. Sie sangen gen Norden über das stille, weitschimmernde Meer. Sie sangen von den Schlachten der Brüder mit den ewigen Feinden am Südmeer und ihrem Beherrscher, der kein Fürst war und die Kaiser krönte, die auch ihre Kaiser waren und ihre Feinde zugleich, weil sie fremden Blutes waren.

Dann stand der Starke auf und predigte den schlichten deutschen Christ. Den anderen hieß er einen Fremdling. Es kamen Fürsten und scharten sich um ihn, gegen den Kaiser und seinen Beherrscher, den sie den Stellvertreter des Christ nannten, der den Starken verschlingen wollte. Da lachten die Deutschen, die wußten, daß sie es waren. Aber ihr Lachen war heilig und ernst.

Die starken Söhne der deutschen Fürsten und deutschen Bauern, die sich schon Jahre mit den Kaiserlichen geschlagen hatten, wurden frisch wie am Anfang und eilten voller Begeisterung zu dem Schwedenkönig. Tausende und Tausende. Und dann begann der Siegeszug Gustav Adolfs. Die meisten der schwachen Ausschüsse der westerwäldischen Grafschaften und der Wetterauer lösten sich auf. Auch ihre Männer gingen als Freiwillige zum Schwedenheer. Auch zwei junge Grafen von Erbach, der saynischen Gräfin Louise Brüder, auch Karl Wilhelm Dormann, ihr Obrist. Und dann kamen Siegesbotschaften, wie sie bisher noch nicht vernommen wurden.

Alle wurde sie der Korporal Quast, der als Befehlender der Altenkirchener Schloßwache zurückbleiben mußte und doch so gern mit seinem Herrn Obristen gezogen wäre, gewahr, trotzdem die Truppen der beiden Erzbischöfe keinen Kurier durchließen. Getreu überbrachte er sie der wartenden Gräfin. Einmal wußte er zu be-

richten, daß der Graf Tserclaes von Tilly schreckhaften Angeden-
kens mit seinem ganzen Heer vernichtet worden sei, dabei er seinen
Tod gefunden hatte. Ein andermal wußte er zu sagen mit leiser Stimme, daß die beiden jungen Grafen von Erbach gefallen seien. Da legte sich eine Falte der Bitternis um den Mund der Gräfin. Nur von
dem Obristen Dormann hörten sie nichts in Altenkirchen. Die Gräfin wußte nur, daß er in einem der Reiterregimenter des Königs als
Rittmeister diente. Die Schweden kamen näher und näher.

er Winter 1631 war streng. Aber es fehlte in der Grafschaft nicht an Holz zum Brennen. Auch der ärmste Mann konnte seine Familie reichlich damit versorgen. Nun – man entrichtete auch nicht gleich das Lesegeld, das gar nicht so hoch war, an die herrschaftliche Kasse, es hieß im Lande: Holzdeef hat Gott leef! Na also! Und Sayn war das waldreichste Land der rheinischen Gebirge. Auch mit der Ernte war es besser gewesen.

Der Gräfin Gemüt war so nicht beschwert von Hunger- oder Kältesorgen ihrer Untertanen. Ach, sie gönnte den armen Leidgeplagten alles Gute. Wohl waren immer noch die Bauern plündernden Räuberbanden, meist versprengten Truppen, ausgesetzt, aber es ging an. – Im übrigen half sie, wo es zu helfen gab und sie helfen konnte. Hart aber lag die Faust der Trierischen über den drei geraubten Kirchspielen. Noch war die Zeit der Erlösung nicht da.

An einem schönen Dezembertage war es, als Louise Juliane am Krankenlager ihres Gatten einen ruhigen Tag verleben durfte. Klar schien die Wintersonne ins Zimmer, und draußen lag Rauhreif auf der stillen Winterlandschaft. Ein zufriedener Schimmer lag auf dem Antlitz des Grafen Ernst, dessen Lager Louise Juliane am Fenster nach dem Schloßhof hergerichtet hatte. An seiner Seite saß sie und hielt den kleinen Erbgrafen Ludwig.

»Louise Juliane, ich habe Euch viel zu danken!«

»Nicht doch, Ernst, waren wir nicht eins in all den Jahren des großen Leids? Ihr trugt doch das größte durch Eure Krankheit, während ich schaffen konnte. Ist nun nicht doch noch das Glück gekommen? Seht nur das Lachen Eures Sohnes!«

»Daß ich es noch erleben könnte! Aber … horcht, Louise, unten gehen Pferde!«

»Es wird der Quast sein! Aber nein, fremde Reiter sind's – es sind Schweden. Ernst, der Karl Wilhelm ist's, er ist's wirklich!«

Sie legte das Kind in seine Wiege, darauf es kräftig schrie.

»Ruhig, kleiner Herr!« mahnte der kranke Graf, den wieder ein Anfall mitnahm und seine Wangen aschgrau färbte. Die Gräfin war hinaus, den lang ersehnten Gast zu empfangen. Ein Diener und der Korporal kamen schon die Treppe emporgestürmt, ihr zu künden:

»Der Obrist Dormann ist da, Frau Gräfin!«

»Welch eine Freude!«

Sie ließ ihnen das Glück der Freudebringenden und verriet nicht, daß sie den Obristen schon gesehen hatte. Dann aber war auch schon der Schwedenrittmeister selbst da.

»Grüß Euch Gott, Frau Gräfin!«

»Lieber Karl Wilhelm!«

Der Quast und der Diener verwunderten sich über die einfache, herzliche Begrüßung.

»Quast, sorgt für die Fähnlein unten und für die Pferde!«

»Endlich seid Ihr da mit Eurem König aus Nordland, nur der aus Westland läßt auf sich warten!«

Der Obrist freute sich über die ernst-heitere Anspielung der Gräfin.

»Wie geht es dem Grafen Ernst?«

»Kommt, mein Obrist, er wartet auf Euch!«

Als sie das Krankenzimmer betraten, hatte sich der Graf aufgerichtet. Der Dormann sah seinem Grafen in die tiefen, seltsam glänzenden Augen und wußte, daß sein Herr und Freund bald in einem anderen Land sein würde.

»Herr Graf, ich habe Euch die Grüße des Königs auszurichten, nebst Euch, Frau Gräfin. Er weiß, daß Eure Brüder in den Reihen seiner Offiziere den Heldentod fanden. Der König kannte sie sehr gut und wird sie nicht vergessen. Er weiß, daß das Land Sayn und sein Graf wohl die härtesten Schläge erdulden müssen um des Glaubens, der Ehre und Gottes willen!«

Graf Ernst war keines Wortes zu sagen mächtig. Er hatte sichtlich Mühe, die emporquellenden Tränen zu halten, die sich aber mit Gewalt ihren Weg erzwangen und nun unaufhörlich flossen. Die Gräfin hatte sich tief über ihr Kind gebeugt. Der Obrist, der seinen Grafen weinen sah, diesen königlichen Dulder, der der Jahre seiner Regentschaft nur als stiller kranker Leidensträger hatte teilhaftig werden können, überwand mit Männlichkeit seine Rührung. In die Schweigsamkeit schienen sich noch einmal alle Sorgen, alles Leid der Vergangenheit zusammenzudrängen zu abermaligem kurzem Durchleben, davon die Herzen der drei teuren Menschen zu zerspringen drohten.

In die Bedrohlichkeit der Stunde klang plötzlich der stark gewordene Ton der Stimme des Grafen Ernst.

»Louise Juliane, bringt den Erbgrafen her zu uns!«

Sie brachte den Knaben, und um sie war der Glanz der Märtyrerin. Sie legte das Kind vor den Grafen auf die weißseidene Decke.

»Karl Wilhelm, seht, das ist der Erbgraf Ludwig, der einmal zu Sayn regiert!«

Der Graf hielt erschöpft inne.

»Schwört mir, mein Obrist Karl Dormann von Widderstein, daß Ihr diesem Erbgrafen Ludwig von Sayn und Wittgenstein, dereinst, wenn er nach mir der Regent ist als mein, des Grafen Ernst von Sayn und Wittgenstein nebst Juliane, geborene Gräfin von Erbach, leiblicher Sohn, die Treue halten wollt, wie Ihr sie mir und meinem Gemahl gehalten habt, auch halten werdet, und gebt mir darauf Eure Hand!«

»Ich, Euer saynischer Obrist Dormann von Widderstein, schwöre es Euch, mein Herr Graf Ernst!«

Der Obrist legte seine Hand in die welke des Grafen und drückte sie warm.

»Ich danke Euch, Karl Wilhelm, mein liebster Freund!«

Als die Gräfin den Knaben wieder in die Wiege bettete, sank der Graf ermattet in die Kissen. Aber ein zufriedenes Lächeln lag auf seinem Antlitz.

Still zogen sich die Gräfin und der Obrist zurück in das Wohngemach der Gräfin, die einer Zofe Anweisung gab, den Erbgrafen aus dem Krankenzimmer zu entfernen.

»Es ist manchmal, Karl Wilhelm, als ginge er von einer Stunde zur anderen heim!« sagte leise Louise Juliane.

In dem Gemach, da sie früher mit dem Obristen so manche Stunde in zermürbenden Gedanken gesessen, saßen sie sich nun wie einst gegenüber. Der Obrist erzählte, wie er mit dem König am dritten

Dezembertag in die Stadt Mainz eingezogen sei, auf seinem Weg die frechen römischen Gewalthaber gebrochen zurücklassend. Ungeheurer Jubel hatte den König umbraust, als er in seiner Gerechtigkeit und Milde, einfach und schlicht in seinen Reitermantel gehüllt, in die goldene Stadt einzog.

Am nächsten Tage hatte er in der Schloßkirche einen feierlichen Dankgottesdienst gehalten. Als Offizier eines dem König nahestehenden Regiments war auch er unter den Teilnehmern gewesen. Viele, viele Fürsten waren in den geschmückten Bänken der schwedischen Großen gesessen.

»Karl Wilhelm, wird der König nun auch die westerwäldischen Grafschaften von den Bedrückern befreien?«

»Ja, Gräfin, aber er wird sich in Frankfurt, wohin der König im Januar geht, jedwede Not von den Regenten der vielen kleinen Länder selbst schildern lassen und dann entscheiden, welchen Weg die Befreiung nehmen soll!«

»Konntet Ihr das sicher erfahren?«

»Des Königs getreuer Freund und Kanzler ließ alle Offiziere aus den westerwäldischen und Wetterauer Einheiten zusammenkommen, um schon von ihnen das Nötigste zu erfahren, daraus Vorschlüsse ziehen zu können. Von ihm erfuhr ich's, Gräfin!«

»Was ist's nun mit der großen Allianz der Westvölker?«

»Vorerst in die Hand des Schwedenkönigs gelegt. Frankreich und Schweden sind sich in den Fragen des Westens und des Nordens einig und klar.«

»Gustav Adolf, ja, Karl Wilhelm. Aber Louis von Frankreich? – Sorgen, nichts als Sorgen. Und dann wird der schwarze Adler von innen alle Grenzen mit Gewalt erdrücken.«

»Ihr meint, Gräfin?«

»Brandenburg! Karl Wilhelm!«

»Vielleicht doch nicht, Gräfin.«

»Wird es unbedingt nötig sein, daß auch wir persönlich dort in Frankfurt erscheinen, Karl Wilhelm? Ihr seht, daß ich bald niederkünftig werde, Ihr wißt, wie unmöglich es ist, den Grafen zu senden. Da denke ich, Obrist, daß Ihr dem König wohl am besten in unserem Namen gegenübertreten könntet!«

»Schlimmstenfalls geht's, Frau Gräfin, doch meine ich, daß wir guttun, diese allerwichtigste Frage den Grafen Ernst mitentscheiden zu lassen. Und zwar noch heute, da ich gegen den Abend über Widderstein wieder nach Mainz reiten muß!«

»Ihr seid sehr nachsichtig und wißt doch, daß der Graf auch diesen meinen Vorschlag gelten läßt, sei er, wie er wolle!«

»Es ist da nicht an Nachsicht gedacht, Frau Gräfin, aber eine Ahnung sitzt in meinem Herzen, von einer letzten Willensäußerung, die mein Herr Graf noch zeigen wird vor seinem Heimgang, die eine Tat, größer als die meinigen bisher alle zusammengenommen. Und man könnte ihm dazu leicht den Schlüssel nehmen, Gräfin. Bedenkt, was er hätte tun können, wäre er gesund gewesen! Einmal noch wird ihm der Allmächtige Kraft geben und Gelegenheit, Großes zu vollbringen. Vielleicht ist diese Stunde bald da!«

»Ihr habt recht, Karl Wilhelm!«

Es pochte an die Türe. Die Gräfin erhob sich. »Tretet ein!«

Es war der Kammerdiener des Grafen.

»Mein Herr Graf wünschen die Frau Gräfin und den Herrn Obristen zu sprechen!«

»Sagt ihm, daß wir kommen!«

Ein bedeutsamer Blick der Gräfin traf den Obristen. Rasch gingen sie zu dem Kranken hinüber. Aufgerichtet saß er wieder. Er schien frischer zu sein als vorhin.

»Karl Wilhelm, erzählt mir vom König Gustav Adolf!«

Der Obrist wiederholte alles, was er schon der Gräfin mitgeteilt hatte. Als dem Grafen am Schluß der Entschluß des Königs, die westerwäldischen Grafen persönlich zu empfangen, mitgeteilt wurde, da geschah das Wunder, an das der Obrist im geheimen geglaubt und es gewünscht hatte.

Es lag eine feste Entschlossenheit in des Grafen Haltung, als er jetzt sagte: »Gott schenke mir noch die kurze Frist bis zu dem Tage, an dem ich dem großen König in das kühne Angesicht sehen will! Mit mir wird die Gräfin und der Obrist Dormann vor ihm stehen!«

Er hatte die Worte wie in einer Vision laut und fest gesprochen und war danach stille. Der Obrist erlebte seine ergreifendste Stunde.

Der Gräfin Louise Juliane erschien es unfaßbar. Als ob er ihre Gedanken erriete, ergriff der Graf ihre Hand.

»Hört Ihr, Louise, ich will nach Frankfurt, und Ihr sollt mit und der Obrist!«

Mit Gewalt drängte die Gräfin alles Widerstrebende in ihr zurück.

»Ja, Ernst, wir wollen zum König!«

»Deshalb ließ ich Euch rufen, ihr Lieben um mich. Jetzt werde ich schlafen können. – Obrist, bemüht Euch, um uns zu sein, wenn der Reisetag da ist. Die Gräfin wird an den König schreiben!«

Als sie sich zum Abschied die Hände drückten, die Gräfin und der Obrist, fühlten sie, wie ihrem Schicksal ein Wunder erstanden war.

*

Der alte Dormann war freudig überrascht, als der Sohn in die Stube trat. Und als die alte große Stube voll war von dem Schwedenfähnlein, da machte er große Augen. Die Wintersonne leuchtete freundlich durchs Fenster auf die strammen Gestalten, und die Zeit der nahenden Befreiung machte es, daß der alte Herr ein gar heiteres Gesicht aufsetzte.

»Junge, sind das denn alles Schweden, die da?«

»Ei gewiß, Vater, so gut wie ich!«

»Kennt Ihr oos net mihn?« fragte der Lührchen.

»Mier han Üch doch alt jeholfen Wees endohn!« sagte der Höppfillep.

»Awwer wer den Schänke fresse dot, dat wäßt er noch!« sagte der Ladewilm.

»On wer enn Eurem Ohles geschlofe hol!« sagte der Fallefuß.

»Mier senn die Kerrlen, die dumols die anner Kerrlen ombrächten!« sagte der Knochepeil.

Ja, da lachte der alte Herr Dormann dann doch hell auf. Und wieder bekamen sie Schinken, Brot und Käse und aßen bis zum Bersten.

*

An einem regnerischen Januarmorgen 1632 rollte aus dem Schloß-hof zu Altenkirchen der gräfliche Winterwagen, zur weiten Reise gerüstet und mit manchen großen Gepäckstücken auf dem Ver-deck und an der Hinterwand. Er war mit acht starken Pferden be-spannt und von dem stellvertretenden Ausschußkommandeur Ritt-meister Pauly befehligt, der den Wagen mit zwei Korporälen und zwölf Reitern begleitete. Am Obertor hatten sich alle Bürger der Stadt und viele Bauern eingefunden, den geliebten Herrschaften Lebewohl zu sagen und gute Heimkehr zu wünschen. Die Gräfin schwenkte ein großes Tuch hinter den beschlagenen Scheiben. Den Grafen bekamen sie nicht zu Gesicht, er lehnte in schwere Decken gehüllt, in einem eigens für ihn hergerichteten Liegestuhl. Fast traurig stand das Volk umher, als ahne es Unheil, das von dieser Reise kommen werde. Erst als der Wagen bei Michelbach durch die Furt war und in dem Wald verschwand, gingen sie am Ober-tor auseinander wie Waisenkinder, die die Eltern verloren. Der alte Falk hatte eine rechte Kummermiene aufgesetzt. »Wenn's nur gut geht!« Durch federnde Einrichtungen des Wagens war es möglich, trotz des Kranken nach Belieben zu fahren, so daß zumeist Trab angeschlagen wurde. Es ging geradewegs durch bis Limburg. Man-che schneebedeckte Höhe auf dem Westerwald hatte überwältigt werden müssen. Nun war die schwierigste Hälfte des Weges zu-rückgelegt. In Limburg wurde im Hof zum Goldenen Grund kurze Rast gemacht. Hier erwartete die gräfliche Herrschaft der Schwe-denrittmeister und saynische Obrist Dormann mit einer schwedi-schen Eskorte.

Der Obrist sowie der saynische Rittmeister Pauly halfen mit ei-genen Händen der Gräfin auszusteigen und führten sie in einen ge-mieteten Raum. Den Grafen trugen die beiden Herren Offiziere. Der Graf litt unsägliche Qualen, doch seine Seele war voll glückli-cher Erwartung, und er lächelte die Offiziere huldvoll an. In dem warmen Zimmer nahmen die Herrschaften mit den Herren ein war-mes Essen ein. Darauf ging es sofort weiter, indes der Rittmeister Pauly mit der saynischen Eskorte wieder umkehrte nebst einem Ge-spann. Im hohen Taunus überwanden sie noch ein Stück unwirt-lichen Schneeweg. Dann aber ging es schnell abwärts der großen

Kaiserstadt am Fuße der Berge zu. In der schwedischen Eskorte waren auch die sechs alten Komplicen des Obristen eingereiht, die aber, als sie ihr not- und leidgezeichnetes Grafenpaar sahen, ihre biederen Scherze vergaßen und stumm hinter dem Wagen ritten. Um die Dämmerstunde fuhr man in Frankfurt ein. Der Obrist hatte in dem guten Gasthaus zum Rebenstock, unweit des alten Römers, ein dem Zustand der Herrschaften angemessenes Quartier besorgt. Während die Gräfin über keinerlei Reisebeschwerden klagte, war der Zustand des Grafen besorgniserregend. Am selben Abend noch mußte ein Arzt geholt werden, der tatsächlich Linderung schaffte, so daß der weitere Verlauf des Abends ohne Störung war und hoffentlich auch die kommende Nacht. Das war nötig, da am nächsten Nachmittag bereits die große Audienz im Römer stattfinden sollte, wie die zum Empfang gekommenen Westerwälder und Wetterauer Grafen mitteilten. Louise Juliane wurde von den Grafen sehr herzlich begrüßt. Zu Graf Ernst durfte niemand gelangen. Ein gemieteter Pfleger war um ihn, seine etwaigen Wünsche zu befriedigen. Aber er schlief fest und gut, denn der kundige Stadtmedicus hatte ihm ein Mittel gegeben. Die befreundeten Grafen hatten sich aus besonderer Rücksichtnahme nicht lange aufgehalten. So saß sie denn bald mit dem Obristen im Vorzimmer des Kranken- und Schlafgemachs allein.

»Ich war erschrocken, Karl Wilhelm, als ich die großen Paläste und die vielen, vielen Soldaten und Menschen sah, wie wir in die Stadt einfuhren!«

»Ihr habt noch nie eine große Stadt gesehen, Gräfin?«

»Nie, Obrist!«

Der Obrist sah doch die aufkommende Müdigkeit in der Gräfin Augen. Darum ging auch er bald, ihr eine gute Nacht wünschend.

Unten in der Gaststube bedeutete er dem Wirt, es den Herrschaften an nichts fehlen zu lassen, aber auch nicht gegen die mitgekommenen saynischen Soldaten scheel zu sein. Dann ging er in das niedere Zimmer, wo die Saynischen mit seinen sechs beim Wein saßen. Die sechs pfiff der Obrist hinaus.

»Herr Owerscht, steht's gut mit unserer Herrschaft?« fragte einer.

»Gut, Kerls! Aber jetzt marsch in Eure Quartiere!«

Die sechs zogen ab. Der Obrist aber ging noch zum Ufer des Mains und wandelte noch eine ganze Nachtstunde. Er meinte, ein Glück nähere sich ihm, und dann war es ihm, Unheil würde daraus, und er fand keine Ruhe.

Am nächsten Morgen waren die Straßen Frankfurts mit Schnee bedeckt. Die große feierliche Audienz beim König sollte mittags beginnen. Das große Gebäude des Römers wurde innen und außen festlich hergerichtet. Der Magistrat ließ die Treppenstufen mit Purpur belegen. Der große Festsaal wurde mit Tuchen in den Farben des schwedischen Königshauses, der Wasa, ausgeschlagen. Aber auch das Lilienbanner der Bourbonen prangte … Über die alten Kaiserbilder waren schwarze Schleier gehüllt, damit das traurige Schicksal der Deutschen verdeckt sei. Die Straßen um den Römer waren schon früh mit Menschenmassen besetzt, die sich das bunte Schauspiel des Verfahrens der regierenden Herrschaften nicht entgehen lassen wollten. Die Zufahrtsstraßen wurden von schwedischem Fußvolk abgesperrt. Nur an den Seiten durfte sich das Volk bewegen.

Um zwölf Uhr mittags besetzten schwedische Reiter in prächtigen Staatsmonturen den Palast. Die ersten Fürstlichkeiten trafen bereits kurz danach ein. Dann folgte Wagen auf Wagen, glänzende Reiter auf edlen Pferden.

Um ein Uhr dreißig Minuten war der große Saal gefüllt. Aus einer Innentür war der König mit seinem Hofstaat eingetreten. Jegliche Zeremonie hatte er untersagt. Der Kanzler hatte auf Ansuchen des königlichen Rittmeisters und gräflichen Obristen Dormann das gräfliche Paar aus Sayn mit Rücksicht auf des Grafen Zustand an die Spitze der Audienzliste gesetzt. Als der König Platz nahm, schmetterten von der entgegengesetzten Seite des errichteten Thrones Fanfaren und Trompeten einen schwedischen Reitermarsch, der den Saal durchdröhnte, den Saal, in dem schon vor Jahrhunderten die deutschen Kaiser gekrönt wurden. Und dann umbrauste doch der Jubel der Anwesenden den König. Wieder eine gellende Fanfare, die Stille gebot. Ein Herold verkündete die einzigen Hausgesetze der Wasas. Dann verlas ein Kanzlist die Ordnung der Audienz. Als er damit zu Ende war, herrschte atemlose Stille. Vor der Audienz würde der König sprechen. Noch saß dieser unbeweglich. Neben ihm, zur Rechten, saß Axel Oxenstierna, der Freund und Kanzler, die rechte Hand Gustav Adolfs. Zu seiner Linken aber saß der Gesandte des Königs von Frankreich. Ungeduldig hob der Kanzler mehrere Male das kluge Haupt. Noch waren die Sayner nicht anwesend, noch waren sie nicht einmal gemeldet. Er zögerte noch mit dem Zeichen des Beginns des Königswortes. Sollte etwas passiert sein? Er konnte nicht mehr länger warten. Ein helles, jubilierendes Signal schmetterte auf. Der König sprach. Kurz und markig waren die von seltenem Wohllaut getragenen Worte.

Sie schwollen mächtig an und kündeten von der Freiheit des Christenglaubens. Und dann wurden die Königsworte leiser, ganz leise, Gustav Adolf betete.

Kein entweihender Beifallssturm brauste auf, der König hatte ihn mit seinem Gebet abgewehrt. Es war Stille. Und in die Stille knarrten die großen Flügeltüren des Saaleingangs. Überrascht sah der König auf. Der Kanzler verhielt den Atem. Und es war, als hallte ein unterdrückter Schrei einer Frau durch den Saal. Durch den langen, teppichbelegten Gang, der zum Throne führte, kamen langsam, langsam, drei Gestalten.

»Graf und Gräfin von Sayn und Wittgenstein!« kündete der Herold.

Mit wachsbleichem Antlitz in gerader Haltung kam der Graf, zur Rechten von seiner Gemahlin Louise Juliane, zur Linken von dem Obristen und Rittmeister Dormann gestützt. Die Gräfin trug ein weißes Kleid. Ein langer, dunkler Samtmantel umschloß ihre schmalen Schultern. Ihr Hoffnungszustand war durch das faltige Gewand verborgen. Hätten nicht Falten des Leids die schöne Regelmäßigkeit ihres Gesichtes unterbrochen, so wäre wohl manche Jungfer neben der blonden Frau verblaßt. Des Grafen starrer Blick ging zum König hin. Durch den Saal ging ein Raunen. Das also war das westerwäldische Grafenpaar, dessen Grafschaft wie wohl keine zweite die Geißel des Krieges verspürt hatte. Das also war jene mutige Frau, die allem Leid so aufrecht widerstanden hatte. Und zur Linken des Grafen schritt der berühmte, tapfere Obrist.

Gustav Adolf hatte seinen Thron verlassen und stand nun den drei Menschen gegenüber, von denen ihm der Kanzler erzählt hatte und deren einer, der Obrist, als Rittmeister bei seinen Reitern so manchen verwegenen Streich vollführte. Graf Ernst hatte mit dem König dieselbe Haupthöhe. Er hatte die Hand des Grafen ergriffen und sah tief und warm in dessen hohle Augen. Der Kanzler selbst holte einen Stuhl herbei, darauf sich der Graf mit Hilfe der Gräfin und des Obristen setzte.

»Graf Ernst von Sayn und Wittgenstein, Ihr habt viel leiden müssen!«

Welche Teilnahme lag in den wenigen Worten!

Der Graf lächelte das Lachen des von aller Erdenschwere erlösten Menschen.

»Was sind alle Marter meines Lebens gegen diese Stunde vor Eurer Majestät, der schönsten meines Lebens!«

»Daß dies der glücklichste Eurer Tage bleiben möge, das gebe Gott, Graf! Fühlt Ihr Euch stark genug, mir von den Drangsalen, die Euer Land trug, Bericht zu geben?«

Der Graf schüttelte verneinend und traurig das blasse Haupt. Der König sah, daß der Graf völlig erschöpft war.

»Eure Majestät wollen erlauben, daß unser Obrist Dormann, Eurer Majestät Rittmeister, der uns in aller Not die einzige starke Stütze war, dies an des Grafen und meiner Statt tut!« erwiderte an Stelle des Grafen Louise Juliane. Der Graf nickte Zustimmung.

»Es ist gut, Gräfin, wir wollen ihn gleich hören, doch zuvor laßt mich Euch sagen, daß es mir besonders ehrenvoll ist, Euch als Schwester zweier meiner tapfersten Offiziere anzusprechen. Indes deckt sie die kühle Erde, sie verachteten den Tod. Axel Oxenstierna, gebt der edlen Frau mein Bild zum Andenken an die Stunde, wo ich von ihren herrlichen Brüdern Abschied nahm. Es nimmt mich kaum Wunder, Euch, Gräfin, ebenso tapfer zu sehen!

Alsdann habt Dank, Graf, und Ihr, Gräfin, daß ihr Euer Vertrauen und Eure Hoffnung auf die weise Allmächtigkeit nicht aufgabt. Wir, Völker eines Blutes, werden zeigen, daß wir alles welsche Machwerk von uns schütteln!

Und nun, Rittmeister Dormann, mögt Ihr mit Eurem Bericht beginnen und uns gleichzeitig wissen lassen, worin Ihr meinen besonderen Schutz braucht für Euer Heimatland.«

Nun begann der Obrist gewaltig, das zehnjährige Schicksal des Landes um Wied und Sieg, fast sein eigenes, zu bekunden. Die ganze herrliche Versammlung wurde davon mitgerissen, und allseits spiegelte sich Mitgefühl und eherner Zorn in den Gesichtern der Edlen.

»So sind wir nun da, daß wir Eure Majestät aus innigstem Herzen bitten, baldmöglichst ein Kontingent zu senden, die Kurkölner, insbesondere aber die finstere Macht des Trierischen außer Landes zu verweisen, daß endlich dem armen Volk, das nicht mehr ein noch aus weiß, Ruhe wird!«

Aufmerksam und ergriffen hatte der König den Worten des Obristen gelauscht. Karl Wilhelm Dormann von Widderstein ergriff die dargebotene Hand und stand aufrecht vor dem Schwedenkönig.

Gustav Adolf nickte seinem Kanzler zu, der bereits einen Vertrag betreffs der schwedischen Hilfe für die Grafschaft Sayn aufgestellt hatte. Der Vertrag sah die Entsendung schwedischer Truppen nach Sayn vor. Als Gegenleistung mußten diese Truppen von Sayn unterhalten werden, und an die schwedische Verwaltung mußte eine regelmäßige Abgabe an Geld und Produkten erfolgen, jedoch so niedrig als möglich gehalten, daß sie nichts war gegen einige Tage Plünderung durch kaiserliches Raubzeug! Die schwedischen Truppen waren jederzeit durch französische ablösbar. Diesen Vertrag unterzeichnete der König Gustav Adolf, und dann mit zitternder Hand Graf Ernst. Dem todkranken Mann war es, als brause ein heller Jubelton durch den Saal und pflanze sich fort bis ins Land Sayn. Und als der Kanzler den unterfertigten Vertrag laut vorlas, als der König ihm die Hand wieder drückte und er inmitten Louise Juliane und des Obristen unter dem ausbrechenden Beifall der Versammlung langsam den Saal verließ, da war sein Herz der Freuden voll, und er lächelte in Verklärung. Auch Louise Juliane hatte, seit sie Gräfin von Sayn war, eine der glücklichsten Stunden.

Und es war eine Unruhe in ihren Augen.

Karl Wilhelm Dormann trug einen Schrecken in sich und einen Schrei nach seiner Liebsten, denn ganz in der Nähe des Königs hatte eine hell gekleidete Frau gesessen mit schwarzem Haar und einem güldenen Ring an ihrer Rechten. Sie hatte ihn unverwandt angesehen, traurig und flehend, und während er so hinreißend redete, hatte sie ihn stumm gewarnt: Verrate nichts von jener Frau, die dir half, damals, die fremde Fürstin; denn bestimmt war sie eine, wie wäre sie sonst in die Nähe des Königs gekommen? Des Obristen Inneres war aufgewühlt.

Am Nachmittag, als der Graf wieder von dem Stadtmedicus gewaltsam zum Schlafen gebracht worden war und er allein mit Louise Juliane durch die Straßen der Stadt ging, verriet ihr Blick ihm: Ich weiß um deine Verwirrung, denn auch ich habe die Fremde gesehen! Aber sie konnte es nicht sagen, wenn er selbst schwieg. Hatte sie überhaupt ein Recht, sich in des Obristen Sache zu mischen?

Am Abend aber, als sich der Obrist von dem Grafen und von ihr im Rebenstock verabschiedete, weil er zum Fest des Königs befohlen war, wußte sie, daß ein Stück von ihm, das größte Stück, morgen eine andere besitzen würde, die Fremde.

Es war nicht das Fest des übermütigen Siegers, das im Römer rauschte, es war ein Fest, volkstümlich und schlicht. Als man zum Tanz schritt, führte der König mit einer jungen Schwedin selbst den Vorreigen. Sein gütigernstes Wesen hatte sich jetzt mit einer gewissensreinen Heiterkeit verbunden. Wer aber in ihm jetzt hätte die Sucht am Vergnügen feststellen wollen, würde vergebens gesucht haben. Einem aber war gar nicht zum Tanzen und Trinken ums Herz, er stand an einem der Pfeiler zwischen den hohen Fenstern und wußte nicht, was er beginnen sollte. Außer ihm waren nur wenige, die nicht am Vorreigen teilnahmen.

Auf der Empore, wo der Hofstaat saß, erhob sich jetzt eine weibliche Gestalt, die sich gemessen und hoheitsvoll auf den Obristen zubewegte.

»Herr Obrist Dormann, kommt tanzt mit mir!«

Der Angeredete fuhr aus seinem Sinnen auf. – Die fremde Frau! – Er dachte, daß sie ihn damals, beim Abschied auf der Straße bei Gieleroth, geküßt hatte. Wie weit lag das zurück! Und dann tanzte er mit ihr und konnte es nicht fassen, daß er sie, nach der all sein Sehnen ging, jetzt in den Armen hielt. Er hielt sie umfaßt, fest und innig, und dachte, daß er sie nicht mehr ließe. Diese Frau, die eine Heldin war, die ihm das Leben rettete und die ihn liebte, er wußte es, seit ihm die Gräfin ihre Begegnung mit ihr mitgeteilt hatte, damals im Schloß zu Schöneberg. Es war ihm, als läuteten Glocken.

»Führt mich ins Freie, Obrist!«

Als sie auf verschneitem Weg am Ufer des Flusses wie auf weißem, weichem Teppich gingen, war es beiden, als hindere sie ein heimlicher Bann am Sprechen. Er spürte, wie sich der warme Körper der Frau an ihn lehnte. Aus ihren beiden Herzen quoll es empor: Wie unendlich lieb hab ich dich!

»Obrist, habt Ihr die Gräfin von Sayn sehr lieb?« flüsterten plötzlich an seinem Ohr die bebenden Frauenlippen.

»Hätte ich eine Schwester, ich könnte sie nicht mehr lieben!«

Da legten sich ihre Arme um seinen Hals. Er selbst wußte nicht, daß auch die seinen die geliebte Frau fest umschlangen. Ihre Lippen lagen lange aufeinander. Wie Singen klang es aus dem hellen Winterhimmel.

Zwei glückliche Menschen langten am Portal des Römers an, die den Bund des Lebens bis in alle Ewigkeit geschlossen hatten.

Oben im Festsaal geleitete er die Geliebte an ihren Platz, und sie bat ihn, neben ihr Platz zu nehmen. Und der König lächelte ihm zu, und die Großen um ihn behandelten ihn wie einen der ihren. Dann, während eines langsamen Tanzes, drängte sich die Frage aus seinem Mund:

»Darf ich nun Euren Namen wissen, liebste Frau?«

Ein Zittern lief durch sie, und er spürte es.

»Mein Obrist, wartet auf mich im Lande Sayn. Ich hole Euch zur rechten Zeit, und bald, mein liebster Mann, bald!«

Und wieder verschlossen ihm die feinen rosigen Lippen den Mund. Und sie löste sich aus seinen Armen. Er sah sie forteilen, und dann war sie verschwunden. Er suchte sie nicht und war glücklich. Aber er kehrte nicht mehr auf den Platz zurück, da er neben ihr gesessen hatte, auf der Empore bei dem König. Als er hinausging, fragte er den alten schwedischen Obristwachtmeister Ranheim nach ihr.

»Die schönste Frau, die Euch den Abend zum Gesell erkor, ist eine fremde Fürstin, aber man weiß nicht, wie sie heißt!«

*

Der Zustand des Grafen Ernst ließ keine Heimfahrt mehr zu. Am zweiten Mai 1632 starb er im Rebenstock. An seinem Sterbelager weilten außer Louise Juliane nur ihre Verwandten von Erbach. Den sie wohl am liebsten bei sich gehabt hätte, den Obristen Dormann, der kämpfte mit den Schweden in Süddeutschland.

Aber der Graf Ludwig Casimir von Sayn-Wittgenstein, der Sippenälteste der Verwandten ihres toten Gatten, suchte sie am nächsten Tage auf. Louise Juliane empfing ihn im Zimmer neben dem des Toten. Als sie des Herrn Vetters ansichtig wurde, dachte sie, den alten Haß, den die Altgräfin Wilhelm, ihres Gemahls Stiefmutter, durch ihr Verhalten von einst heraufbeschworen hatte, nun beseitigen zu können. Sie glaubte im Besuch des Vertreters der Familie deren ersten Schritt dazu und schlug einen versöhnlichen Ton an. Doch der Vetter dachte nicht daran, ihn aufzugreifen. Nicht einmal ein Wort der Teilnahme hatte er für sie.

»Ich danke Euch, Herr Vetter, für Eure Teilnahme!«

»Es kann nicht sehr die Rede davon sein, da Euch doch nur eine Last genommen ist, Gräfin!« sagte der Wittgensteiner kalten Herzens. Die Gräfin zog die dargebotene Rechte schnell zurück. Ein furchtbarer Gedanke tauchte in ihr auf.

»Seid Ihr etwa gekommen, um hier am Totenbette meines lieben Gemahls meine heiligsten Gefühle zu brandmarken?«

»Nur um Euch ins Gewissen zu reden wegen der Erbfolge, Gräfin!«

Von Schmerz und Schmach überwältigt, taumelte Louise Juliane zu einem Stuhl. Man versuchte also jetzt schon, sie ihres Landes zu berauben, da ihr Gatte noch kaum seine Seele ausgehaucht hatte. Sie mußte alle Kraft zusammennehmen, sich nicht in eine Falle zu begeben, hatte man doch nicht umsonst diese Zeit und diesen Ort zum Verhandeln ausgesucht, da man sie schwach glaubte. Die Gräfin erhob sich wieder von dem Stuhl und trat vor den Wittgensteiner. Sie hatte ihren Halt wiedergefunden.

»Es ist ja ein Erbe, ein Nachfolger da!«

»Ihr wißt, Gräfin, daß vor seiner Mündigkeit der Erbgraf nicht regieren kann und deshalb ein Regent von der Familie, von mir gestellt wird!«

»Und ihr wißt, daß vor dem Ableben meines Herrn auch keiner darin belästigt wurde, mir in den Staatsgeschäften zu helfen, auch Ihr nicht, Herr! So wird das auch weiter gehalten. Wohlan, Ihr habt mich dazu getrieben, angesichts des Toten mit Euch zu verhandeln. Ich sage Euch, niemand wird in Sayn regieren denn ich! Solltet Ihr Euch unterstehen, das anzufechten, so sage ich Euch gegen Euer papiernes Recht, daß ich, von Euch behelligt, anführe erstlich, daß dies auch der letzte Wille des Verstorbenen war, zum andern, daß ich den Beweis meiner Kraft jederzeit zu bringen imstande bin, zum dritten, daß ich mich nicht scheue, den Schutz des Königs gegen Euch in Anspruch zu nehmen. Nun Ihr mich aber so beleidigt und gekränkt habt, kündige ich Euch, daß ich von nun an in allem gegen Euch bin und wach bleibe. Zuletzt wünsche ich im Namen aller menschlichen Gesittung, daß Ihr mich sofort verlasset!«

Der Wittgensteiner Ludwig Casimir zog es vor, ihrem Wunsche schnell nachzukommen, wenn auch mit ohnmächtigem Groll und verborgener Drohung.

Als der Obrist Dormann die Nachricht vom Tode seines Herrn erhielt, brach er sofort auf, der Gräfin in den schweren Tagen, die folgen würden, beizustehen. Er kam in Frankfurt zurecht, als aus Sayn zwei Gefährte angekommen waren, die vergängliche Hülle des Grafen und die Gräfin heimzuholen. Dem Obristen aber war eine Eskorte seiner Reiter mitgegeben, so hatte es der König bestimmt. Der Leichenwagen wurde mit schwarzem Flor überzogen und reich mit Blumen geschmückt. Er wurde von sechs schwarz umhangenen Pferden gezogen. Saynische Reiter unter dem Rittmeister Pauly bildeten den Ehrenschutz. Der Wagen der Gräfin, der neben ihr auch den Obristen Dormann aufnahm, war mit vier Pferden bespannt und wurde von der schwedischen Eskorte gedeckt. Eine große Menschenmenge umsäumte die Straßen, die der Trauerzug befahren mußte, hatte sich doch schnell das tragische Geschick der Sayner in der Stadt herumgesprochen. In gemessener Fahrt ging es durch die waldigen Taunusberge der Heimat zu.

An der saynischen Landesgrenze waren die gräflichen Beamten und Schultheißen erschienen, um dem Grafen Ernst den letzten Ehrendienst zu erweisen. Vor den Toren Hachenburgs wartete das

Volk aus allen Teilen der Grafschaft. Als die Wagen mit den Eskorten langsam herankamen und die Glocken der Katharinenkirche zu läuten anfingen, brach das Volk in Schluchzen aus. Nicht nur dem toten Landesherren galten ihre Tränen, auch der geliebten Gräfin, der schwergeprüften Frau, der unendlich viel Leid bestimmt war, das sie immer noch, immer noch aufrecht trug. Ein Beispiel von Tapferkeit und Tugend ohnegleichen.

In der Katharinenkirche wurde der Graf einige Tage später beigesetzt. Der reformierte Inspektor Franz Priester hielt die Grabrede. Als die Gräfin, den kaum dreijährigen Erbgrafen Ludwig an der Hand, gesenkten Hauptes die Kirche durch das Stadtportal verließ, brach die Menge in Heilrufe aus.

»Es lebe unsere Gräfin Louise Juliane!«

»Es lebe unser Graf Ludwig!«

Der Obrist Dormann verabschiedete sich im Schloß von der Gräfin und setzte sich mit seiner Abteilung sofort wieder in Marsch zur Kriegsfront. Am oberen Stadttor umringte ihn das saynische Volk, so daß er kaum von der Stelle konnte und die Abteilung öfters auf ihn warten mußte.

Seine zahlreichen verwegenen Taten, die er wegen diesem Volk zur Zeit der früheren Bedrückungen durch die kaiserlichen Rohlinge vollbrachte, wußte jetzt jedes Kind. Kein Wunder, daß der Obrist, der schon ohnehin so beliebt war, immer wieder von stürmischen Huldigungen umbraust wurde.

»Unser Obrist Dormann von Widderstein, hoch, hoch, hoch!«

Noch einmal wurde die Gräfin durch einen königlichen Kurier nach Frankfurt gerufen. Vierzehn Tage nach dem Heimgang des Grafen Ernst trat sie wieder die beschwerliche Reise an. Da der König nicht mehr in der Stadt weilte, führte der Kanzler in seiner Vertretung alle Verhandlungen. Mit ihm mußte auch Louise Juliane wegen der Sendung schwedischer Truppen die letzten Vereinbarungen treffen. Auch wurden die Entgelte dafür genau festgelegt. Die Grafschaft Sayn kam in der Abgabenfrage wohl am billigsten von allen hilfesuchenden Staaten weg.

Es mußten an die Schweden entrichtet werden: aus dem Amt Altenkirchen sechsundsechzig Reichstaler, Almersbach einundzwanzig, Schöneberg fünfzehn, Birnbach vierunddreißig und Hamm fünfundvierzig Reichstaler auf die Woche.

Louise Juliane überdachte oft diese Festlegung und errechnete, daß für eine Gemeinde eine wöchentliche Durchschnittsabgabe von drei Reichstalern käme, die sich um die Hälfte verringerte, wenn das verlorene Land zurückerobert war. Die Gräfin war voller Gewissenfreiheit, als sie den Vertrag genehmigte. Eine Naturalienabgabe war außer einer Gesamtwochenabgabe von zwölf Malter Hafer nicht vorgesehen.

Wieder wohnte Louise Juliane im Rebenstock, der ihr schweres Erinnern barg. Wieder hielt das Schicksal sie hier fest, denn einen Monat später, vom Todestag des Grafen gerechnet, gebar sie in dem Gasthaus ein Mädchen. Es war ihr siebentes Kind während achtjähriger Verheiratung. Wohlbehalten aber kam sie bald darauf doch in Altenkirchen an.

Über die Höhen des Westerwaldes zogen in der heißen Junisonne 1632 zwei beachtliche schwedische Truppenzüge der Grafschaft Sayn zu. Einer der beiden Heereskörper stand unter dem Grafen von Nassau-Idstein. In ihm waren alle Freiwilligen, die aus den westerwäldischen Gebieten zu den schwedischen Fahnen geeilt waren, vereinigt. Insbesondere viele Nassauer. Einen Teil der Reiterei, die vorherrschend aus Schwedischen bestand, befehligte der Obrist Karl Wilhelm Dormann als königlich-schwedischer Rittmeister.

Die kurkölnischen Truppen, die schon eine Zeitlang die unteren Ämter der Grafschaft Sayn durchzogen hatten und mit diesem letzten Teil von Sayn das zu machen drohten, was Kurtrier mit Land und Leuten der Oberämter durchgeführt hatte, waren beim Herannahen der Schweden aus Altenkirchen, das sie besetzt hatten, abgezogen und hatten die Rehhard bei Leuzbach und den Mühlberg in Almersbach, darauf die Kirche steht, mit einem Teil des Friedhofs besetzt und gut verschanzt. Auch die Kirche hatten sie besetzt.

Am späten Nachmittag bezogen die Truppen des Nassau-Idsteiners in Altenkirchen Quartier, von den Einwohnern still und herzlich begrüßt. Des Obristen Dormann erster Gang war zum alten Neuhoff im Falken.

»Daß ich das noch erlebe, Herr Dormann!«

»Haben wir nicht genug von dem anderen gehabt, Falk?«

»Herr Dormann, Eure Verwegenheiten gehen jetzt schon durch den Volksmund wie Legenden. Ich wundere mich, wie Ihr da durchgekommen seid!«

»Daran habe ich selbst noch nicht gedacht, Falk. Na, vielleicht wird das noch mit dem Tod, es ist ja noch nicht aller Gefährlichkeit Ende!«

»Na, einmal muß doch der Krieg aufhören. Ich denke, wenn die Schweden nun einmal gekehrt haben, wird es wohl stille!«

»Mich deucht mitunter, guter Falk, als brause noch ein gewaltiger Sturm über Deutschland hin, ehe der Frieden kommt. Und dann

langsam, langsam wird sich das Neue aus dem Zerbrochenen auf-
richten, das Neue, dessen Samen wir säen. Aber Falk, ich sehe das
Heimatland wie einen Friedhof liegen.« Der alte Neuhoff sah in das
feierlich ernste Gesicht des Obristen, das ihm nicht gefiel, weil es so
traurig war.

Dann, als der Obrist mit dem alten Freund im Hinterstübchen
saß, erzählte er von Frankfurt, von der Stunde, wo er mit dem Grafenpaar vor Gustav Adolf stehen durfte und wie er da auch die fremde Frau wiedersah und wie es dann mit ihnen beiden weitergekom-
men sei. Der Alte meinte treuherzig:

»Man muß sich wundern, wie Ihr da so traurig sein könnt, wo sie
Euch alle so lieb haben!«

Noch jemand kam zur Stunde in das Wirtshaus »Zum Falken«,
der alte Dormann, des Obristen alter Vater.

»Junge, ich hatte keine Ruhe, zu Hause auf dich zu warten. Ich
suchte dich schon bei den Truppen und im Schloß, da dachte ich,
daß du beim Neuhoff wärest. Ich habe Angst um dich, mein Sohn.
Es ist etwas Düsteres, das mir auf der Seele liegt und mich immerfort
an dich denken läßt. Geh mit heim auf den Hof! Nah genug hat dich
dann die Gräfin. Das andere, der Krieg, geht wohl ohne dich!«

»Vater, es wird bald vorbei sein, dann komme ich. Aber nicht
jetzt, nicht heute! Nicht eher, bis das Land frei ist. Macht mir jetzt
nicht das Herz schwer, Vater, wo ich doch allzeit, als der Tod noch
hinter jedem Strauch lauerte, immer getrost war, Ihr wißt es doch,
Vater!«

»Wie du willst! Na, ja, ich will warten. Ich weiß ja, du wirst bleiben, Karl Wilhelm, auch wenn es um die Heimat vorbei ist, wirst du
bleiben. Du wirst kommen, wenn es im Land ruhig ist, im großen
Land. Gott schütze dich mir! Vergiß deinen Alten, Junge, wenn er
schwach wurde, aber sieh, deine Mutter ruft schon lange drüben in
Almersbach nach mir, und es ist manchmal so still in der alten Stube.
Mitunter erschreckt mich die Uhr so, als ob etwas passiert sei, Karl
Wilhelm. Aber ich werde wohl noch ein paar Jahre leben dürfen. Da
kann ich ja warten auf dich!«

Der Obrist fühlte, wie es aus dem Herzen des Vaters quoll und zu
ihm überkam. Vaterliebe! Das leise zitternde Haupt des alten Man-

nes war nach vorne geneigt. Die alten lieben Augen sahen zur Erde. Die welken Hände lagen auf den müden Knien. Wie wunderbar silbern die seidenen Strähnen im Fensterlicht glänzten! Sonst hatte der Junge das alles nicht gesehen. Er hatte nicht gewußt, daß sein Vater sich um ihn gesorgt hatte, wie es eine Mutter tat. Die seine hatte er ja kaum gekannt. Wie lange war er schon allein mit fremden Leuten drüben im Dormanns Hof, der Vater! Plötzlich spürte er, daß der Vater sich seiner preisgegebenen Gefühle schämte, vor ihm, dem Sohn. Da brach sein Widerstand, da schlugen die Wellen der Kindesliebe über dem festen Bau seiner starken Männlichkeit zusammen.

»Vater, ich gehe mit dir heim!«

Der Alte sah den Sohn plötzlich verwundert an.

»Du mit heim?«

Das klang ja fast so, als ob er ihn gar nicht mithaben wolle. Und da erschien vor Karl Wilhelm Dormanns Augen die fremde Frau, seine Verlobte. Wie leicht würde die geliebte Heldin ihn nun finden, wenn sie käme, ihn zu holen.

»Vater – ich kann doch – nicht mit dir!«

»Ich wußte es, Junge! Ich wußte es schon, als ich vom Hofe ging, dich zu holen. Und es ist gut so, du darfst noch nicht kommen, Karl Wilhelm, mein lieber Junge!«

Und doch war es dem alten Dormann, als käme der Junge bald, sehr bald. Und er trug keine Sorge um den Sohn mehr in sich, das war ihm sonderbar.

*

In der Wachstube des Schlosses ging der Korporal Quast unruhig hin und her. Schon zweimal hatte die Gräfin fragen lassen, ob keine Nachricht über den Verbleib des Obristen eingegangen sei. Es war natürlich, daß die Gräfin wartete. Und er, Quast, wartete. Und endlich war es soweit für ihn, den Korporal, daß er auch einmal ins offene Feldgetümmel kam. Denn der Rest des Ausschusses mit den Wachen würde morgen gegen die Kurkölner ziehen und sie besiegen helfen. Immer mußte er im Schloß bleiben, das und die Herrschaft zu schützen allerdings ein ebenso großes Verdienst sei als das der

Feldtruppen, hatte der Obrist einmal gesagt, und kein anderer sei zum Wachtdienst zuverlässiger als er.

Draußen traten die Posten vors Gewehr und riefen heraus. Als der Korporal die Wachstube verließ, stand er fast vor seinem Obristen.

»Wie geht es Quast? – Was macht der Saladin?«

»Es kommen frohere Zeiten, mein Herr Obrist! – Der Saladin ist jetzt in den besten Jahren!«

Der Obrist lachte froh.

»Macht mir ihn für morgen gut zurecht, Quast, er soll morgen mein Streitroß sein! Quast, wir sprechen nachher noch zusammen. Ihr seid doch mein guter Kamerad, Quast, wie?«

Dem braven Quast blieb die Antwort im Halse stecken. Der Obrist sah die Rührung Quasts und drückte ihm die Hand.

»Herr Obrist?«

»Was ist, Quast?«

»Laßt mich morgen an Eurer Seite reiten!« Stockend brachte es der Korporal heraus und fast ängstlich.

»Ihr reitet morgen mit mir gegen die Kurkölner, Korporal!«

Mit klopfendem Herzen erwartete Louise Juliane den Obristen, den sie hatte kommen sehen. Als der Diener ihn meldete, mußte sie sich mühsam aufrecht halten. Dann war er da. Sie wußte nicht, was sie ihm sagen sollte, so war ihr ums Herz – schwer und weh, und die Freude war plötzlich fern.

»Nun seid Ihr endlich wieder da, Karl Wilhelm!«

»Endlich mit Glück, Frau Gräfin!«

Endlich mit Glück! – Ja, natürlich mit Glück. Aber es war ihr, als käme dies Wort des Obristen aus weiter, unbekannter Ferne, als passe es nicht hierher, als wäre es Unrecht, davon zu sprechen. Sie dachte an die Fremde, die sie in Frankfurt in des Königs Nähe wiedergesehen hatte und die ihn nun wohl besitzen würde. Ob sie ihn jetzt nach ihr fragen solle? – Ach nein! Was sie früher um den Dormann oft bekümmerte, es rückte in die Weite, Louise Juliane, die so vieles überwunden hatte, war nun auch mit diesem fertig geworden.

»Karl Wilhelm, ob wir morgen Sieg feiern können?«

»Es wird wohl so sein, Frau Gräfin.«

»Ach, dann wäret Ihr wohl bald wieder ganz der unsere!«

»Ja, dann würde wohl der Vater auf mich warten, Gräfin, dann müßte ich wohl zu ihm nach Widderstein!«

Nur der Vater? – fragte sich die Gräfin.

»Dann wäret Ihr ja doch zu unsern Diensten, Obrist!«

Der Obrist dachte, daß sie sich vielleicht alle irrten, die da vor ihm und der Vater.

Merkwürdig, erst sprach der Vater so eigentümlich, nun auch die Gräfin. Er spürte, wie es auch auf ihn überging. Wo war das Frühere? Wo blieben ihre Fragen?

Aber auch er wußte nichts zu sagen. Es wäre doch so viel da zu reden. Der Obrist fühlte eine seltsame Beklommenheit.

Der Gräfin ging es ebenso. Da hatte sie sich so gefreut aus innerstem Herzen, voller guter Hoffnung, zum erstenmal wieder seit jenen vergangenen düsteren Stunden. Und jetzt drängte sich etwas dazwischen, noch größer, düsterer, gewaltiger. Sie dachte an jenes Wunder, am Tag, wo sich der selige Graf Ernst zu seiner Reise zum König entschloß, und glaubte zum zweitenmal an ein kommendes Wunder, an ein bedrückendes, trauriges Wunder.

Dann mußte der Obrist gehen, um mit den Offizieren den Angriff zu beraten.

»Lieber Obrist« – fand sie dann doch wieder in sein Inneres – »der morgige Tag regt uns beide doch auf. Euch wegen der Aufmärsche und mich wegen der Sorge um Euch. Ich hoffe zu Gott, daß Ihr am nächsten Abend wieder bei mir weilt, dann ist der Bann fort, dann der Odem frei. – Ja und dann, Karl Wilhelm, dachte ich, daß Ihr morgen den Saladin reitet?«

»Ich hatte ihn bereits dazu erkoren, Frau Gräfin!« lachte wieder froh der Obrist, und als er über den Schloßhof ging, sagte ihm irgendeine Stimme: Das Schicksal spannt die Saiten der Lebensleiter mitunter sehr straff, so straff, daß sie beim Anschlagen zerspringen.

In einem Tag, in einer Stunde und noch weniger kann sie aber auch der Beherrscher der Schicksale entspannen, so daß sie milden Ton geben.

*

Klar und golden ging der Morgen auf. Wieder dröhnte Generalmarsch in den Straßen und Gassen der Residenz. Aber diesmal waren es nicht die feindlichen Horden, für die er geschlagen wurde,
sondern für die Freunde und Befreier. Die Truppen des Grafen von
Nassau-Idstein wollten zu Kampf und Sieg. Der Graf hatte sie in
zwei Hälften geteilt. Die eine mit den Solmsschen Reitern bewegte
sich auf Helmenzen zu, von dort den Teil der feindlichen Macht an-
zugreifen, der sich auf der Rehhard verschanzt hatte.

Der andere, stärkere Teil, mit den Schweden unter dem Dormann, das Fußvolk und die Freiwilligen unter dem jüngeren Grafen
Johann von Sayn und Wittgenstein. – Die Wittgensteiner hatten es
mit kluger Berechnung verstanden, einen der ihren für die Grafschaft Sayn kämpfen zu lassen, als Truppenführer, gleichwohl Graf
Johann ein uneigennütziger, tapferer Mann war. Dieser zweite Teil
sollte die Kurkölnischen, die in weitaus schwierigerer Position auf
dem Mühlberg saßen, angreifen. Bei diesem Teil befand sich auch
der Oberbefehlshaber, Graf von Nassau-Idstein. Das Fußvolk sollte von allen Seiten versuchen, an den Feind zu kommen, was aus
Norden, Nordosten und Südwesten infolge der Steilheit des Mühl-
berges sehr schwer war, gleichwohl aber sollte durch dieses Ma-
növer der Feind an allen Seiten Beschäftigung haben. Die Hauptmacht aber bewegte sich von dem Hochplateau von Osten auf die
Stellungen zu.

Die Kölner hatten eine Reihe Feuerrohre in die Richtung nach
dem Höhenzug aufgestellt, mit denen sie ein mörderisches Feuer auf
die Heranrückenden begannen. Dann war bald der Kampf in vollem
Gang. Die kölnische Reiterei hielt sich vorerst noch auf dem Friedhof in Reserve. Trotz des schweren Feuers ging das Fußvolk des
Nassauers gar bald zum Sturm vor. Bald waren sie so nahe heran,
daß die Feuerrohre ihnen nichts mehr ausrichten konnten. Nun aber
rissen die Musketen der Kölnischen mörderische Lücken, so daß die
Kolonnen des Grafen von Sayn-Wittgenstein mehrfach ins Wanken
gerieten. Als wieder einmal die Angreifenden zurückwankten,
sprang der junge Graf selbst vor die Front und stürmte vorwärts, die
Kolonnen hinter sich mit vorreißend. Und dann kam die Kugel, die
den jungen Wittgensteiner fürchterlich verwundete. Einige seiner

Getreuen griffen ihn auf und trugen ihn rückwärts. Schon halb ein Sterbender, wurde er nach Altenkirchen gebracht, wo er als Toter ankam. Durch den Verlust des Grafen aufs bitterste erregt, ging nun das Fußvolk unaufhaltsam vor. Die Kölner verließen die Gräben und gingen zurück.

Da kam die kölnische Reiterei vom Friedhof her, das feindliche Fußvolk zu dämpfen. Das war das Zeichen für den Obristen Dormann. Kurz schallte sein Kommandowort durch die Reihen der Schweden. Zur Attacke! Das eigene Fußvolk in der Mitte lassend, überholten sie dieses und drängten wie der Sturmwind von den Flanken auf die Kölnischen: Überall, wo es nicht recht vorwärts ging, sprengte der kampferprobte Widdersteiner voran. Der Saladin nahm sich prächtig aus. So, als ob er immer im Getümmel gestanden habe. Schon wich das kölnische Fußvolk zurück. Die Nassauer und die übrigen Westerwälder Freiwilligen drängten es auf den Friedhof. Die kölnische Reiterei hielt hartnäckig stand. Karl Wilhelm Dormann drängte die Seinen zu immer heftigeren Angriffen. Endlich wankten auch sie. Der Angriff der Schweden steigerte sich zur Höhe.

Dann plötzlich wendeten die kölnischen Reiter ihre Pferde zur Flucht den steilen Nordhang hinab. Der Obrist wandte sich nun dem feindlichen Fußvolk zu, das sich auf dem Friedhof verzweifelt wehrte. Zwischen den Gräbern tobte ein fürchterlicher Kampf. Und ein Ereignis kam. Wo die Nassauer standen, war schlimmes Getöse. Da plötzlich vor den Augen der Nassauer, sank die Erde ein, und viele kölnische Musketiere stürzten in den offenen Schlund. Eine alte große gewölbte Gruft aus uralter Zeit war eingefallen. Unten im Gewirr von menschlichen Skeletten riefen die Kölner entsetzt um Hilfe. Dieses Ereignis entschied den Sieg vollends, der allerdings auch ohne jenes erkämpft worden wäre. Nun wurde auch das Kölner Fußvolk flüchtig. Doch nicht allein die Kölner, sondern auch die Nassauer freiwilligen Bauern, als sie die Erde wanken sahen und die Totenbeine unten, warfen alle Waffen weg und liefen in abergläubischer Furcht in einem fort, bis vor Hachenburg. Als der Graf von Nassau-Idstein seine Leute so laufen sah, lief er ihnen nach. Aber weder Geld noch gute Worte, noch Drohungen konnten sie zur Rückkehr bewegen. Die Nassauer liefen weiter mit dem tiefen Schreck im Herzen.

Als der Graf allein zurückkam, hatten die »alten« Schweden mit Hilfe saynischer Bauern und der inzwischen aus der Rehhard angelangten siegreichen Solmsschen den ganzen Mühlberg gesäubert. Nur in der Kirche saßen die Kölnischen noch und feuerten heftig. Der Obrist Dormann nahm sich etwa zwanzig seiner Reiter und galoppierte um das Gotteshaus zur Tür hin. Da ging von oben, aus den Turmluken, ein Hagel von Geschossen auf sie nieder. Der Obrist war sehr besorgt um die Kirche, die auch die Gruft der Dormanns barg. Er zögerte noch mit der gewaltsamen Öffnung der Türe, doch um ihn stürzten die Getroffenen von den Pferden, so gab er Befehl, die Türe zu sprengen.

Drei wuchtige Schläge spürte der Obrist plötzlich im Rücken. Er wollte aus dem Sattel springen, es ging nicht. Er spürte ein warmes Rieseln in seinem Innern. Des Obristen Augen weiteten sich, vor ihm stand die Frau mit dem schwarzen Haar, seine Verlobte. Sie breitete die Arme weit und sagte: »Kommet, Karl Wilhelm, ich will Euch holen!«

Der Obrist lächelte. Wie der Ring an ihrer Rechten blitzte! – Hinter sich hörte er rufen.

»Net Herr Owerscht, net stürzen, soß senn ech ganz alleen. All senn se dann dut, nur ech net, der Lührchen!«

Der Obrist lag still auf einem alten Hügel. Inzwischen stürmten sie die Kirche.

Die Schweden weinten vor Schmerz und Erbitterung über den Tod ihres Rittmeisters. Weit die Wied hinab vorfolgten die Solmsschen Reiter und die saynischen Bauern die Kurkölnischen. Sie wußten nicht, daß der Obrist Dormann gefallen war.

Während des Schlachtgetümmels schon hatte sich der Korporal Quast um seinen toten Herrn gekümmert. Er glaubte immer noch, sein Obrist müsse die gütigen Augen wieder auftun. Sein Herr sollte tot sein? Der Obrist Karl Wilhelm Dormann von Widderstein? Was würde denn nun in der Grafschaft werden?

Um den Obristen herum lagen die gefallenen Schweden in Haufen. Der Quast fand auch unsere sechs braven Helden darunter, die sich der Obrist einst erkoren hatte, die ihm bis in den Tod gefolgt waren. Der Lührchen lag ganz nahe beim Obristen. Nun faßte den jungen Korporal ein wildes Schluchzen. Er wünschte sich, daß auch er jetzt tot neben dem Obristen läge. Drei aber von den Schweden kletterten in den Turm und fingen an zu läuten, und die Glocken riefen Sieg über das Land. Sieg und Tod. Die Glocken von Schöneberg fielen ein und jetzt auch von Altenkirchen. Da war das Wiedtal voller Glockenklang. Von überall her kam das Volk zu dem kleinen Kirchlein und suchte seine Toten.

Es ging ein Wehspruch von dem Kirchlein durch das ganze Land. »Unser Obrist, der Karl Wilhelm ist tot!«

Zwischen den Grabsteinen umher irrte ein schwarzes Pferd. Wenn es nicht eben traurig umherging, so stand es und sah nach links und rechts, schnupperte in den Wind und wieherte laut auf. Dann wieder spitzte es die Ohren und horchte nach dem Klang einer lieben, trauten Stimme.

Saladin, wo ist dein Reiter?

Auf einmal ging es langsam dem Friedhofstor zu, blieb wieder stehen, wieherte wie in Verzweiflung und trabte dann traurig nach Altenkirchen zu.

Die Gräfin Louise Juliane saß unter einem alten blühenden Rosenstock im Schloßgarten. Absichtlich hatte sie den einsamen Platz aufgesucht, um ungestört noch einmal die düstere Vergangenheit an sich vorüberziehen zu lassen. Dann sollte die Siegesnachricht kommen und die Pforte für ein besseres Dasein bilden.

Das Donnern der Feuerrohre hatte aufgehört. Das Knallen der Musketen ließ mehr und mehr nach und verzog sich in Fernen. Dann hörte mit einmal das Kampfgetöse, das am Morgen schaurig herüberklang, ganz auf und war wie fortgeweht.

Horch, da läuteten sie in Almersbach. Jetzt ist der Friede da! Auch die nahen Schloß- und Stadtkirchenglocken fingen zu läuten an.

Jubilate!

Louise Juliane weinte und faltete die Hände.

Hufschlag ließ sie aufblicken. – Da – ja, das war doch Saladin, das Pferd des Obristen. Aber wo war denn der Reiter? Die Gräfin eilte wie gehetzt in den Schloßhof. Langsam kam der Saladin auf sie zu. Traurig senkte das Pferd den edlen Kopf und lehnte ihn an ihre wogende Brust. Die todblasse Gräfin sah Blut auf dem Rücken des dampfenden Tieres. Sie stöhnte auf.

»O Gott, der Obrist!«

*

Am Gestade des Atlantischen Ozeans wandelte die junge Herzogin Ninon Capet im Föhrenpark ihres weißen Marmorschlosses. Sie hielt ein versiegeltes Schreiben in der Hand. Eilig strebte sie dem Strand zu, wo die weißen Marmorbänke mit den kunstvoll gehauenen Lehnen standen. Auf eine der Bänke setzte sie sich und sah auf das stille Meer. Was würde wohl der König schreiben? Ihre Hände waren unsicher, ihr Busen wogte, als sie das Schreiben erbrach. Noch einmal sah sie hinaus, und dann las sie.

*»Herzogin!*

*Durch meinen Vetter Gustav Adolf, Königliche Majestät von Schweden, habe ich nun doch erfahren, was Ihr so lange vor mir im deutschen Land tatet. Ihr habt Gewaltiges getan, noch ehe wir daran dachten, mit Gott zu marschieren. Nun weiß ich, warum unsere sonst so stille schwarze Herzogin (Ihr wißt, daß Ihr bei Hofe so genannt werdet) so in mich drang, sie nach dem deutschen Land zu beurlauben, dem Land, das so voll von Krieg und Schrecken war (und noch ist). Ihr wäret brauchbares Werkzeug Gottes. Es ist auch mir jetzt die Ehre geworden, den Lilienring zu tragen. Ich erhielt ihn von der Hand der fürstlichen Oberin. – Ich danke Euch, liebe Herzogin, und freue mich sehr, in Euch eine so heldische Verwandte zu haben.*

*Es wundert mich nicht, daß Ihr den saynischen Obristen und schwedischen Rittmeister liebet. Ihr sucht mich an, ob Ihr ihn zum Gatten nehmen dürfet, Herzogin«,* die Lesende sah wieder aufs Meer hinaus, das so seltsam rauschte, als wolle sie sich Kraft suchen für das Kommende, *»so glaube ich, daß Ihr keinen besseren Mann je finden werdet. Ich fand noch keinen Offizier in meinem Heer, der an Mut und Kühnheit ihm gleich käme. Wenn Ihr aber gemeint habt, es wäre nicht nach meinem Willen, weil er nicht von hohem Adel sei, o nein, Herzogin! Welche Menge Deutscher mit hohem Namen gibt es! Und wie unendlich niedrig sind sie nach ihrer Gesinnung! Ich glaube,* *der deutsche Adel bedarf einer Neu-Wandlung. Herzogin, der Dormann ist einer vom neuen, erstehenden deutschen Adel der Zukunft, mit ihm verderbt Ihr nicht Euer Blut. So gebe ich Euch hiermit die Erklärung: Ihr, Herzogin Ninon Capet, aus dem königlichen Hause Frankreichs, erhaltet hiermit die Erlaubnis und Freiheit, den saynischen Obristen und Rittmeister Seiner schwedischen Majestät zu ehelichen.*

*Nun möget Ihr ihn Euch herholen, Herzogin! Was aber wird die saynische Gräfin dazu sagen? Ich wollte, dieser Krieg wäre vorbei.*

*Grüßt mir das königliche Haus! Louis.«*

Als sie zu lesen geendet hatte, erhob sie sich langsam von der weißen Bank am Meer. Und das Meer sang ihr die Liebe der heldischen Frau, und die wilden Schwäne hoch über ihr sangen den milden ozeanischen Frühling. Sie breitete die Arme weit und sagte in den Meereswind: »Ich hole Euch jetzt, Karl Wilhelm Dormann!«

Ihr sehnender Blick über das Meer wurde jäh entsetzlich, denn dort aus den Wogen erhob sich ein Reiter, auf einem schwarzen Hengst, er kam auf sie zugeritten. Es war ein schwedischer Reiteroffizier. O, es war ja der Obrist Dormann. Schnell kam er auf sie zu und breitete lächelnd die Arme aus. Die Herzogin stand wie gelähmt. Der Reiter auf den Meeresfluten ließ jetzt plötzlich die Arme sinken.

Sein Gesicht verzog sich schmerzhaft, und da – floß Blut aus seiner Brust, er sank vom Pferd.

»Karl Wilhelm Dormann!« rief Ninon Capet und fiel ohnmächtig neben die weiße Bank, auf den hellen Meeressand zu Füßen der rauschenden Föhren …

*

In der Almersbacher Kirche legten sie den Karl Wilhelm Dormann in die Gruft der Väter. Der Pfarrer Ludwig Rosenstein, ein Schulkamerad des Gefallenen, feierte in bewegten Worten den tapferen Toten. Aus dem Volk drang hin und wieder Schluchzen. Der alte Dormann stand an der offenen Gruft und sah mit tränenleeren Augen auf den Sarg nieder. Leise sprachen seine Lippen:

»Ich wußte es, Karl Wilhelm, und ich wartete doch so auf dich!«

Ein Brudersohn hielt ihn am Arm und bewahrte ihn vor dem Umsinken. Links neben dem alten Dormann stand die Gräfin Louise Juliane. Auch sie hatte keine Tränen, aber auf ihrem blassen Antlitz hatte sich mit einemmal all ihr großes Leid eingegraben und blieb darauf haften. Louise Juliane war alt geworden.

Und noch zwei Menschen waren da, die in düstere Leere sahen. Im Volk standen sie. Der alte Neuhoff und bei ihm eine unbekannte Frau in vornehmer fremder Trauertracht. Niemand wußte, wer sie war. An ihrer Rechten blitzte ein güldener Ring mit einer eingegrabenen Lilie.

✳

Schwer befestigt trotzte die Freusburg auf ihrem steilen Bergkegel den anstürmenden Schweden. Der kurtrierische Kommandant Nagel schoß mit hundert Kanonen Verderben in die Reihen der todesmutigen Schweden. Dreimal versuchten diese mit äußersten Anstrengungen, die Burg zu gewinnen, dreimal mußten sie zurück. Beim drittenmal entschied sich der Kampf zu Gunsten der Belagerten.

Die Schweden mußten sich nach Hachenburg zurückziehen. Sie waren voller Ärger. Der Schwedenfeldherr Boudissin hatte Sieg befohlen.

Stolz wehte auf dem Turm die erzbischöfliche Fahne.

Indes sollte die Siegesfreude der Trierer nicht lange anhalten, denn bald kehrten die Schweden mit verstärkter Macht zurück, umzingelten die Burg und belagerten sie bis zur baldigen, bedingungslosen Übergabe und machten sie zu einem starken Stützpunkt.

Louise Julianes Land war frei!

✳

Der 16. November 1632 wollte anbrechen. Es war noch halbe Nacht, da saß König Gustav Adolf angekleidet auf seinem Lager im Feldzelt nahe bei Lützen.

Der kommende Tag würde ein Mal sein auf dem Weg seines Siegeszuges, das wohl bis in fernste Zeiten niemalen ausgelöscht werden könne; oder aber es würde ein Trennmal sein zwischen Sieg und Niedergang.

Guter, allmächtiger Gott, davor bewahre uns!

Der König sprang auf beide Füße. Mit wenigen Schritten stand er vor dem Zelt. Die Leibwachen um das Königszelt beachteten des Königs vorzeitigen Heraustritt kaum. Blitzschnell grüßte nur der Wachoffizier mit erhobenem Arm, denn sein Herr war ihm zuvorgekommen.

Bis auf die Mitte des Vorplatzes ging der König. Dann stand er still. Still standen die Leibwachen und der Offizier im bleichen Schein der Frühmondsichel, die Augen fest auf den königlichen Herrn gerichtet. Gustav Adolfs Augen glitten wie Vateraugen über das Lager. Hier und da tönten verhaltene Stimmen auf. Die Feuer verglühten. Vereinzelt wieherten Pferde. Es regte sich mehr und mehr.

In Stunden würde hier, im Herzen des deutschen Landes, die gewaltige Schlacht entbrennen.

Der König richtete die Augen aufwärts.

»Jesu, hilf!«

Dann suchte sein Blick in die Richtung nach dem Lager Wallensteins. Tod, wo ist dein Stachel? Hölle, wo ist dein Sieg?

Einsam stand der König. Der Vorwintermorgen ging purpurn auf.

Gustav Adolf ging seinen Weg zurück. Wie hold war ihm das Kriegsglück gewesen! Die deutschen Protestanten hatten sich ihm angeschlossen. Manche Große waren darunter und eine Frau – aus dem Grafentum nahe am Rhein, Louise Juliane von Sayn und Wittgenstein aus dem Hause Erbach. Sie war eine besonders Starke. Er würde sie wohl noch einmal sehen, die so schreckliche Unbill erlitten.

Ein Bild aus der Vergangenheit tauchte vor dem König auf. Im Kaisersaal zu Frankfurt sah er die drei hohen Gestalten vor sich stehen. – Der Graf und der tapfere saynische Obrist lebten nun nicht mehr.

Des Königs Rechte griff in die Brusttasche und holte zwei Briefe hervor. Der eine war von Ninon Capet, der schwarzen französischen Herzogin, die in einsamer Trauer um den gefallenen Geliebten in ihrem Schloß am Nordmeer lebte.

Ärmste! Warst für den Westen wie ich für den Norden ...

Der andere Brief von zartrosenrotem Papier mit schwerem Siegel und leichtem Rosmarinduft war von Louise Juliane.

Im Schein des Morgenschimmers entfaltete der König ihn wiederum, obwohl er seinen Inhalt kannte. Ja, dieser Inhalt paßte recht zu der kühnen Frauenhandschrift. Es war ein Dank- und Lehrbrief zugleich, denn die Gräfin hatte die Verhältnisse der westdeutschen Einheiten merkwürdig genau und richtig geschildert und klargelegt. Der König bekam durch diesen Brief Einblick in manches, in das er auf anderen Wegen vergebens einzudringen versucht hatte. Und er erhielt Vorschläge zur Festigung des Glaubens, wie sie selbst der König noch nicht erwogen hatte. So war der Schluß:

*»Ew. königliche Majestät dann noch zu wissen, daß Eure wohledl. Troupen sich gut und dapper halten, daß wir kein' Klag' führen können. Majestät! Es ist gut, daß unser seeliger Herr und Graf Ernst diese schlimm Gezeiten nit mehr sihet, umb unßern Obrist Dormann aber trau'r ich sehr. War' er noch da, er kunnt mir allzeit helfen iberall!«*

Der König ging ins Zelt zurück. Von dem Feldgestell nahm er Tinte und Feder und schrieb im Morgenrot auf die Rückseite eines der Briefblätter der Gräfin in deutscher Sprache:

*»Bleib ich am Leben, so ist dieser Gräfin von Sayn Regentschaft wohl gesichert. Fall ich heut oder morgen im Feld, so soll ihr dennoch ein jeder Schwed und Freund zur Seite stehen, was sie auch will.*

*Den 16. November 1632. G.A.«*

Auf ein Zeichen trat ein Offizier ins Königszelt. Gustav Adolf reichte ihm den Brief Louise Julianes mitsamt dem Blatt mit seinen Zeilen.

»Dem Kanzler!«

Schweigend nahm der Offizier den Brief und entfernte sich.

Dumpf ging eine Trommel. Feldherrn und Obristen sammelten

sich vor dem Zelt. Als der König heraustrat, neigten sie alle stumm und kurz die Häupter.

»Gott legt an diesem Tag seinen Namen in Eure Hände, unser Gott, meine Getreuen! Darum reiten wir zuvorderst an den Feind. So schickt es sich für uns! Nun rüstet zum Kampf!«

Trommelwirbel, Hörnerschall, Rossewiehern, Marschieren, Kommandos! – Schon stand das Heer in Schlachtordnung, und drüben stand auch schon die feindliche Linie.

Schweigend ritt der König mit seinen Gefolgsmannen die Schlachtfront ab. In der Mitte hielt er an. Ein Feldgeistlicher bestieg eine roh gezimmerte Kanzel. Der Morgenwind trug die Predigt weit ins Heer. Als sie verklungen war, tönte Musik auf.

Verzage nicht, du Häuflein klein!

Und dann das Trutzlied, das vom ganzen Heer mitgesungen wurde.

> *Und wenn die Welt voll Teufel wär'*
> *und wollt' uns gar verschlingen,*
> *so fürchten wir uns nicht so sehr,*
> *es muß uns doch gelingen!*

Als die letzte Strophe des furchtbaren Lutherliedes ohne Ausklang abbrach, schrak Gustav Adolf zusammen.

Alte Zweifel in seinem Herzen stiegen auf in seine Seele, bedrückten das Gemüt. War es wirklich der Hilferuf der deutschen Protestanten gewesen, der ihn bewog, über das Nordmeer nach Süden zu fahren, einzufallen in das alte Frankenland der Karolinger? Einzubrechen in das geistige Reich der päpstlichen Religion und seiner einzigartigen römischen Kultur?

Und was wußte das Heer hinter ihm von all diesen Dingen? Nichts wußte es davon! Wußte nur von blindem Gehorsam gegen seinen König und Herrn – solange er lebte. Und wenn er stürbe? Wenn er fiel? – Heulend wie die Wölfe droben im Norden, so würden sie dieses Land durchjagen, raubend, plündernd, mordend.

Stille! – Der König zog den Degen, nahm ihn nebst Hut zwischen die vor sich gefalteten Hände, neigte tief den Kopf und betete leise.

Dann ritt er an die Spitze des Heeres, wendete sich um und rief laut den Seinen zu: »Nun wollen wir dran, das walt' Gott! Jesu, Jesu, hilf mir heute streiten zu deines Namens Ehr'!«

Fast zu gleicher Zeit hörte man von drüben den Feldschrei der anrückenden Wallensteiner.

Dann prallten die Heere aufeinander.

Der Sieg war bald auf seiten der Schweden. Der König kämpfte überall an der Spitze. Plötzlich gewahrte er, wie der linke Flügel seines Heeres zurückgedrängt wurde. Schnell eilte er an die Spitze seiner Leibreiter dorthin. Nur acht von ihnen vermochten an seiner Seite zu bleiben. Seine Kurzsichtigkeit brachte ihn mitten ins feindliche Getümmel. Als er die Seinen mit Macht unter die Wallensteiner drängte, zerschmetterte ihm eine Kugel den linken Arm. Als er sich nun von seinem Adjutanten aus dem Getümmel bringen lassen wollte, geriet er mit diesem in einen kaiserlichen Kürassierhaufen.

Ihr Obrist erkannte sofort den Schwedenkönig und jagte ihm mit den Worten: »Dich habe ich lange gesucht!« eine Kugel durch den Leib. Der König, tödlich getroffen, sank lautlos vom Pferd. Über ihn hinweg toste die Schlacht.

Als die Schweden das blutende Streitroß ohne den König auf dem Schlachtfeld umherirren sahen, drangen sie mit furchtbarer Bitternis auf den Feind. Die frischen Truppen Pappenheims konnten den Sieg der Schweden nicht aufhalten.

Der Schwedenkönig tot!

Fahr hin, o Traum von Altnordlands Auferstehung. Der König, den das Bauernhaus Wasa in Nordgermanien hervorbrachte, liegt auf der Totenbahre, ehe Deutschlands Völker geeinigt sind.

Gott ist mit diesen Völkern noch nicht fertig, obgleich sein Wort in ihrem Schoße ruht, noch aber ward es nicht Mensch und Tat.

Der Schwedenkönig aber liegt tot!

Wehe!

Was kümmert sich das Kriegsvolk des einzigen Königs aus Nordland um seines toten Königs Schwur? – Schlimmer wüten sie im Land der Deutschen als der Tilly und der Görtzenich! Sie sind ärger geworden in Mord, Raub, Brand und Schändung. Nicht mehr kämpft Katholik wider Protestant – Bruder meuchelt Bruder. Sie sind alle miteinander Bestien, und niemand hat den Glauben. Werwölfe heulen durch die tiefen Wälder.

In fürchterlichen Hieben saust die Geißel des Allmächtigen. Schuld aber haben die Verunstalter des Christ.

Im großen Wohngemach der Freusburg, dem nunmehrigen Wohnsitz der Gräfin Louise Juliane, den sie der Sicherheit halber gewählt hatte, war weihnachtlicher Friede 1633. Die Gräfin saß mit dem Erbgrafen Ludwig auf dem hohen Stuhl. An sie lehnten sich die beiden Junggräfinnen Ernestine und Johannette, ihre jungen Töchter. Außer dem Burggesind waren die Schultheißen, Jäger von Freusburg und Reusch von Daaden, zwei getreueste Diener, anwesend. Ein junger lutherischer Kaplan von Hachenburg hielt eine schlichte Weihnachtsandacht. Auf dem Schloßhof und auf den festen Mauern gingen die Wachen. Aus den Räumen der Mannschaften schallten die lebhaften Gespräche der Burgbesatzung.

Friede auf Erden!

In Hachenburg war das Hauptquartier der schwedischen Abteilung. Über ein Jahr blieben die Schweden. Es blieb ruhig in der Grafschaft, obwohl die Einwohner unter den Lasten seufzten. Dann aber kam Kunde von den Kurkölnischen, daß sie Hachenburg und Hamm an sich reißen wollten.

Dann kam der Tag, an dem sich der schwedische Verband löste. Da hielt es auch der schwedische Verwalter und Kommandeur nicht mehr für nötig, die schwedische Truppe in Hachenburg zu halten.

Kaum waren die Schweden abgezogen, als wieder eine kaiserliche Armee in die Grafschaft einzog und Hachenburg plünderte. Nachdem erschienen Heerhaufen des Marquis de Grana und des Obristen Waldberg und erpreßten 16 000 Gulden aus dem Amt Hachenburg.

In dieser Zeit beorderte die Gräfin den Korporal Johannes Wilhelm Quast zum Kundschafter. Sie selbst verließ mit den Ihren nicht die Burg. Einmal berichtete der Quast vom Einfall der Kaiserlichen in Hamm. Das war am Johannistag 1636. Der Korporal, indes zum stattlichen Mann gereift, hatte sich seit dem Tode seines geliebten Herrn Obristen Dormann getreu in seiner Gräfin Dienst gehalten, die ihm reiches Vertrauen schenkte – dem einfachen Mann aus dem Volke.

Just ritt er auf der Straße von Hachenburg auf Hamm zu, als ihm zu Pferd der Pastor Feller von Hamm eilig entgegenkam.

»Bleibt zurück, Korporal, die Kaiserlichen veröden Hamm! Sie haben mich blutig geschlagen, als ich ihnen den Eintritt zur Kirche wehrte. Ich habe mich beeilen müssen zu fliehen. Mein Haus und Hof ist hin. Alle Akten zerreißen und verbrennen sie. Durch Hamm geht Wehgeschrei, denn sie sind wie die Horden des Görtzenich!«

Wie zur Bestätigung dieser Worte stiegen Rauch und Flammen zu Hamm hoch.

»Wohin wollt Ihr jetzt reiten, Herr Feller?«

»Außer Landes muß ich wohl!«

»So fahrt in Gottes Namen dahin!«

»Halt, Korporal, reitet er nicht fort, sagt, wenn Ihr nach Freusburg kommt, der Gräfin, daß der Senior der Wittgensteiner, Herr Ludwig Casimir, vor einigen Tagen bei mir Quartier nahm auf dem Weg nach Altenkirchen. Sagt ihr, daß er in Altenkirchen feste Wohnung genommen habe. Da ist was Dunkles im Gang!«

»Ich wollt, ich hätt dergleichen Kunde nicht für die Gräfin, Herr Feller!«

Jedem stand die Not im Antlitz – jeder ritt seines Weges.

Der Quast ritt den Beulskopf hinan, Altenkirchen zu.

Unter dem mittleren Fenster des Falken hing das Wappen der Wittgensteiner. Dem Quast stach es in die Augen, als er es gewahrte. Also hatte der Feller recht. Im Wirtshaus also wohnte der Vollzieher der Gelüste seiner Sippe. Als der Korporal vor dem Falken vom Pferd steigen wollte, erschien der alte Neuhoff im Türrahmen.

»Bleibt zu Pferde, Herr Quast, man kennt Euch hier und weiß, daß Ihr der Kundschafter der Gräfin seid. Sie planen hier nichts Gutes. Ihr wißt ja was!«

Mit sorgenvoller Miene nahm am Abend die Gräfin den Bericht des Korporals entgegen.

Um diese Zeit geisterte ein dreifach furchtbar Gespenst durch die Grafschaft. Entartete Kaiserliche, das in Urwildheit und Rohheit versunkene Schwedentum und die heimtückische Pest. Wehgeschrei Mißhandelter und Beraubter, Wimmern und Klagen der Pestkranken verband sich des Nachts mit dem Feuerschein brennender Dörfer und Höfe zu greulicher Symphonie. Über die verlassenen Ellende-Äcker heulten die Wölfe. Flüchtige Heimatlose sahen sich von bösen Hexen und Fabelwesen verfolgt. Die Armseligen beschuldigten sich gegenseitig der Hexerei und Schwarzkunst und trachteten einer dem anderen nach dem Leben.

Hinter den finsteren Mauern der hohen Freusburg harrte die gräfliche Dulderin nicht mehr auf Hilfe irgendeiner staatlichen Macht. Aber doch verlor sie die Hoffnung nicht. Die Hoffnung aber machte sie stark – die hartgeprüfte Frau, die nicht, wie so viele der herrschaftlichen Nachbarn, schützende Stadtmauern aufsuchte, sondern in ihres Völkleins Mitte blieb. All das Unglück, das sie mit ihren Untertanen empfand, festigte ihre Liebe zu ihnen.

Es kam eine Stunde, da die heimtückische böse Luft ihren Giftodem in die Lungen ihres einzigen Söhnleins, des Erbgrafen Ludwig, hauchte. Tag und Nacht wachte sie am Kranken- und Sterbelager des Kindes. Manchmal wollte ihr das Herz brechen, wenn sie die fieberglänzenden Kinderaugen hilfesuchend auf sich gerichtet sah.

Am 16. Juli 1636 schloß der junge Erbgraf für immer die Augen. Wie manche Mutter wäre ob solchen Verlustes zusammengebrochen!

Nicht aber Louise Juliane.

Die Gräfin schaute bereits wieder einer anderen Gefahr fest ins Auge. Denn mit ihrem Sohn war der letzte männliche Sproß der regierenden Linie Sayn-Wittgenstein erloschen. Sie wußte, was bei Bekanntwerden von des Erbgrafen Tod eintreten würde, lagen doch die zahlreichen Erbfeinde rings überall auf der Lauer, gegebenenfalls über ihr Land herzufallen. Längst schrien sie um Beute, obwohl Graf Ernst ihre beiden Töchter beim Todesfall des kleinen Ludwig zu alleinigen Erbinnen bestimmt hatte. – Sie faßte den Entschluß, den Tod des Sohnes geheimzuhalten.

In düsterer Sommernacht rollten zwei Gefährte von der Freusburg hinab ins Tal. Schwarz umhangen war das erste, das den Leichnam des Kindes in sich barg. Zur Seite ritt der Korporal Quast mit einigen Reitern. In dem zweiten saß die Gräfin mit ihren Töchtern.

Ihre Schultheißen Jäger von Freusburg und Reusch von Daaden hatten dafür gesorgt, daß unsichere Stellen der Straße nach Hachenburg durch Ausschußmänner besetzt waren.

Der traurige Zug bewegte sich über Wissen und dann über Langenbach im hohen Westerwald. Von diesem Ort ab ritt der Korporal an der Spitze.

Bis dahin war man unbehelligt vorwärts gekommen. Aus dem weiten Tal gegen Südosten klang einsam das Rauschen der Nister. Schon ging es talwärts. Da – klang nicht Hufschlag unten?

Der Korporal, der vorausritt, hielt das Pferd an. Hinter ihm kam langsamer der nächtliche Leichenzug. Aber vor ihm kam es wuchtig heran. Das waren zum mindesten an die dreißig Reiter.

Lag nicht kurz hinter ihnen der blinde Weg, der hinunter zum verborgenen alten Kloster führte? – Der Quast riß sein Pferd herum und jagte zurück. Sein »Halt« durchschnitt wie ein Peitschenschlag die Nacht, den Reitern und Wagenführern entgegen. Die Gräfin beugte sich erwartungsvoll aus dem Schlag.

»Zurück zum blinden Weg hinter uns. Es kommen Berittene rasch herauf, das können nur Feinde sein!«

Gräfin Louise Juliane sagte keine Erwiderung.

So schnell man daran ging, die Wagen zu wenden – noch bevor es geschehen war, waren die Kommenden heran. Der Führer befahl zu halten. Die Pferde schnaubten heftig. Er ritt zum Wagen der Gräfin. Trotz der Dunkelheit hatte er sie erkannt.

»Euer Liebden brauchen sich nicht vor uns zu sichern!«

»Wer seid Ihr? – Was kümmert Ihr Euch um uns?« fragte die Gräfin erregt.

»Wir sind Kurkölnische von des Obristen Briser Reiterei! Des Obristen Befehl ist, Euer Gnaden aufzuspüren, da ihm die Überführung des heimgegangenen edlen Herrn Junggrafen angesagt wurde. Es scheint, als ginge sie eben vonstatten. Wenn's also ist, haben wir Euch nicht weiter zu behelligen.«

»So reitet Eure Wege und meldet dem Herrn Briser, daß der Verrat ein guter war.«

Ein kurzes Kommando, und die Briserischen sprengten zurück. Auch die gräflichen Gefährte nahmen ihre ursprüngliche Richtung wieder auf. Die Gräfin hatte in Todestraurigkeit ihr Haupt verhüllt. Im Schoß der Mutter schluchzten die Junggräfinnen. Dem Quast gingen die Augen über.

Aus dem Tal wehte der Wind bisweilen den Geruch verwesender Pestleichen herauf, die in den Dörfern lagen und wer weiß wie lange der Beseitigung harrten.

Am anderen Morgen wurde der Graf Ludwig neben seinem Vater Ernst in der Familiengruft beigesetzt.

Kaum hatte die Gräfin die Schloßkirche verlassen, um sich im Schlosse einiger Ruhe hingeben zu können, da wurde ihr ein Gesandter des kurkölnischen Obristen Briser gemeldet. Sie ließ ihn sofort vorkommen.

Sie, deren edler Sinn so unendlich oft verletzt worden war, glaubte fast nicht mehr an Anstand und Edelmut anderer, außer es beträfe ihre eigenen getreuen Westerwälder. Auch jetzt bestätigte sich diese Voraussetzung. Sie empfing den Offizier mit Gleichmut.

»Der Herr Obrist Briser schickt mich zu sagen, daß er mit seinem ganzen Heerhaufen ein solch Mitgefühl mit Euer Liebden habe, daß er gleich mit seiner ganzen Macht in Hachenburg einrücke, um dieses außerordentliche Beileid zu zeigen!«

Die Gräfin fand keine Antwort auf diese Schmach. Aber es nutzte auch nichts, daß sie dem Briser Protest und Drohung zukommen ließ – Hachenburg ward besetzt.

Am Abend aber stand vor ihr der Mann, der schon einmal ihre Seele am Sterbebett des Gatten zu Frankfurt so tief beleidigt hatte, der Vertreter der Wittgensteiner, der Vetter Ludwig Casimir.

»Kommt Ihr nun, Herr Vetter, mir den Todesstoß zu geben?«

»Frau Base, heut komm ich als Helfer und Retter. Ich bitt Euch, denkt nicht mehr an den düsteren Tag in Frankfurt! Vielleicht ist mir auch dort nur ungewollt entfahren, was Euch verletzte. Ihr könnt mir immerhin vergeben. Heute aber dürft Ihr mich nicht zurückweisen, Gräfin, wenn Ihr Eure Pflicht tun wollet.

Seht, der Kölner Kurfürst und Erzbischof erklärte die Grafschaft als erloschenes kölnisches Mannlehen für verfallen und übertrug sie dem Herrn von Wartenburg, Bischof von Osnabrück. Schon sind dessen Diener mit den Wappen unterwegs. Nun aber, Base, ist nur ein Gebot noch für Euch da. Gräfin, seid dessen gewiß, in dieser Stunde gilt es, daß Ihr vor Gott eines tut, entweder, daß Ihr den Kölnischen dieses protestantische Land einfach preisgebt, da Ihr selbst doch gar nichts dagegen tun könnt, oder Ihr gebt mir Eure Einwilligung, das Land vorerst in des ganzen Hauses Namen zu übernehmen, eh noch die kölnischen Diener da sind. Für Eure Töchter ist gesorgt, seht, diese Summen sind zum Entgelt für Eure Jungfrauen fest verzeichnet!«

Louise Juliane war aller Wille entflohen, darum unterschrieb sie, was Ludwig Casimir von ihr wollte. Nicht den Kölnischen die Grafschaft, das war, was sie dachte, ehe sie vor des Vetters Augen ohnmächtig ward.

An ihrer Statt ordnete er die feste Schließung der Schloßtore an und befahl äußersten Verteidigungszustand.

Dann ging er ins Land und ließ sich als Regent huldigen.

Die Gräfin blieb mit ihren Töchtern im Schloß zu Hachenburg. Aber der teuflische kölnische Obrist belagerte es und wollte die Gräfin durch Hunger bezwingen. Und obwohl auf heimlichen Wegen die Frauen von Hachenburg und den umliegenden Dörfern Nahrung ins Schloß schafften, schnell wurde es entdeckt, das Schloß wurde vollständig abgeriegelt.

*

Wieder in einer Nacht floh Louise Juliane mit ihren Kindern, nur von dem Korporal begleitet, zurück zur Freusburg. Zum erstenmal hatte sie mit den ihren auch leibliche Not gelitten.

Von der Hungergräfin ging eine Mär im Lande und im ganzen Westerwald, daran sich die Allerärmsten wundersam aufrichteten.

Wie es zu Hachenburg vordem geschehen, so geschah es wenig später auch auf der Freusburg. Die Kurtrierischen belagerten die Burg, und die Gräfin ward zum zweitenmal durch den Hunger ausgetrieben.

Nun floh die Gräfin nach Frankfurt. Hier suchte die ihres Landes gänzlich beraubte Frau unter unsäglich schwierigen Verhältnissen Hilfe bei mächtigen protestantischen Fürsten. Nachdem sie sogar mit den Schweden den Anschluß wieder hergestellt hatte, kehrte sie mit einiger Hoffnung trotz aller Not in ihre Grafschaft zurück und nahm ihren Wohnsitz im schönen Friedewald, woselbst man sie dann doch in Ruhe ließ.

Und wieder reiste Louise Juliane einem Heldentum entgegen, dem letzten und größten, der Zurückgewinnung ihres ganzen Landes Sayn. Und sie brachte es fertig, durch ihre gewaltigen Briefe, die selbst die größten ihrer Zeitgenossen erschütterten und am Kaiserhof erstaunlich wirkten. Klug waren ihre Erwägungen, meisterhaft ihre Vorschläge.

Die Briefe der heldischen saynischen Gräfin schufen das Werk des ersten Verständnisses zur Herstellung der freien Religionsausübung in den Kleinstaaten Mitteleuropas – und wenn tausendmal die Geschichte in diesem andere und scheinbar größere *Männer* nennt!

Und immer, immer wieder setzte sie an, ihren zwei verbliebenen Kindern, Sayn um alles zu sichern.

In den Nächten saß sie mit dem treuen Daadener Schultheißen Reusch und hielt kummervoll Rat. Unablässig ritt der Quast durchs Land und brachte der Herrin Kunde von allem Geschehen. Viel Leid sah der Quast auf seinen heimlichen Ritten. Und einmal, als er durch das Dörflein Beul galoppierte, sah er, wie aus dem alten schiefen Dorfbackhaus ein altes Weib kam, das eilends dem Weg zurannte, auf dem der Quast dahinritt. Was fällt ihm ein? – dachte er, denn es kam, wild mit den Armen um sich schlagend, stracks auf das Pferd zu.

»Weg da, Frau!«

»Die Langenbachin geht net weg, hahlt änn!«

Beinahe hätte der Korporal mit der Peitsche zugeschlagen – schon hing das Weib an den Zügeln des Pferdes. Er riß das Pferd zurück. Als es zitternd stand, gewahrte der Quast das Leuchten des Irrsinns in dem starren Blick der Frau. Aus ihren Mundwinkeln träufelte Geifer.

»Hihi, rucht Ihr net den feinen Broren, Hehr? Hüärt Ihr nett, wie et schmorrt on bruzzelt? Au wieh, der Aawwen eß kalt wueren! – Unnen änn de Birken läjen de Knochen!«

211

Dem Quast ging ein Schauer durch die Haut. Männer kamen rasch.

»Loßt se, Hehr, die vom Metternich ließen ihr enn düssem Owwen den Mann lewijes Läifs verbröhn – se is irr em Kopp!«

»Wie hieß der Mann?«

»Et wor der Langebach Hermann, en armer Kerl!«

So war es gewesen, daß betrunkene Reiter von der Unionsabteilung des Obristen Metternich, einem Bruder des anderen von der Liga – den Mann, weil er ein Katholik war, in wahnsinnigem Gelüste ergriffen, ihm gestohlene Meßgewänder angezogen, ihn gepeitscht und verbrannt hatten. Einer der Verwilderten hatte einen reformierten Geistlichen dargestellt und dem Opfer eine schändliche Leichenpredigt gehalten.

Die Männer redeten der Irrsinnigen gut zu. Der Quast reichte ihr ein Geldstück. Gierig griff sie danach. Dann plötzlich ließ sie Kopf und Glieder hängen und fing krampfhaft zu schluchzen an.

Also hatte man dies arme Weib gebunden und zusehen lassen, wie ihr Mann lebendig verbrannt wurde. – Langsam setzte der Korporal seinen Weg fort. Wie und wann würden die Schandtaten dieser Zeit wohl gesühnt werden?

Auf einen anderen Tag, als er das Wiedtal abwärts ritt, kamen ihm die letzten lebenden Einwohner von Christhausen und Albach entgegen. Die Schweden hatten die zwei Dörfer nebst etlichen Höfen im Wambachtal dem Erdboden gleichgemacht.

Der Quast sah die Stümpfe der verbrannten Kirchen, durch deren zerstörte Dächer Bäume wuchsen. Auf den Mauern und an den Altären sproß Gras und bog sich Gesträuch im Wind.

Wäre es der Gräfin nicht gelungen, den Herzog Bernhard von Weimar als Feldherrn der Schweden und den kaiserlichen Feldherrn Graf Melchior von Hatzfeld zu bewegen, endlich ihre Truppen aus der Grafschaft zu ziehen, fürwahr, kein Mensch in unserer Heimat wäre vom Verderben verschont geblieben, kein Haus wäre mehr gestanden.

War denn nun endlich das Ende aller Schrecken nahe?

*

1642. Im Feldlager des Bernhard von Weimar in Neuß stand nahe dem des Feldherrn eines mit dem Wappen der Wittgensteiner. Inmitten saß auf einem leichten Feldstuhl ein noch junger Offizier. Graf Christian von Wittgenstein, den einst Louise Juliane bei ihrer Ankunft als junge Braut im Schloß zu Altenkirchen so herzinnig küßte, da er noch ein zartes Knäblein war. – Ihm gegenüber saßen seine beiden älteren Brüder.

Ohm Ludwig Casimir hatte die Regelung der Nachfolge in Sayn in die Hände der Neffen selbst gelegt. Von diesen sollte doch einer die Regentschaft zu Sayn übernehmen.

Sie verhandelten lange im Zelt, wer der Regent von ihnen sein sollte. Als die Verhandlungen Streit zu werden drohten, entschlossen sich die Brüder für das Los. Das Los bestimmte den Jüngsten, den Grafen Christian.

Er warb eine Schar verkommener Söldlinge aus dem Heer des Weimarers, tat den alten, inzwischen entadelten Salchendorf, der zum Hexenmeister und Teufelsbanner hinabgesunken, als Hauptmann hinzu und zog nach Sayn. Er besetzte Altenkirchen, Roßbach, Maxsain, den freien Grund und die Kirchspiele Mehren, Höchstenbach, Almersbach und Schöneberg und drangsalierte die Bewohner, die ihm nicht huldigen wollten, unmenschlich. Beamte, die ihre Treue zur Gräfin in Friedewald nicht aufgaben, nahm er gefangen und sperrte sie in den Innenhof des Altenkirchener Schlosses bei grimmigster Winterkälte. So erging es auch dem alten getreuen Schultheißen Reusch von Daaden.

Solche Untaten wurden dem Kaiser Ferdinand hinterbracht und waren selbst diesem so widerlich, daß er am 19. März 1643 auf Anraten des Beschützers der Gräfin in diesen schlimmen Zeiten, Landgraf von Hessen, ihm harte Strafen androhte. Graf Christian störte sich jedoch nicht daran. Ungestört verübte er seine Greueltaten weiter ...

Dann war es, daß die Friedensglocken durch das deutsche Land klangen. Auf den letzten Friedensverhandlungen zu Osnabrück waren es wiederum die Schweden, die es durchsetzten, daß der Gräfin Louise Juliane die ganze Grafschaft Sayn zugesprochen wurde. Aber immer noch trotzte der Graf Christian in Altenkirchen, von grenzenlosem Haß gegen die Gräfin erfüllt.

Wieviel Mühe sollte es noch kosten, ihn außer Macht und Land zu bringen. Erst vierzehn Jahre später, in einer stürmischen Frühlingsnacht, mußte er heimlich aus Altenkirchen flüchten. Die Verbündeten der Gräfin hätten ihn beinahe gefangen.

Dann war das Land der Frau von Friedewald, wie sie nun das Volk nannte, ganz frei und ungeschmälert ihr Eigen.

Ein erlösender Atemzug ging durch die todwunde Heimat. Friedewald aber blieb der Wohnsitz der alten Gräfin. Noch einmal glaubte die weise Frau in ihrem stillen Schloß im hohen Westerwald die Botschaft des allabendländischen Heils erleben zu können, als sie von dem Bündnis Ludwig XIV. von Frankreich mit Friedrich Wilhelm, dem großen Kurfürsten von Brandenburg, vernahm.

Ach, sie erlebte nicht mehr die Freigabe Straßburgs durch den französischen König – und sie erlebte auch nicht mehr den Untergang des alten fränkischen Heimatlandes am Rhein mit seinen blühenden Städten, lieblichen Dörfern, kühnen Burgen und stolzen Schlössern unter den Hufen der Armeen Melacs.

O Liselotte von der Pfalz, dein unglückseliges Erbe war nicht in den Herzen Ninon Capets und des Obristen Dormann!

Die alte Frau von Friedewald glaubte an die Liebe, darum verzichtete sie …

Und indem sie unirdischen Abstand von ihrem schweren Leben gewann, erfüllte sie mehr und mehr die Erkenntnis, daß die menschliche Kreatur auf Erden in der Schändung Gottes Namens langsam ihren Untergang besiegeln würde.

Bei Gott aber sind tausend Jahre wie ein Tag.

Ein Fürsten- und Volksschicksal im Heiligen Römischen Reich Deutscher Nation, unter tausend gleichen im Fluche vieler Irrungen.

Ein Leben lang Krieg, ein Leben lang Leid, ein Leben lang Glauben an die Auferstehung der Völker des Westens. Ein Leben lang Enttäuschung. Wie sehnten sich der Obrist und die Gräfin nach der freien Luft des Abendlandes!

In Versailles gingen rauschende Feste.

*

8. September 1670. Von den Hochheiden wehte der Spätsommerwind und fing sich in den alten Parkbäumen. Die scheidende Sonne schien müde und mild durch die hohen Fenster in das Sterbezimmer. Die blasse Frau sehnte sich nach Ruhe.

Friede lag auf dem immer noch schönen, gar seltsam verklärten Angesicht, das von silberweißen Haaren umrahmt war. Um das Lager standen ihre beiden Töchter Ernestine und Johannette mit ihren Ehegatten, den Herren Herzog von Sachsen-Weimar und Graf von Manderscheid. Stille mußten sie alle sein.

Die Sonne war noch nicht ganz untergegangen, als Louise Juliane sanft lächelnd hinüberging.

In Stürzelbach in seinem kleinen Häuschen auf dem Fürstenberg empfing der Leutnant Johannes Wilhelm Quast die Nachricht vom Tode der Gräfin. Da ritt er in der Nacht ziellose Wege.

Als die Sonne aufging, meinte er, den Obristen Dormann auf dem Saladin neben sich zu haben.

*

Im Gewölbe der Kirche am hohen weißen Schloß erblickt man den mattglänzenden Sarg mit dem Kreuz vom puren Golde. Drin ruht die Hungergräfin! Im Kreise eines alten Silberlings steht: .

*»IN MEMORIAM DOMINAE LOYSA COMITISSAE*
*SAYNENSIS DE STEMMATE ERBACENTI – NATAE*
*ANNO 1603, DE FUNCTAE ANNO 1670. *)*

Auf der anderen Seite:

*INVENI PORTUM,*
*SPES ET FORTUNA VALETE! **)*

---

*) Zur Erinnerung an die Frau Gräfin Louise Juliane von Sayn aus dem Hause Erbach, geboren 1604, gestorben 1670.
**) Ich habe den Hafen erreicht, lebt wohl, Glück und Hoffnung!

# Anhang

# Glossar

*also* – häufig für »so«, wie z.B. in: »War es möglich, daß der Graf in
dieser Stunde also sprechen konnte?«
*Altane* – balkonartiger Anbau, Söller
*Altdriesche* – altes, brachliegendes Land, Brache
*Altvorderen* – Vorfahren, Ahnen
*Angerknecht* – hier als Totengräber zu verstehen
*Ausschuß* – Truppenkontingent
*Avancement* – Beförderung

*Balkanesen* – abwertend für Bewohner der Balkanhalbinsel
*Basaltgewacker* – große, unbehauene Basaltsteine
*baß* – sehr
*begaben* – beschenken
*Behang* – Berghang
*Bergfried* – Hauptturm auf mittelalterlichen Burgen
*Blauveiglein* – Blauveilchen
*Bollermänner* – hier als Poltergeist zu verstehen
*Born* – hier: Quelle
*Brudersohn* – Neffe
*Brünne* – Brustpanzer

*dermalig* – jetzig
*Dolman* – mit Pelz versetzte Husarenjacke
*Dorn* – Anhöhe im Westerwald
*Dreißigjähriger Krieg* – zwischen 1618 und 1648 hauptsächlich auf
deutschem Boden geführter europäischer Krieg, dem jahrzehn-
telange konfessionelle Glaubensgegensätze zwischen katholischen und protestantischen Ländern vorausgingen. Politische
bzw. hegemoniale Machtkämpfe zwischen den Reichsständen
sowie Schweden und Frankreich auf der einen Seite und dem
habsburgischen Kaiser (Liga) auf der anderen bestimmten seinen späteren Verlauf.
*Eidam* – Schwiegersohn
*Eichenlohe* – zum Gerben verwendete Eichenrinde

*Ern* – Hausflur
*Etter* – bebautes Ortsgebiet
*Euer Liebden* – Anrede an Adlige

*Fähnlein* – Truppeneinheit der Landsknechte (Fußvolk)
*Fährnis* – Gefahr
*Findlingsblöcke* – vereinzelt liegende Steinblöcke
*Fliehburg* – Burg, in der die Bewohner bei Gefahr Zuflucht finden
*Fourage* – Verpflegung
*für und für* – (für) immer
*fürder* – weiter, weiterhin
*Fußer* – Infanteristen, Fußvolk

*Gau* – großer landschaftlicher Bezirk
*Gebück* – Hecke als Schutz oder Grenze von Ortschaften. Der Autor benutzt den Plural »Gebücker« statt Gebücke.
*Gemahl* – als Neutrum dichterisch für »Ehefrau«
*Gewann* – in mehreren Streifen geteilter, allen Bauern eines Dorfes zustehender Teil des Flures
*Görtzenich* – steht für »Gürzenich«. Gemeint ist der in Gürzenich geborene Adam Wilhelm I. Freiherr Schellard von Obbendorf, der in der Bevölkerung als kaiserlicher Obrist Gürzenich wegen seiner Grausamkeiten gefürchtet wurde. Im Roman wird er als »Frauenschänder, Mordbrenner, Räuber« bezeichnet.
*Grafenstühllein* – abwertende Bezeichnung des gräflichen Amtes

*Härnstock* – Klotz, auf dem die Sensen überarbeitet wurden
*Haufen* – kleinerer Soldatenverband, Trupp, Schar, Menge
*Hellebarde* – Stoßwaffe mit langem Stiel und axtförmiger Klinge
*Hohlweg* – zwischen Felsen eingeschnittener Weg
*Holle* – Fabelwesen in der nordischen Mythologie
*Honigseim* – ungeläuterter Honig
*Hüppelröttchen* – Waldgebiet bei Leuscheid (Rhein-Sieg-Kreis)
*Humpen* – Trinkgefäß mit Deckel und Henkel

*Inspektor* – damaliger Rang eines reformierten Pfarrers
*Irrwickel* – Vögel im Frühjahr

*Karawanken* – Alpengebirge im Grenzgebiet zwischen Österreich
und Slowenien

*Karpaten* – Gebirge im Südosten Mitteleuropas, das sich halbkreis-
förmig über mehrere Länder erstreckt (u.a. über die Slowakei,
Polen, Rumänien)

*Katholische Liga* – 1609 von Maximilian I. von Bayern gegründetes
Bündnis katholischer Fürstentümer und Stände als Reaktion auf
die Protestantische Union (siehe dort). Der Liga gehörten auch
die geistlichen Fürstentümer Kurköln und Kurtrier an. Die seit
der Reformation entstandenen konfessionellen Spannungen
mündeten im Dreißigjährigen Krieg (siehe dort).

*Koller* – ärmelloses Wams aus Leder

*Konsistorium* – kirchliche Gerichtsbarkeit bzw. Verwaltung

*Kontribution* – Abgabe, die für den Unterhalt der Besatzungstruppen
von der Bevölkerung erhoben wird

*Kordon* – militärische Absperrung

*Kornett* – Fähnrich, jüngster Offizier einer Einheit, Offiziersanwärter

*krauchend* – unter der Anstrengung keuchend

*Kürassier* – Soldat der Reiterei mit Kürass (Brustharnisch)

*Ligister* – Soldaten der Katholischen Liga (siehe dort)

*ligistisches Regiment* – Regiment der Katholischen Liga (siehe dort)

*Lohe* – 1.: große Flamme

*Lohe* – 2.: zum Gerben verwendete Rinde

*Lohweibchen* – eine Vogelart

*mählich* – allmählich

*Malter* – Hohlmaß für Getreide

*Marketenderin* – Händlerin, die die Truppen im Krieg begleitet

*Meldereiter* – Soldat, der Nachrichten überbringt

*Montur* – Uniform

*Muskete* – Handfeuerwaffe großen Kalibers

*Obrist* – altertümliche Form für »Oberst«

*Ordonnanz* – Soldat, der zu dienstlichen Zwecken abkommandiert
wird

*Ohles* – Anbau an die Scheune zur Lagerung von Getreidegarben

*papistisch* – streng päpstlich, hier für »katholisch«

*Petschaft* – Siegel mit Wappen

*Pochwerk* – Stampfanlage zum Zerkleinern von Erz

*Präzeptor* – Lehrer, Lehrmeister

*Profoß* – Verwalter der Militärgerichtsbarkeit

*Protestantische Union* – auch: Evangelische Union. 1608 gegründetes Bündnis protestantischer Reichsstände zur Abwehr gegenreformatorischer Bestrebungen katholischer Länder. Der Union gehörten unter anderen Kurbrandenburg und die Kurpfalz an. Mit der Gründung der Katholischen Liga (siehe dort) 1609 wurden die Fronten des Dreißigjährigen Krieges festgesetzt.

*Rain* – Ackergrenze

*Reiserbesen* – Reisigbesen

*reisig* – sich, insbesondere beritten, auf Kriegsreise befindend

*Riesen-Roßtrappe* – Riesen-Pferdehufspur

*Rittmeister* – Hauptmann der Reiterei

*Rückkunft* – Rückkehr

*scheel* – ablehnend, mißgünstig

*Schmaltier* – weibliches Tier (Hochwild), das noch keine Jungen hat

*Schmiele* – hoch wachsende Grasart

*Schwieger* – hier: Schwiegervater. Bezeichnete ursprünglich nur die Schwiegermutter.

*selbdritt* – zu dritt

*Sequester* – treuhänderischer Verwalter einer Streitsache

*S'Lad* – das Leid

*sonder Harm* – ohne Schmerz

*sonder Scham* – ohne Scham

*Trift* – Weide

*Trödelsteine* – 613 Meter hohes Naturdenkmal: Säulen und ein Blockfeld aus Feldspatbasalt auf dem Gebirgskamm von Emmerzhausen, die hier das Grundgebirge durchbrochen haben

*Troll* – Fabelwesen in der nordischen Mythologie: dämonischer Unhold (Riese, Ungeheuer)

*Trorre und Trullichter* – Fabelwesen in der nordischen Mythologie
*Trud* – gespenstisches Wesen

*um etwas einkommen* – förmliches Anliegen, Bittgesuch machen
*unlandig* – landwirtschaftlich nicht nutzbar
*unrätig* – morsig, nach Unrat
*unverbrüchlich* – nicht zu brechen

*Wachdorndome* – frühere Bezeichnung für Wacholder
*Waiblinge* – Knappe, Waffenträger
*Walachen* – Bewohner der Walachei im Süden Rumäniens
*Walkmühle* – Anlage, in der Leder gewalkt bzw. geschmeidig gemacht wird
*Walküre* – Botin des germanischen Gottes Wodan, die die im Kampf Gefallenen nach Walhall geleitet
*wastig* – unbebaut, öde
*Weihwedel* – Wedel für Weihwasser, eigentlich: Weihwasserwedel
*Welsche* – romanische Bevölkerung, besonders Franzosen und Italiener, abwertend auch für: Fremdländische
*wie mancher* – so mancher
*Wittib* – Witwe
*Wittum* – ursprüngliche Bedeutung »Brautgabe«, volksetymologisch umgedeutet zu »Witwengut«

*Zollstock* – Schlagbaum, Zeichen der Zollgrenze
*zum andermal* – zum zweitenmal

Hildegard Sayn:

# Louise Juliane von Sayn (1603–1670)

*(aus: »Lebensbilder aus dem Kreis Altenkirchen«, herausgegeben vom Heimatverein für den Kreis Altenkirchen, 1979)*

Das Verdienst des Heimatdichters Karl Ramseger ist es, durch seinen Roman »Die Gräfin von Sayn« unseren Blick auf eine Persönlichkeit des Sayner Fürstenhauses gelenkt zu haben, deren schwere Lebensschicksale und deren Verdienste als Landesherrin wohl eine Würdigung wert sind.

Es handelt sich um Louise Juliane, Gräfin von Sayn, geb. von Erbach. »Hungergräfin« nannten sie spöttisch ihre Feinde, welche die arme Frau mit ihren Kindern auf ihren Burgen belagerten und aushungerten. »Eine Säule des ganzen Landes« nennt sie der Verfasser ihrer Leichenpredigt, der einzigen zuverlässigen Quelle, die wir über ihr Leben besitzen.

Louise Juliane von Erbach wurde im Jahre 1603 im Schloß Fürstenau bei Michelstadt im Odenwald als 25. Kind des Grafen Georg III. von Erbach und seiner Gemahlin Maria von Barby und Mühlingen geboren. Sie wird als liebenswertes, frommes Kind geschildert, dem eine gediegene Erziehung durch gottesfürchtige und lebenstüchtige Eltern zuteil wurde.

Nach dem frühen Tode der Eltern lebte sie bei ihrer Schwester, einer Gräfin Hohenlohe, bis »das rühmliche Gerücht ihres tugendhaften Lebens« in die Saynischen Lande drang und den gerade zur Regierung gelangten Grafen Ernst von Sayn bewog, sie im Januar 1624 als seine Gemahlin heimzuführen.

Graf Ernst war der Sohn Wilhelm III. von Sayn-Wittgenstein, der durch seine Heirat mit Anna Elisabeth von Sayn nach 300jähriger Trennung die Johannes- und Engelbertlinien der Sayner noch einmal einte. Er verzichtete auf sein Wittgensteiner Erbe und gründete die neue Linie Sayn-Wittgenstein-Sayn. Er führte in seinem nach der Reformation lutherisch gewordenen Lande mit Gewalt die reformierte Lehre ein.

Aus Wilhelm III. zweiter Ehe mit Anna Ottilia von Nassau-Zweibrücken entstammten drei weitere Söhne, die nach dem Tode des Erbgrafen Ludwig ebenfalls Erbansprüche erhoben und damit bitteres Leid über unsere Gräfin und ihr Land brachten.

Doch zurück zum Jahre 1624. Das junge Grafenpaar erwählte Hachenburg mit seinem stattlichen Schlosse zu seiner Residenz und wurde in acht Jahren seiner sehr glücklichen Verbindung mit sieben Kindern – sechs Töchtern und dem Erbgrafen Ludwig – gesegnet.

Aber schon hier beginnt für Louise Juliane der Kreuzweg einer Mutter und Landesherrin. Vier ihrer Töchter starben im zarten Alter kurz hintereinander. Der Krieg, den die Geschichte mit Schaudern den Dreißigjährigen nennt, verschonte auch die Saynischen Lande nicht, sondern machte sie, wie schon so oft, zum Durchzugsgebiet fremder Truppen und brachte dem Land unsagbare Not. Während Graf Ernst zeitweise in Kriegsdiensten stand, führte die junge Gräfin schon jetzt die Regierungsgeschäfte mit Umsicht und sichtbarer Befähigung.

Auf dem Reichstag 1632 in Frankfurt am Main, wo das Grafenpaar bei dem Schwedenkönig Gustav Adolf Hilfe für sein bedrängtes Land suchte, starb Graf Ernst, der sich nie einer besonders guten Gesundheit erfreute, im zweiunddreißigsten Lebensjahr.

In seinem kurz vor dem Tode errichteten Testament hatte er seiner Gemahlin die Regentschaft für seinen minderjährigen Sohn Ludwig übertragen und weiter verfügt, daß im Falle eines vorzeitigen Ablebens des Erbgrafen seine beiden Töchter zu gleichen Teilen die Grafschaft erben sollten.

Dieses Testament veranlaßte Louise Juliane, ehelos zu bleiben und alles, »was ihr Gott an Verstand und Vermögen zugeteilet, zu dero (ihrer Kinder) Bestem anzuwenden«.

In ihren Adern floß das Blut eines uralten Herrschergeschlechtes, daher mag sie eine innere Berufung zur Landesherrin verspürt haben. Der Chronist berichtet, daß sie die Regentschaft »mit solcher Klugheit und Vorsichtigkeit geführt, daß solang die Grafschaft stehet, immer davon zu rühmen sein wird«. Er lobt ihre Sorge um das religiöse Leben des Landes, die sorgfältige Erziehung der Kinder, ihre Gerechtigkeit und ihr Geschick, verständige und kluge Leute für die Regierungsgeschäfte zu gewinnen. Er rühmt ihren persönlichen Einsatz in schweren Situationen, ihr gutes Einvernehmen mit den Nachbarstaaten, ihre Fähigkeit, die Vergeltung für ihr angetanes Unrecht allein Gott zu überlassen.

All ihr Tun war beflügelt von der Hoffnung, ihrem Sohne einmal ein gut regiertes Land und geordnete Zustände zu hinterlassen. Jedoch bereits im Jahre 1636 starb Erbgraf Ludwig, noch nicht sieben Jahre alt. Mit ihm erlosch der Mannesstamm der Linie Sayn-Wittgenstein-Sayn. In Nichtachtung des Testaments des Grafen Ernst, das die Erbfolge der Töchter sichern sollte, zwingt der älteste Stiefbruder des Grafen Ernst, Graf Ludwig Casimir von Sayn-Wittgenstein-Berleburg die leidgeprüfte Mutter, die Grafschaft den Stiefbrüdern ihres Mannes zu übergeben.

Zwar widerruft Louise Juliane nach zwei Monaten die Einwilligung und zieht damit erneut den Krieg in ihr Land. Nun sind es die Lehnsherren von Köln, Trier und der Abtei Laach, welche die »erledigten Lehen« mit Waffengewalt zurückfordern. Altenkirchen wird von dem jüngsten Stiefbruder ihres verstorbenen Mannes, dem Grafen Christian, besetzt, Hachenburg wird von Kurköln belagert und durch Hunger zur Übergabe gezwungen. Die Gräfin flieht nach der Freusburg, wo ihr Kurtrier das gleiche Schicksal bereitet, bis sie endlich auf ihrem Witwensitz Friedewald eine sichere Zuflucht findet.

Der Chronist faßt die Leiden dieser bitterschweren Jahre rückblickend zusammen: »Eingeschlossen und unbarmherzig gequält, daß sie nach ausgestandenem Hunger das Land räumen und ihr kaum so viel übrigblieb, womit sie als Wittib sich und ihren Waisen dem Stande nach hat erhalten können, wozu noch diese kam, daß man ihren treuen Untertanen Jahr und Tag mit ganzen Regimentern verfolgte und dergestalt aussog, daß sie ihnen mit nichts beispringen konnte.«

Von Friedewald aus kämpft Louise Juliane wie eine Löwin um die Rechte ihrer Töchter beim Wetzlarer Reichskammergericht, beim Kaiser selbst. Alle ergreifen für sie Partei, doch umsonst. Erst bei den Friedensverhandlungen 1648 in Münster und Osnabrück, wohin sie ihre tüchtigsten Räte entsendet, werden ihre Rechte, besonders mit Hilfe der Schweden, erneut bestätigt, und sie erhält darauf einen Teil ihres Landes nach dem anderen zurück.

1652 legt sie, des Kampfes müde, die Regentschaft in die Hände ihrer beiden Töchter, die nun in drei Teilungsverträgen das Land in eine Grafschaft Sayn-Altenkirchen und in eine Grafschaft Sayn-Hachenburg teilen.

Einige friedliche Jahre sind ihr noch in ihrem geliebten Friedewald vergönnt, dessen Untertanen stets ihre besondere Fürsorge galt. Am 28. September 1670 endete ihr reichbewegtes, leidgesegnetes Leben. Was sterblich an ihr war, ruht neben Gatten und Sohn in der Gruft der Hachenburger Schloßkirche.

Der Verfasser ihrer Leichenpredigt schließt diese mit folgender Laudatio:

»… als sie gelebt 67 Jahre …

und mit Wahrheit genannt werden kann.

Eine Zierde ihres hohen Hauses,

Eine Freude und Trost ihrer lieben Angehörigen,

Eine Säule des ganzen Landes,

Ein Schauplatz göttlicher Verhängung,

Ein Spiegel der Geduld,

Eine Wohnung der Gottseligkeit,

Ein Abgrund menschlicher Klugheit und ein unvergleichliches Muster einer mit allen Leibes- und Gemütsgaben gezierten Gräfin.«

Drei Gedächtnismünzen wurden nach ihrem Tode geprägt und an die Verwandten, Freunde und Bediensteten der Gräfin verteilt.

Die eine Seite der Münzen zeigt eine in einem Segelboot sitzende, im Gebet versunkene Frau inmitten eines bewegten Meeres, darüber die durch Wolken hervorbrechende Sonne.

Die Umschrift lautet

INVENI:PORTUM:SPES:ET:FORTUNA:VALETE:

Ich habe den Hafen erreicht! Lebet wohl, Glück und Hoffnung!

Horst Ascheid:

# Der Autor des Romans
# Karl Ramseger-Mühle (1900–1961)

*(aus: »Lebensbilder aus dem Kreis Altenkirchen«, herausgegeben vom
Heimatverein für den Kreis Altenkirchen, 1979)*

Das Dichten
ist ein süßes Weh,
ein wehes Glück,
eine Blume im Schnee,
ein tränender Blick.

Zum Himmel ein Lachen,
ein Segel, das schwellt,
ein träumendes Wachen,
ein Umarmen der Welt.

(von Karl Ramseger-Mühle)

Am 26.12.1900 wurde Karl Ramseger als jüngster von sechs Geschwistern in Fluterschen bei Altenkirchen geboren.

Dort besuchte er von 1907–1915 die Volksschule, wechselte dann später über auf eine private Mittelschule (vergleichbar mit der heutigen Realschule).

Mit noch nicht 15 Jahren nahm ihn sein Vater, Betriebsleiter bei der Fa. Jagenberg u. Söhne, Almersbach, in die dortige Fabrik. Zur weiteren Ausbildung kam er bald danach an das Jäger'sche Institut in Bingen sowie das Rheinische Technikum. Nach Tätigkeiten in technischen Büros und Betrieben trat Karl Ramseger am 1.3.1918 mit 17 Jahren als Kriegsfreiwilliger in die Heeres-Nachrichten-Ersatz-Abteilung 16 Saarlouis ein.

Nach Ende des 1. Weltkrieges belegte er nach vorherigen praktischen Lehrgängen 1919 beim Polytechnikum Friedberg in Hessen einen Studienplatz. Er wollte Maschinenbauingenieur werden. Aufgrund hervorragender Studienarbeiten wurde er von acht Fächern der Ingenieur-Vorprüfung befreit. (Als Mittelschüler hatte er bereits für seine besonderen Leistungen Preise erhalten.)

Anfang der zwanziger Jahre meldete sich Karl Ramseger zum Abschluß seines Studiums bei der Ingenieur-Akademie Wismar an der Ostsee an. Doch es kam nicht zum Studium. Er selbst sagte dazu: »Das Schicksal hinderte mich. Jahre bin ich durch viele schwere Tage gewandert. Viele stürmische Waldnächte sind verwehte Zeugen meiner Einsamkeit, die mir allein übrigblieb. Die schreckhaft hellen Tage überfluteten meine Welt mit seltsamen Farben.«

In diese Zeit, um 1919/20, gehen seine schriftstellerischen Anfänge zurück; sie brachten ihm offensichtlich den seelischen Zwiespalt zwischen Studium und seiner Liebe zum Schreiben. Er selbst meint hierzu: »Meine dichterische Persönlichkeit ist von viel Schaurigem durchwogen ... All mein Schrifttum galt der Heimat. Romane, Novellen, Gedichte, Heimat- und Volkskundliches. Lange kämpfte ich um einen Platz an der Sonne. Nun sie mir scheint, möchte ich ins Zwielicht zurück. – Ich komme nicht zur Ruhe!«

Am 30. Dezember 1921 heiratete er Lina Schumann, Tochter des Erbhofbauern und Mühlenbesitzers Karl Schumann aus Oberwambach. Aus der Ehe gingen zwei Kinder hervor, Ilse und Gisela. In Oberwambach arbeitete er dann im schwiegerelterlichen Betrieb. Diese Tätigkeit als Müller und Bauer lag ihm nicht sonderlich, obwohl er einmal sagte: »Ich empfinde, daß der herrlichste Beruf der des freien Bauern ist. Ein echter Bauer ist ein Dichter, obgleich er nicht schreibt, daher auch keinen Verleger braucht. Ein echter Bauer ist Dichter im höchsten Grad. Gott macht ihn sich dazu.«

Die Eidams-(Eiems, Schwiegersohn-)Zeit gehörte sicherlich nicht zu der glücklichsten in seinem Leben. Durch seine Arbeit auf dem Felde und in der Mühle kam er wenig zum Schriftstellern. Und doch hatte es ihm die Romantik dieser Mühle angetan. Er fügte später dieses Wort seinem Namen hinzu und nannte sich fortan Karl Ramseger-Mühle. Eben in der Mühle hat er manch erfolgreiches Gedicht zu Papier gebracht. Die alten Leute aus Oberwambach erzählen sich noch heute, daß der Ramsegersch Karl oft mitten in der Feldarbeit »Hammer on Zang fallen lees on lef haim, öm ze schreiwen. Do tröwer wor sai Schwiejer natürlech net sier früh; awer da Karl ging on schref«.

Im folgenden sind die Veröffentlichungen des rastlos Tätigen aufgezeichnet, die jedoch keinen Anspruch auf Vollständigkeit erheben können, da mir trotz eingehender Bemühungen sicherlich nicht alle seine Arbeiten bekannt wurden:

- Das Omega (Roman) Phantasiegebilde der Zukunft.
- Gräfin von Sayn »Luise Juliana« (Roman) Historischer Heimatroman aus dem Dreißigjährigen Krieg. Die erste Fassung erschien im Jahre 1932. Der Autor überarbeitete sie 1948. Sie ist sein umfangreichstes Werk und brachte ihm den durchschlagenden Erfolg. Leider ist dieses Buch auch antiquarisch nicht mehr zu haben.
- Dietrich Schneider (Novelle) Reformation in den Westerwälder Grafschaften.
- Gotteslehen (Novelle) Leibeigen-Schicksal.
- Mater Dolorosa v. Sente Mergenthal (Heimatlegende) Religiöse Mystik.
- Die Wacholderhex (Novelle) Sie wurde in den dreißiger Jahren preisgekrönt.
- Die Amerikaner-Marei (Novelle) Aufzeichnungen aus der Besatzungszeit.
- »Hände hoch!« Wilderergeschichte aus dem Westerwald nach einer wahren Begebenheit.
- Liesenhengen und Schelmengarten (Novelle) Aus der Schwedenzeit.
- Johanette im wüsten Bruch (Novelle) Ref. und Lutheraner.
- Kamerad Seiltänzer (Novelle).
- Fred Heimburg (Drama) verfaßt Juni 1924.
- Lieder vom Wald (Gedichtbändchen).
- Westerwälder Lieder, 1924.
- Weihnacht und Heimat, 1930.
- Der Nebelreigen (Balladen), 1934.
- Sonette und Schmach (Ballade).
- Geschichte meiner Heimat (Heimatgeschichtswerk).
- Gutes altes Land (Gedichtband), 1947.
- Heimatdämmerung, eine volksgeschichtliche, kulturgeschichtliche Plauderei, 1948.
- Sippengeschichte der Ramsegers Band I und II (Band III wurde nicht vollendet).
- Lahnsteiner Spätsommerlied, 1958.

Ferner veröffentlichte Karl Ramseger zahlreiche heimatkundliche Arbeiten in Zeitungen und Zeitschriften. Hauptrichtung seiner Forschungen waren Mundart, Flurnamen, Trachten, Staaten- und Stammesgebiete, Sippenkunde u.ä. Bei Prof. Bach an der Universität Bonn wurde ihm kostenlos ein Lehrgang über Flurnamenforschung vermittelt.

»Ballerina«, Erlebnisse aus der Soldatenzeit in Frankreich, wurde nicht mehr veröffentlicht. In Vorbereitung war noch ein Roman über Friedrich Wilhelm Raiffeisen, auch er wurde nicht mehr fertig.

Neben der Schriftstellerei galt Karl Ramsegers große Liebe der Musik. In Bingen nahm er Musikunterricht. Sehr gern spielte er Konzertzither. Er leitete eine Zeitlang einige Männerchöre. In Oberwambach gründete er einen Quartettverein, den er in kurzer Zeit zur Blüte brachte, ihn auf mehrere Wettstreite führte und namhafte Preise errang.

Im Jahre 1950 brach Karl Ramseger mit seiner Familie, verließ Oberwambach und ging nach Oberlahnstein. Von 1947 bis 1952 war er als freier Schriftsteller tätig. In diesen Jahren war er auch einmal Vorsitzender des Rheinischen Schriftstellerverbandes.

Ab Ende 1952 arbeitete er bei der französischen Besatzungsmacht und wechselte später zum Bundesbeschaffungsamt nach Koblenz über. Am 3.3.1961 schloß Karl Ramseger-Mühle für immer die Augen. In Oberlahnstein fand er seine letzte Ruhestätte. Ein Jahrzehnt lebte Karl Ramseger zwar am Rhein, sein Herz jedoch blieb in der urwüchsigen Landschaft des Westerwaldes; sie liebte er über alles, mit ihren Wäldern und Feldern, mit ihren Tälern und Höhen.

# Nachwort des Verlegers

Wenn ein Verlag sich zum Ziel setzt, die Geschichte von Regionen in Romanform zu präsentieren, liegt es nahe, außer nach Neuem auch nach Altem Ausschau zu halten. Bei der *Gräfin von Sayn* von Karl Ramseger-Mühle aus dem Jahre 1932 war klar, daß eine Veröffentlichung nur in Frage kam, wenn kein nationalsozialistisches Gedankengut zugrunde liegt. Aber schon die Franzosen fanden bei der Neuedition nach dem Krieg in dieser Hinsicht nichts zu beanstanden. Dennoch sollte der Leser wissen, daß er es mit viel Zeitgeist zu tun bekommt – in mindestens dreifacher Weise.

Ramseger-Mühle schildert Ereignisse aus dem Dreißigjährigen Krieg, und zwar in einer auch für einen historischen Roman ungewöhnlichen Detailtreue. Die Landschaft im Westerwald, besonders die alten saynischen Residenzen Hachenburg und Altenkirchen, aber auch zahlreiche Burgen und Dörfer im Umkreis, erstehen mit ihrem ganzen Kolorit. Für die handelnden Figuren scheint dasselbe zu gelten, sind doch sämtliche Namen authentisch. Nur entsprechen Seelenlage und Denkweise ganz und gar den Traditionen des 19. Jahrhunderts. Engelhaft lautere Gestalten treffen auf teuflische Bösewichte, Liebe und Haß entwickeln sich in spätromantischem Pathos bzw. entsprechender Schauerstimmung. Darin ist der Roman eher auf ungewollte Weise historisch.

Erheblich gefordert wird der Leser bei der zweiten Form des Zeitgeistes. Ramseger-Mühle bietet nicht nur historisches, sondern auch sprachliches Kolorit, läßt seine Figuren mit starken Anklängen an das Deutsch des 17. Jahrhunderts reden. Etwas »sonder Harm« sehen zu wollen, bedeutet dann: ohne Schmerz. »Reisige« Wächter sind kein Verdreher für »riesige« Wächter, sondern bezeichnen Wächter, die sich auf (Kriegs)reise befinden. Auch an »wastige« Basalthügel oder den Duft der »Eichenlohe« muß sich der Leser gewöhnen bzw. im Glossar nachschlagen. Natürlich kommt dies der 'Stimmung' zugute, macht das 'Einfühlen' in die vergangene Zeit leichter.

Der kritische Punkt ist bei der dritten Form des Zeitgeistes erreicht. Ramseger-Mühle ist durchdrungen (oder muß man sagen:

besessen?) von der Idee einer sittlichen Erneuerung, die ihm zufolge von der Wiedererstehung des Heiligen Römischen Reiches in seinen karolingischen Dimensionen (also einschließlich Frankreich) ausgeht. In anderer Lesart: von einem Abendland, das in peinlich-düsteren Gegensatz zum »Ostland« gestellt wird. Nicht der (im Dreißigjährigen Krieg so verheerende) Religionsgegensatz ist an allem Unglück schuld, sondern eher der Verfall der westlichen »Kultur«. Bösewichte gibt es auf katholischer und protestantischer Seite, die wahren Helden sind sittliche Heroen, die ebenso beim Adel (insbesondere: bei der Titelheldin) wie bei den Bauern zu finden sind. In einem Punkt ist Ramseger-Mühle dabei zum Glück (und sonst wäre eine Neuedition kaum in Frage gekommen) konsequent: Es bleibt bei der Hoffnung auf einen Sieg der *Kultur*, nur die Kräfte der *Sittlichkeit* sollen sich durchsetzen.

Ist der Preis, den der Zeitgeist fordert, zu hoch? Schwer zu sagen! Als Lokalgeschichte dürfte sich nicht leicht Vergleichbares finden.

*Hejo Emons*

# Orts- und Namensverzeichnis

*(Nicht aufgenommen wurden aufgrund ihres häufigen Auftretens die Hauptfiguren des Romans: Gräfin Louise Juliane von Sayn-Wittgenstein, Obrist Karl Wilhelm Dormann und Graf Ernst von Sayn-Wittgenstein.)*

Abtei Laach 167, 225
Albach 212
Almersbach 7, 26–27, 29, 32, 35, 73, 125, 137–138, 159, 186, 188–189, 196, 198, 213, 227
Alsen 68
Altenkirchen 7, 10, 13, 17–18, 20, 23–27, 31, 33, 41, 45, 50, 53, 55, 58–59, 64, 69, 71, 73, 75, 77, 88, 94, 105–106, 111, 114, 120, 124, 137, 141, 146, 153–154, 156, 158–160, 165–167, 169, 176, 186–188, 194, 196, 206, 213–214, 223, 225, 227
Anna Elisabeth von Sayn 223
Anna Ottilia von Nassau-Zweibrücken 223
Anna von Österreich 56
Atzelgift 159

Bachenberg 138
Bendorf 167
Bergenhausen 138
Berleburg 63, 65, 72, 128, 167
Berod 130–131, 157
Beul 138, 211
Beulskopf 137, 206
Bingen 227, 230
Birnbach 70, 138, 159, 187
Bischof von Speyer 147
Bischof von Osnabrück 209
Borod 101, 103–104, 111
Bösen 138

Boudissin, Schwedenfeldherr 199
Briser, Obrist 208–209
Bungert, Johann Philipp 159
Burbach 31
Büscheid 137

Christhausen 212
Christian von Braunschweig 40
Christian von Sayn-Wittgenstein 21, 37, 62–63, 65, 213, 225
Coberstein 137

Daaden 17, 31, 166

Eip 68
Emmerzhausen 17
Erbach 9, 16, 22, 38, 86, 89, 169, 184, 200
Ernestine von Sayn-Wittgenstein, Junggräfin 205, 215
Erzbischof von Trier 147

Falkenwirt zu Altenkirchen 7, 59–61, 64, 78, 80, 121–122
Farrenau 7, 94–95, 100–101, 104–105, 109–110, 112
Feller, Pastor 206
Fladersbach 138
Flammersfeld 138
Fluterschen 39, 164, 137–138, 227
Flutersheimer Hof 138
Frankfurt 7, 22, 69, 173, 175, 177, 185–186, 189, 191, 200, 209–210, 224

233

Frankreich 55
Franz von Lövenich 114, 115–116
Freier Grund 213
Freilingen 107, 109
Freusburg 7, 31, 147–148,
150–151, 199, 205–207, 210, 225
Friedberg in Hessen 227
Friedewald 7, 31, 33, 78, 139, 149,
153, 211, 213–214, 225–226
Fürstenberg 215

Gebhardshain 166
Gehlert 159
Georg III. von Erbach 223
Gerhardsborn 137
Giel, Anna Katharina 98
Giel, Familie von der Farrenau 94,
97–100, 100, 105, 110
Gieleroth 24, 38, 141, 160, 182
Görtzenich, Obrist, Feldherr 7,
83, 111, 115, 117, 123, 127,
154–159, 161, 164–167, 203, 206
Graf Ernst von Sayn-Wittgenstein 9
Graf von Wied-Runkel 12, 15,
119
Graf von Nassau-Idstein 188,
193–194
Graf von Manderscheid 215
Graf von Erbach 12, 15, 16
Grafschaft Sayn-Altenkirchen 226
Grafschaft Sayn-Hachenburg 226
Gustav Adolf 7, 168, 173, 174,
179, 181, 189, 197, 199,
200–202, 224

Habsburger 120
Hachenburg 7, 22–23, 27, 30–31,
33, 35, 37, 39, 44, 48, 53, 60, 62,
67, 69, 71, 74, 81–82, 89, 93, 95,

110, 112–113, 124, 126, 130,
134, 136–138, 141, 145, 154,
158, 194, 199, 205–206,
208–210, 224–226
Hamm 154, 156, 187, 205–206
Hanwerth 130–131
Hardsberg 138
Hasselbach 68–69
Hattert 94
Helmenzen 138, 193
Herpteroth 39
Herzog Bernhard von Weimar
212
Herzog von Sachsen-Weimar 215
Heubeizen 138
Hilpich, Hannwillm, Sargmacher
159
Höchstenbach 59, 89, 92, 131,
159, 213
Hoffnungsthal 137
Hohenlohe, Gräfin 223
Hundsgalgen, ehemalige Richt-
stätte (zwischen Mudenbach
und Borod gelegen) 7, 101, 104

Inspektor Franz, Pastor in
Hachenburg 49, 51, 186

Jäger, Schultheiß von Freusburg
205, 208
Johann Tserclaes von Tilly 42
Johann V. von Sayn 139
Johannes Quast von Stürzelbach
7, 41, 43–48, 50–52, 54, 58,
61–62, 67
Johannes Wilhelm Quast von
Stürzelbach 70–71, 74–75,
78–80, 84–85, 89–91, 93–105,
107–108, 111, 113, 125, 148,

158, 160, 164, 168, 170–171, 190–191, 195, 205–209, 211–212, 215
Johannette von Sayn-Wittgenstein, Junggräfin 205, 215

Kaiser Ferdinand 213
Kaiser Friedrich Barbarossa 59
Kaiser Karl 55, 121
Kardinal Richelieu 56
Kedenhausen 138
Kindenhausen 138–139
Kirchen 166
Koblenz 230
Köln 22, 69, 225
Kratz von Scharfenstein 7, 42, 111, 124
Kurfürst und Erzbischof von Köln 113, 115
Kurfürst von Mainz 147
Kurfürst von Brandenburg, Friedrich Wilhelm 214
Kurfürst von Trier 153
Kurköln 148, 167, 225
Kurtrier 148, 188, 225

Langenbach, auch Langebach, Hermann 208, 211, 212
Langguck 130
Lauchhausen 138, 164
Leisenhegen 137
Lennetal 40
Leuscheid 7, 67–69, 72, 74–75, 83, 95
Leuzbach 188
Ligister, Truppen der Katholischen Liga 41–43, 60, 95, 98, 100, 102–103, 105, 109
Limburg 176

Lingertsbach 137
Liselotte von der Pfalz 214
Löhr, Petrus, »Wollenweber aus Wanebach« 159
Louis von Frankreich 142, 151–152, 173, 198
Louis XIII. 56
Lucas, Hilarius, Hirte und Schulpräzeptor aus Höchstenbach 159
Ludwig Casimir von Sayn-Wittgenstein-Berleburg 184–185, 206, 209–210, 213, 225
Ludwig von Sayn und Wittgenstein 170, 172, 225, 186, 205, 207, 209, 224
Ludwig XIV. von Frankreich 7, 214
Luitzbach 138

Mainz 172, 174
Maria von Barby und Mühlingen 223
Marienstatt 71, 149
Marienthal 137
Marquis de Grana 205
Maxsain 213
Mehren 159, 213
Melchior von Hatzfeld 212
Metternich, Obrist 212
Michelbach 25, 75, 124, 176
Michelstadt im Odenwald 223
Mudenbach 101–102
Mühlberg 29, 188, 193, 195
Münster 225

Neuhoff, Johann Jakob 7, 59, 61, 64, 78–79, 118–119, 121–122, 165–166, 188–189, 199, 206

Neuß 213
Niedersen 138
Niedersener Mühle 140
Ninon Capet, Herzogin von
Condé 7, 197–198, 201, 214
Nister 23, 71, 208
Nistertal 149
Nottershof 137

Oberlahnstein 6, 230
Obermehren 71
Obernav 138
Oberwambach (siehe auch Wambach) 6, 39, 130, 133, 134, 136, 228, 230
Odenholzburg 9
Ohligschläger, Pidder aus Lauchesen 159, 164
Ölfen 138
Osnabrück 213, 225
Oxenstierna, Axel, Kanzler 7, 179–180

Padua 102
Papiermühle im Wiedgrund, Knochenmühle in Borod (auch: Alte Mühle) 103, 111, 134
Pappenheim 203
Paris 56, 122
Pauly, Rittmeister 159, 160, 164, 176, 185
Peil, Theobaldus, Knochensammler aus Mehren 159
Pfaffenseifen, Fallenkrämer aus Atzelgift 159
Philipp Christoph von Söteren 147, 152

Pulvermühle in der Farrenau 94, 97–100, 100, 105, 110

Quast, siehe Johannes Wilhelm Quast von Stürzelbach

Ranheim, Obristwachtmeister 183
Rehhard 188, 193, 195
Rendsburg 165
Reusch, Schultheiß aus Daaden, Schultheiß 205, 208, 211, 213
Roßbach 213
Rosenstein, Ludwig, Pfarrer 198

Saarlouis 227
Scharfenstein, siehe Kratz von Scharfenstein
Schloß Friedewald 148
Schmidt, Schultheiß von Oberwambach 136
Schöneberg 7, 31, 130, 138, 148, 183, 187, 196, 213
Schumann, Lina 228
Schürdt 138
Selbach 31
Sieg 68
Stadtlohn 40
Straßburg 214
Stürzelbach 45–46, 50, 52, 67, 215

Trier 152, 225, 154

Usedom 7, 168

Versailles 122, 124, 142, 147, 214
von Salchendorf, Obrist 18, 20, 21, 24–28, 30–32, 34–36, 43–45, 53–54, 58–65, 66, 79, 167, 213

Wahlerother Höhe 24
Waldberg, Obrist 205
Walkmühle 137
Wallenstein, Fürst 123, 200
Wallensteiner, Truppen des
  Fürsten Wallenstein 154, 203
Walterschied 138
Wambach, siehe Oberwambach
Wanebach 159
Wartenburg 209
Weimar 213
Werkhausen 68, 71
Werner Tserclaes von Tilly 10,
  40–42, 44, 52–53, 67–68, 71, 73,
  74, 76–79, 84–85, 88, 90, 92, 96,
  109–112, 114–119, 121–123,
  126, 130, 141, 147, 158, 169, 203

Wetterau 9
Wetzlar 225
Widderstein 13, 15, 19–20, 25, 36,
  38, 53, 71–74, 88, 99, 101, 103,
  105–106, 113, 124, 163–164,
  174, 192
Wiedgrund 93
Wilhelm III. von Sayn-Wittgen-
  stein 223
Wilhelm von Sayn und Wittgen-
  stein 33, 41
Wismar 228
Wissen 208
Wittgenstein-Berleburg 83
Witzleben, Obrist 7, 41–43, 47,
  78, 111, 113, 124

# HISTORISCHE ROMANE

Edgar Noske
**DER BASTARD VON BERG**
Krimi aus dem Mittelalter
Broschur, 340 Seiten
ISBN 3-89705-331-4

»Ein Krimi, der von der ersten Seite an fesselt, mit viel Humor und handfester Ironie.«
Bergischer Volksbote

Edgar Noske
**DER FALL HILDEGARD VON BINGEN**
Krimi aus dem Mittelalter
290 Seiten
Broschur ISBN 3-89705-145-1
Gebunden ISBN 3-89705-184-2

»Sehr gut recherchiert, spannend und unterhaltsam.«
Allgemeine Zeitung Bingen

Edgar Noske
**LOHENGRINS GRABGESANG**
Krimi aus dem Mittelalter
Broschur, 304 Seiten
ISBN 3-89705-186-9

»Ein spannendes Stück Unterhaltungsliteratur.«
Rhein-Sieg-Anzeiger

## IM EMONS VERLAG

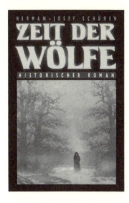

Hermann-Josef Schüren
**ZEIT DER WÖLFE**
Historischer Roman
Broschur, 288 Seiten
ISBN 3-89705-282-2

»*Zeitlos schön.*«   Aachener Zeitung

Karl-Heinz Göttert
**DIE STIMME DES MÖRDERS**
Historischer Kriminalroman
Broschur, 208 Seiten
ISBN 3-89705-280-6

»*Literarisches Vorbild: Umberto Eco.*«
Express

Karl-Heinz Göttert
**DAS OHR DES TEUFELS**
Historischer Kriminalroman
Broschur, 224 Seiten
ISBN 3-89705-314-4

»*Ein feines Gespinst aus historischem Roman, fantastischen Ideen und kriminellen Fäden.*«
Rheinische Post

# HISTORISCHE ROMANE

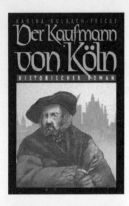

Karina Kulbach-Fricke
**DER KAUFMANN VON KÖLN**
Historischer Roman
Broschur, 352 Seiten
ISBN 3-89705-253-9

*»Macht Lust auf eine Fortsetzung.«*
Badische Zeitung

Stefan Winges
**DER VIERTE KÖNIG**
Historischer Kriminalroman
Broschur, 256 Seiten
ISBN 3-89705-201-6

*»Hervorragend gelungen.«*
Badische Neueste Nachrichten

Stefan Winges
**TOD AUF DEM RHEIN**
Historischer Kriminalroman
Broschur, ca. 300 Seiten
ISBN 3-89705-318-7